이 아이들에게도 아버지가 필요합니다

초판 1쇄 펴낸날	2015년 3월 16일
초판 8쇄 펴낸날	2022년 5월 16일
지은이	천종호
펴낸이	홍지연
편집	고영완 정아름 전희선 조어진
디자인&아트디렉팅	정은경
디자인	전나리 박태연 박해연
마케팅	강점원 최은 이희연
경영지원	정상희
펴낸곳	㈜우리학교
출판등록	제313-2009-26호(2009년 1월 5일)
주소	03992 서울시 마포구 동교로23길 32 2층
전화	02-6012-6094
팩스	02-6012-6092
홈페이지	www.woorischool.co.kr
이메일	woorischool@naver.com

ISBN 978-89-94103-86-0 03810

이 아이들에게도 아버지가 필요합니다

천종호 지음

우리학교

⁂

이 한 권의 책을

아버지 천주원, 장인 도기원,

아들 천동영, 딸 천유영, 천송영에게

못난 아들이자 부족한 아버지가

사죄와 감사의 마음 담아 드린다.

차례

2부 아버지의 마음

추천의 말 1

윤인태 부산고등법원장

아버지는 완성되어가는 존재

'호통치는 판사'로 알려져 있지만 누구보다도 청소년을 사랑하고 아끼는 부산가정법원의 천종호 부장판사가 아버지를 주제로 한 권의 책을 낸다. 전작인 『아니야, 우리가 미안하다』라는 책이 비행청소년의 생각을 긍정적으로 바꿔주는 데 큰 역할을 한 것처럼 새로 발간되는 이 책도 많은 청소년들의 일생을 바꾸는 따뜻한 말 한마디가 되기를 바란다.

가정은 인간이 태어나서 처음으로 접하는 교육의 장이다. 그러나 산업화와 도시화의 영향으로 가족의 전통적인 기능이 약화되거나 소멸되는 등 지금 우리 사회의 가정 해체는 매우 빠른 속도로 진행되고 있다. 그 결과 부모의 사랑과 보호를 받지 못하는 청소년들의 비행이 점차 늘어나고 있는 실정이다. 현대는 신(新)

모계사회라고 하여 어머니의 영향력이 커짐에 따라 아버지의 존재가 상대적으로 위축되고 있다. 그런데 아버지의 사랑과 관심을 받지 못한 아이들이 비행을 저지를 가능성이 훨씬 높다고 한다. 실제로 비행청소년들 중에는 어머니보다 아버지와의 관계가 나쁜 아이들이 더 많은 것으로 나타난다. 이것만 보아도 아버지의 역할이 얼마나 중요한지 알 수가 있다.

언젠가 연세대 김주환 교수가 쓴 『회복탄력성』이라는 책을 읽은 적이 있는데, 거기에 이런 내용이 나온다. 미국 심리학자인 에미 워너 교수는 1955년에 하와이에서 태어난 모든 신생아를 대상으로 추적 조사를 한 결과, 가장 열악한 환경에 처했던 200명 중 2/3는 문제 학생이 되었고, 1/3은 별다른 문제를 일으키지 않고 훌륭한 사람으로 성장했음을 발견하였다. 그 원인을 연구해보니 어려운 환경에서도 훌륭하게 자란 아이들에게는 아이들을 무조건적으로 이해해주고 받아주는 어른이 적어도 한 사람은 아이의 곁에 있었고, 그것이 아이들에게 역경에도 굴하지 않는 강력한 힘인 회복탄력성을 가지게 하였다는 것이다. 이 회복탄력성을 가지게 하는 인생에서의 한 사람이 바로 아버지일 때 아이들이 가장 바람직한 모습으로 성장할 것이라는 생각과 함께 아버지가 없는 아이들에게는 누군가가 아버지의 역할을 대신해줄 수 있는 사회적인 제도가 갖추어질 필요가 있다는 생각이 들었다. 아마 천종호 부장판사도 같은 생각에서 아버지 이야기를 한 것이 아닌가 추측해본다.

천종호 부장판사가 부모의 보호를 제대로 받지 못하는 소년범들의 재범률이 높은 것을 알고서 이들을 회복시킬 방안으로 설립한 것이 바로 대안가정인 사법형그룹홈(청소년회복센터)이다. 2014년 10월 현재까지 전국에 13곳의 사법그룹형홈이 설립되었고, 이를 통해 많은 소년들이 보호를 받게 되면서 재범률이 30% 이하로 떨어졌을 정도로 놀라운 성과를 가져왔다. 그런데도 이런 시설들이 아동복지법상의 공동생활가정으로 인정받지 못하여 운영의 어려움을 겪고 있다고 한다. 이 책의 발간으로 사법형그룹홈이 아동복지법상의 공동생활가정으로 인정받아 소년범죄 예방의 모델로 정착하는 계기가 되기를 소망한다.

나는 이 책을 읽어 나가면서 "아버지는 자녀가 생겼다고 바로 되는 것이 아니라 자녀를 통해 완성되어가는 존재"라는 구절이 유독 가슴에 와닿았다. 좀 더 일찍 이와 같은 내용을 접했더라면 하는 아쉬움도 많다. 많은 어른들이 이 책을 읽고 자녀에 대한 사랑과 역할을 점검해보기를 바란다. 또한 방황하는 소년들에게 이 책이 인생의 전환점이 되었으면 하는 바람이다.

추천의 말 2

최인석 부산가정법원장

흔들리고 있을 뿐 비뚤어진 것이 아니다

천종호 부장판사, 그는 우리 법원의 자랑이다. 판사는 기본적으로 어느 한쪽의 손을 들어주어야 한다. 그래서 나머지 한쪽으로부터는 욕을 먹을 수밖에 없다. 그것이 판사의 숙명이다. 그 법원을 여러 곳으로부터 칭찬을 받게 한 공로자가 그다.

이 책은 우리 사회에 큰 울림을 주었던 『아니야, 우리가 미안하다』에 이어 그가 두 번째로 펴낸 소년재판 경험담이다. 소년재판 담당 판사는 판사들에게 그렇게 인기가 있는 보직이 아니다. 내용이 너무 뻔한 편이고 별로 모양도 나지 않는다. 거기에 사연은 딱한 경우가 너무 많다. 어떻게 해줄 수는 없고 마음만 무겁다. 그래서 맡기를 즐겨하지 않는다.

그런데 그는 다른 사람들은 기피하는 소년재판을 자원하여 6년째 하고 있다. 함께 울고 함께 웃고, 함께 라면도 먹고, 호통치고 다독여주고……, 소년원에 보내놓고도 찾아가서 챙긴다. 그는 소년재판을 법원의 블루오션으로 만들었다. 블루오션은 빛나는 곳에만 있지 않다는 것을 그가 보여주었다.

그는 이 나라에 사법형그룹홈을 맨 먼저 도입한 사람이다. 부산, 경남에만 이미 궤도에 오른 12개의 사법형그룹홈이 있다. 다른 지역에도 있지만 이제 걸음마 단계이다. 지금 우리 사회에는 소년원에 보낼 정도는 아니나 비행 재발을 막기 위하여 그냥 내버려둘 수 없는 아이들이 많다. 이들을 바로잡아 제자리로 돌아오게 하는 데 사법형그룹홈이 커다란 역할을 한다는 것을 우리는 똑똑히 확인하였다. 운영비를 법원에서 지원하고 있지만 그것만으로는 한계가 있다. 해답은 법으로 정하여 정부나 지방자치단체의 예산으로 지원해주는 방법이다. 그는 이 문제를 입법적으로 해결하기 위하여 백방으로 애쓰고 있다. 판사들은 아쉬운 소리를 잘 하지 않는다. 자존심 때문이거나 또는 세상에 공짜 점심은 없다는 걸 잘 알기 때문이다. 그런데 그는 아이들을 위해서는 망설임 없이 여러 곳에다 아쉬운 소리를 한다.

돈을 벌어다 주는 역할만 빼면 없어도 될 것 같은 존재가 이 시대의 아버지이다. 그래도 아버지는 필요하다. 왜? 가족의 울타리니까, 울타리가 없는 집은 허전하다. 이 책에는 여러 유형의 아버지가 등장한다. 무능하거나 무심하거나 한심하거나 간절하거나……. 무능하든 무심하든 그들은 다 아버지다. 아들이든 딸이든 자녀에게는 아버지가 필요하다. 먹고사는 것이 고달파서, 소통에

서툴러서 제대로 표현은 못하지만 그들의 마음속에는 아이들이 있다. 그런데 알고 보니 아이들의 마음속에도 아버지가 있었다.

이 책이, 투표권이 없거나 부모가 없다는 이유로, 혹은 없는 집 자식이거나 사고뭉치라는 편견 때문에 제대로 쳐다봐주지 않는 아이들에게 우리 사회가 한 번 더 눈길을 주는 계기가 되기를 바란다. 우리는 확신한다. 이 아이들은 흔들리고 있을 뿐 비뚤어진 것이 아니라고, 이 아이들에게 작은 관심과 사랑만 베풀어주어도 순한 양이 되어 우리 사회의 건강한 구성원으로 자라날 수 있다고.

누구나 내 자식을 사랑하여 좋은 교육을 시키고 많은 재산을 물려주고 싶어 한다. 그러나 진정으로 내 자식을 사랑한다면 거기에 더하여 괜찮은 이웃도 함께 물려주어야 한다. 이 아이들은 우리가 모든 것을 주어도 아깝지 않은 우리 자녀들과 다음 세대를 함께 살아갈 아이들이다. 우리 어른들이 관심과 사랑을 베풀어야 할 타산적 이유가 충분히 있다. 이는 동정이나 생색이 아니라 우리 사회의 미래 공동체에 대한 투자이다.

법원의 인사 구조상 그도 나도 언젠가는 가정법원을 떠날 것이다. 제2, 제3의 천종호 판사만으로는 문제가 해결되지 않는다. 하루빨리 지원 시스템이 마련되어 누가 이 자리를 맡더라도 지금 못지않은 사랑과 관심으로 이 아이들을 돌볼 수 있는 날이 오면 좋겠다.

추천의 말 3

김석준 부산광역시 교육감

'이노무 손아', 그 따뜻한 호통의 아름다움

부모의 이혼으로 인해 희망을 잃고 충동적으로 비행을 저지른 소년에게 목수인 아버지를 따라다니며 기능을 전수받게 하고, "나는 잘할 수 있다."를 열 번 외치라는 처분을 내리는가 하면, 가족 관계가 해체된 뒤 마음 둘 곳이 없어 비행으로 접어든 소년에게는 소년원에 보내는 대신 치유와 회복을 위해 1박 2일 가족캠프에 가족 모두가 참가하라는 처분을 내리고, 아버지에게 성폭행을 당한 여동생을 다시 상습적으로 성폭행한 소년과 딸을 보호하지 못한 어머니에게는 큰 소리로 호통을 치며 가장 무거운 처분인 10호를 내리는 판사. 이 책은 비행청소년에게 호통으로 잘못을 깨닫게 해주고, 돌아갈 곳 없는 소년범들에게 따뜻한 대안가정을 마련해준 '힐링판사' 천종호 부장판사의 이야기이다.

모든 이들이 기피하는 소년재판 전담 판사를 6년째 고수하며 비행청소년의 안타까운 실상을 담은 책 『아니야, 우리가 미안하다』를 펴내기도 했던 그는 인세 전액을 청소년회복센터 운영비로 기부했다. 그러한 천종호 판사가 이번에는 『이 아이들에게도 아버지가 필요합니다』라는 책을 통해 비행소년들의 상처를 어루만져주고 아픈 마음을 위로해주며, 삶의 길잡이가 되어줄 아버지상(像)을 제시한다. 집안 형편이 좋지 않아 실명 위기에 있으면서도 제대로 치료를 받지 못하는 보호소년에게 6개월간 의료소년원에 보내는 처분을 내리고는 대기실에서 혼자 숨죽여 울고, 안타까운 마음에 "이노무 손아"를 연발하며 소년들에게 가슴으로 다가서는 그의 진심이 담겨 있는 이 책을 통해 우리는, 사랑 없는 호통은 분노를 부르지만 사랑이 담긴 호통은 사람을 변화시킴을 느끼게 된다.

그리고 책을 덮을 때쯤이면 왜 오늘 이 순간이 고맙고 내일이 밝은 빛으로 다가오는지 알 수 있다. 책장을 넘길 때마다 따뜻함이 빛처럼 흘러나오는 이 책은 교육을 고민하는 우리 모두에게 '교육은 사람을 키우는 일이며, 사람을 대하는 자리에는 사랑이 넘쳐야 함'을 다시 한 번 깨닫게 한다.

우리가 살아가는 세상이, 아니 사람 사이의 관계가 아무리 팍팍하고 힘들지라도 역시 사람이, 그리고 사랑이 희망임을 알게 해주는 책이다.

추천의 말 4

김덕규 목사, 창원가정사랑학교 대표

아름다운 도전과 충격

한마디로 감동의 드라마다. 『아니야, 우리가 미안하다』에 이어 『이 아이들에게도 아버지가 필요합니다』라는 제목으로 출간된 천종호 판사의 책은 가슴에 묻어둔 눈물을 끌어올리기에 충분하다.

지극히 개인주의적이며 점점 삭막해져가는 이 시대에 이런 책이 나올 수 있다는 것은 축복이다. 방황하는 청소년들에게는 상처를 어루만져주는 치유의 여정이 될 것이고, 이런 청소년들을 편견에 가득찬 눈길로 바라보던 기성세대들에게는 아름다운 도전과 충격이 될 것이다. 더욱 감사한 것은 말뿐이 아니라 법정에서 또는 삶의 현장에서 때로는 엄한 아버지처럼, 때로는 사랑 넘치는 어머니처럼, 범죄를 저지른 방황하는 청소년들을 섬기는 천종호 부장판사의 모습이다. 이 시대에 보기 드문 그의 모습이 큰 바위처럼 위엄 있고 아름답게 느껴질 뿐이다.

깨어진, 무너져내린 인생. 누가 그들을 품어주고 누가 그들을 변화시킬 것인가? 아직 활짝 피어보지도 못한 청소년들에게 법이라는 심판의 잣대를 성급히 들이대기보다는 사랑이라는 치유의 잣대로 이끌어주는 그를 통해 지금도 방황하는 많은 청소년들이 제자리를 찾아가고 있다. 이 책을 쓴 천종호 부장판사야말로 이 시대의 희망이자 등불이다.

/프롤로그/

『이 아이들에게도 아버지가 필요합니다』를 펴내며

소년법정의 하루는 분주하다. 주어진 시간 동안 소년재판을 진행하다 보면 물 한 모금 마실 여유가 없을 만큼 하루가 정신없이 흘러간다.

2010년 2월 창원지방법원에서 첫 소년재판을 시작했으니 내가 법정에서 소년들과 만나기 시작한 지도 햇수로 6년째에 접어든다. 그사이 훈장처럼 늘어난 건 이런저런 별명뿐인 듯싶다. 선생님, 아버지, 바보, 천10호 등 법정에서 만난 아이들이 붙여준 별명 외에도 사람들은 내가 일 년 열두 달 자나 깨나 소년 생각뿐이라며 '만사소년', 또 법정에서 호통을 잘 친다고 '호통 대장'이라 부르기도 한다. 이 중 가장 널리 알려진 것은 '호통 대장' 혹은 '호통 판사'라는 별명이다. 엄숙한 법정에서 호통치는 판사의 모습이 생경한 탓인지 나를 처음 본 사람들은 으레 그 이야기로 말문을 열곤 한다. 소년재판에 관한 책을 내고 KBS <아침마당>이라는 프로그램에 출연했을 때도 그랬다. 진행자인 이금희 씨가 법정에서 그렇게 호통을 많이 치신다던데 생각보다 인상이 부드럽고 온화해 보인다며 자못 놀라는 것이었다. 그래서 나는 법정 안에서의 엄정한 모습과 법정 밖에서의 이웃집 아저씨 같은 모습 때문에 '두 얼굴의 사나이'로도 불린다며 또 다른 별명으로 대답을 대신했다.

사실 나는 평소의 생활 속에서는 부드러운 사람으로 통한다. 내성적인 성향인 데다 눈물도 많고 마음도 약한 편이라 '호통'이라는 단어에서 연상되는 단호함이나 매서움과는 거리가 먼 성정을 지녔다. 그럼에도 나의 법정은 늘 소란스럽다. 잘못을 저지르고도 뉘우치지 않는 아이들, 자기 아이마저 제대로 돌보지 않는 불성실하고 무책임한 부모들, 뒷짐 지고 사태를 수수방관하며 모르쇠로 일관하는 선생님들에게 오금이 저리도록 호통을 치는 것도 모자라 '죄송합니다.', '사랑합니다.'를 구호처럼 외치게 하기 때문이다. 이상하게 보일 수도 있겠지만 이는 내 나름의 전략이자 방편이다. 아이들의 재비행을 막는 방법은 처벌보다는 마음의 치유와 관계 회복이 열쇠라고 생각하기에 그 첫걸음이라도 법정에서 떼어주려는 일종의 응급조치인 셈이다. 한 아이에게 허락된 시간이 너무나도 짧은 소년법정의 여건상 아이들에게 강한 울림을 주어 한 아이라도 더 구하려면 어쩔 수가 없다.

정숙해야 할 법정에서 웬 소란이냐며 곱지 않은 시선으로 바라볼 수도 있겠으나 나는 이를 하나의 심리 치유 과정으로 생각한다. 법정은 법을 집행하는 엄숙하고 신성한 공간이다. 그러나 생각하기에 따라 썩 괜찮은 퍼포먼스 장소가 되기도 한다. 죄송하다고 외치며 울음을 터뜨리는 아이들, 그런 아이의 눈물을 닦아주며 뒤늦게나마 자신의 잘못을 고백하는 부모의 모습은 훈훈한 감동을 넘어 법정이 단지 잘잘못을 따져 처분을 내리는 곳이 아니라 미래의 희망을 일궈내는 장소가 되어야 함을 우리에게 알려준다. 법정의 권위를 지키는 것도 중요하다. 그러나 짧은 퍼포먼스를 통해 아이의 재비행을 막고 아이들 마음속에 자라는 독버섯 같은 상처를 덜어줄 수만 있다면, 그것이 오히려 관용과 용서를 전제로 하는 소년법정의 권위를 실질적으로 구현하고 있는 것이 아닐까?

비행소년들 중에는 가정에서 방치되고 사회에서도 냉대 받아 마음의 상처가 깊은 아이들이 많다. 더구나 소년재판은 일반 재판과는 다르게 그 자리에서 바로 판결이 선고된다. 아이들 대부분이 가출청소년이기 때문에 다음 재판엔 도망가서 안 나타나는 경우가 많기 때문이다. 그러다 보니 이 짧은 시간이 어느 때보다 중요하다. 오죽하면 집 나간 자식을 부모가 만나볼 수 있는 때가 이때뿐일까. 그 시간에 쌓인 응어리를 풀고 가족 간에 관계 회복을 도모할 수 있는 분위기라도 만들어주기 위해 때로는 호통을 동원하기도 하고, 때로는 편지나 시로 감성을 일깨우기도 하며, 때로는 '죄송합니다.', '사랑합니다.' 같은 말을 외치게도 하는 것이다. '사랑합니다.'라는 말은 안 하다 하려면 쉬운 말이 아니다. 더더구나 법정에서 쉽게 나올 수 있는 말이 아니다. 하지만 처음에는 쭈뼛거리며 주저하던 아이들도 두 번 세 번 외치다 보면 마음속에 있는 것들을 폭발하듯 풀어낸다. 가슴속에서 뭔가가 올라와 울컥하는 것이다. 그만큼 아이들의 마음속에 쌓인 응어리가 많다는 뜻이기도 하다.

비행청소년들이 실제로 처한 환경은 상상할 수 없이 열악하다. 비행청소년의 대다수는 집을 나온 가출청소년들이다. 아이들이 집을 나온 배경에는 여러 가지가 있겠으나 가장 큰 이유는 부모의 보호력 상실이라고 할 수 있다. 부모의 따듯한 보살핌 아래 성장해야 할 어린 소년들이 어른들의 무관심과 방치 속에 거리를 떠돌다 비행세계에 발을 담그고, 그러다 잡혀와 소년재판에 넘겨지는 것이다. 마땅히 갈 곳이 없거나 돌아가도 마음 붙일 곳이 없는 아이들은 비슷한 또래 아이들과 삼삼오오 무리를 지어 함께 생활하며 이른바 '가출팸'을 형성하기도 한다. 집 밖으로 떠밀려나온 아이들의 자구책인 셈이다. 이들은 원룸이나 모텔 같은 곳에서 함께 생활하며 먹고살기 위해 남자아이들은 절도나 강도를, 여자아이들은 성매매를 한다. 밝은 내일을 꿈꿔야 할 아이들이 오늘의 밥과 잠자리를 위해 어두운 비행세계에 발을 담그고 그 속에서 시들어가는 것이다. 오랜 경제 불황과 가정 해체의 여파로 이러한 가출청소년의 수는 해마다 기하급수적으로 늘어나고 있고, 이와 더불어 비행청소년 또한 나날이 증가하고 있다. 내가 지난 5년 동안 8,000여 명의 소년범들을 만났다고 하면 다들 그 정도로 소년재판이 많으냐며 놀라워들 한다. 서울을 포함한 수도권은 더 많다. 폭력이나 상해, 갈취 등과 같은 학교폭력 사건, 그리고 학교를 벗어나 절도와 강도, 성폭행 같은 성인형 범죄를 저지르는 청소년들도 갈수록 늘고 있다.

사실 요사이 일어나는 청소년 범죄는 비행이라고 부르기 민망할 만큼 위험 수위에 도달해 있다. 대구 중학생 자살 사건이나 김해 여고생 살인 사건 등을 통해 알 수 있듯이 그 비인격성과 집단성에 어른들마저 혀를 내두를 정도이다. 더 심각한 것은 자신들이 저지른 잘못이 무엇인지 모르고 있거나 알고도 반성하지 않는 아이들이 점점 많아지고 있다는 것이다. 이를 바라보는 사람들의 시선은 차다. 솜방망이 처벌을 나무라며 처벌의 수위를 더 높이라고들 한다. 그러나 모두들 드러난 폭력성에만 초점을 맞출 뿐 아이들이 왜 그렇게 되었는지 묻는 사람들은 많지 않은 것 같다.

그 아이들도 한때는 꽃이었다. 천진무구한 웃음으로 누군가의 가슴을 벅차게 만들던 시절이 그 아이들에게도 분명 있었을 것이다. 선인장이 제 몸을 보호하기 위해 가시를 키우듯 열악한 환경에서 살아남기 위해 어느 순간 칼을 품게 된 것뿐이다. 마땅히 받아야 할 보호와 배려를 받지 못한 채 어른들이 사라진 길 위에서 홀로 살아남기 위해 깨진 유리조각처럼 위태로운 일상을 사는 아이들. 나는 묻고 싶다. 아이들이 그렇게 될 동안 우리 어른들은 무얼 했으며, 그 아이들의 부모는 도대체 어디에 있었단 말인가? 죄는 미워하되 사람은 미워하지 말라는 말이 있다. 그 말을 나는 이렇게 바꿔 사용하곤 한다. 문제가정이 있을 뿐 문제아는 없다. 실제로 이곳에 오는 아이의 태반은 결손가정과 빈곤층 가정의 아이들이다. 가난과 결핍이 아이들을 비행이라는 벼랑 끝으로 내몰고 있는 것이다. 가난하다고 해서 다 문제아가 되지는 않는다고 생각하는 분들도 계실 것이다. 맞는 말이다. 하지만 이는 절반의 진실일 뿐이다. 가난은 사람을 지혜롭게 만들기도 하고 성숙하게도 하지만 한 개인이 감당하기 어려운 극심한 가난은 인간성을 마모시켜 내면을 황폐하게 만들고 꿈꿀 자유마저

앗아가기 때문이다.

우리가 어렸을 때는 다 가난했다. 나 역시 지독한 가난 속에서 성장했다. 내가 태어나고 자란 곳은 부산에서도 제일가는 빈민가로 판잣집에 하꼬방이 즐비했던 곳이다. 사이좋게 어깨를 맞댄 고만고만한 집들 사이로 골목이 거미줄처럼 뻗어 있는 산동네 판잣집 비좁은 단칸방에서 아홉 식구가 부대끼며 살았다. 가난은 모루처럼 우리 가족을 무겁게 짓눌렀다. 점심 도시락을 싸갈 수가 없어 수돗물로 배를 채우는 건 예사였고, 학교에서 육성회비 가져오라고 집으로 돌려보내면 집에 가도 돈이 없다는 것을 알면서도 갔다 오지 않을 수가 없었다. 당시 육성회비가 500원이었는데 그 돈이 없었던 것이다. 그 시절 내가 가난을 통해 배운 건 뼈아픈 수치심이었다.

그렇게 힘겨운 환경이었지만 결석하면 집으로 찾아올 만큼 살가운 친구도 있었고 말없이 정을 주는 속 깊은 스승도 있어 그 시절을 버틸 수 있었다. 초등학교 5학년 담임 선생님이 바로 그런 분이셨는데, 육성회비도 못 내는 나를 공부 좀 한다는 이유로 덜컥 반장 자리에 앉히셨다. 초등학교 저학년 때는 결석을 자주 했다. 준비물을 마련하지 못하거나 육성회비를 낼 수 없을 때면 몸이 아프다는 핑계를 대며 학교에 가지 않았던 것이다. 그런데 반장이 되니 학교를 안 갈 수가 없었다. 그래서 그 이후로 꼬박꼬박 학교에 다니기 시작했고, 차츰 공부에 재미를 붙일 수 있었다. 내성적인 내 성격에 형편이 어려우니 학교를 포기했을 법도 한데,

그 선생님 덕분에 반장을 하면서 정신을 차릴 수 있었던 것이다.

그래선지 어린 소년범들의 얼굴을 마주하다 보면 허기진 배를 움켜쥐고 수돗물로 배를 채우던 내 어린 시절이 오버랩되었다. 이 아이들은 아파도 아프다고 소리를 지르지 못하는 아이들이다. 아무도 관심을 가지지 않기 때문이다. 비명도 들어줄 사람이 있어야 지르는 법이고, 도움도 손 내밀어줄 사람이 있어야 청하는 법이다. 그런 아이들을 볼 때마다 안타까운 마음에 억장이 무너졌다. 재비행을 막기 위해서는 아이들을 비행 환경에서 격리하거나 가정으로 돌려보내 보살핌을 받게 해야 하는데 돌아갈 곳이 없는 아이들이 많았기 때문이다. 부모가 제대로 돌보지 못하면 사회가 그 역할을 대신 해줘야 한다. 그런데 우리나라에는 그런 아이들을 위한 제도적 장치가 전혀 마련되어 있지 않다. 이런 환경에서 경미한 범죄로 온 아이들도 돌려보내면 세 명 중 두 명이 재비행을 하고, 그게 가중처벌이 되고, 그러다 소년원에 가게 되면 소년범이라는 낙인과 함께 더 강도 높은 비행을 학습해 다시 교소도에 가는 악순환이 계속되는 것이다. 구조적인 악순환이다. 그래서 소년재판을 6개월 정도 하다 보면 너무 마음이 아파서 어서 소년재판에서 벗어나려고 하는 판사들이 많다. 문제아가 따로 있는 것이 아니라 환경이 문제라는 것을 아는데 딱히 도와줄 방법이 없기 때문이다.

나는 어릴 적부터 줄곧 꿈이 판사였다. 가난에 시달리며 살다 보니 판사가 되어 약자 편에서 그들을 위해 일하겠다고 생각했다. 그래서 고시 공부도 악착같이 미련하게 했다. 하지만 어린 시절 꿈이 대개 그러하듯 정작 판사가 되었을 때는 다 잊고 살다가 소년재판을 맡고 나서야 비로소 지난 시절 마음의 빚이 있음을 기억해냈다. 비행청소년들이 처한 상황이 너무나도 열악한 데 비해 우리 사회 어디에도 이들을 위한 배려는 없었기 때문이다. 사실 대부분의 법관들은 소년재판을 전문적으로 맡길 꺼려한다. 앞서 말한 이유도 있지만 일반 민사 · 형사 재판보다 중요도가 떨어진다고 생각하기 때문이다. 하지만 한 아이의 일생을 좌우하는 재판인데 이보다 더 귀한 일이 어디 있겠는가. 나는 이 일을 하늘의 부름으로 받아들였다.

아내가 어느 날 물었다. "아이들이 그렇게 좋아요?" 그렇다고 했다. 나는 퇴임할 때까지 소년재판을 하고 싶다. 판사는 잘못을 저지른 아이들이 제일 마지막에 만나는 사람이다. 학교에서도 어쩌지 못하는 큰 사고를 치고 가슴을 졸이며 만나는 사람이 바로 나다. 그런 아이들의 마음을 알아주면 아이들은 단박에 눈빛부터 변한다. 마음 둘 데도 없고 관심 받아본 적도 없는 아이들이기 때문이다. 임신한 아이에게 배냇저고리를 사주고, 한 번은 도둑질한 아이에게 지갑에 돈을 넣어 선물하기도 했다. 남의 물건에 손대지 말고 그 돈 다 쓰면 나에게 연락하라고 하니 눈물만 흘렸다. 또 한 번은 어떤 여자아이가 집에 가고 싶은데 차비가 없다고 전화를 하기도 했다. 그냥 두면 또 나쁜 짓을 할 게 뻔하니 그 길로 택시 타고 나에게 오라고 했다. 그 아이가 머물 시설에서 데리러 오는 동안 꾸벅꾸벅 졸기에 누워서 자도 된다고 했더니 소파

위에서 정말 코를 골며 잤다. 사는 게 얼마나 고단하면 자신을 처벌하는 판사 집무실에서 그렇게 단잠을 잘까 싶은 생각에 측은한 마음을 지울 길이 없었다.

또 다른 여자아이는 음주와 흡연, 성폭행으로 스스로를 자해하다가 재판을 받게 되었다. 그때 아이는 몹쓸 병에 걸려 몸도 성치 않은 상황이었다. 그런 아이의 소원은 소박했다. 바로 가족이 다 모여서 밥 한 끼 먹는 것이었다. 그 아이는 재판을 받으면서 연거푸 “죄송합니다.”를 되뇌었다. 나는 그 아이를 보며 가슴이 먹먹했다. 좋은 환경을 만들어주기는커녕 아이들이 방황할 때 따뜻한 말 한마디 건네지 않고, 죽고 싶을 만큼 힘들어 할 때 손 내밀어주지 못한 어른들이 오히려 사죄해야 할 사람들이 아닌가. 그래서 내가 말했다. “아니다. 오히려 우리가 미안하다.” 이 말에 법정 여기저기에서 눈물이 터졌다. 그날 법정에 온 방청객들이 유난히 마음이 따듯한 사람들이어서 눈물을 흘린 것은 아닐 것이다. 누구라도 그 아이의 처지와 상황을 알고 나면 눈물을 흘리지 않을 도리가 없었을 테니까. 문제는 대부분의 비행청소년들이 처한 상황이 그 아이와 크게 다르지 않다는 것이다.

이 아이들은 보호처분을 받고 풀려나도 재범률이 대략 70%에 이른다. 돌아갈 집이 없거나, 집에 돌아가도 제대로 돌봐줄 사람이 없기 때문에 다시 가출을 하고 비행을 저지르는 현상이 반복되는 것이다. 그러다가 또다시 법정에 와서 나를 만난다. 어떤 아이와는 3년간 다섯 번이나 만난 적도 있다. 그래서 생각했다. 돌아갈 가정이 없거나 부모의 보호력이 약한 아이들을 돌봐줄 곳이 있다면 어떨까. 실제로 우리 사회에는 약자들을 위한 많은 쉼터가 존재한다. 하지만 비행청소년들을 위한 공간은 슬픈 이야기지만 소년원밖에 없다.

지금 우리나라 소년원의 실상은 참담하다. 지나친 과밀 수용으로 인해 소년원 안에서 폭행과 난동이 일어나는가 하면, 강력범죄를 저지른 소년범과 일반 소년범이 한곳에서 함께 생활하는 바람에 교정이나 교육이 이루어지기는커녕 오히려 모방 범죄를 부추기는 범죄의 학습장이 되어가고 있다. 또한 아이들을 지도하고 밀착 관리할 전담 인력이 턱없이 부족한 형편으로, 선진국은 물론이고 말레이시아, 태국, 인도 등 동남아시아보다도 열악한 상황이다. 게다가 재비행 예방을 위해서는 다양한 사회화 교육을 제공해야 하는데 예산 부족 등을 이유로 거의 실시하고 있지 않다. 이런 상태에서 소년원이 과연 제 기능을 발휘할 수 있을까? 실제로 소년원을 다녀간 소년범의 재범률은 매우 높은 편이다. 이는 현재의 소년원과 같은 대규모 시스템이 아이들의 비행 예방에 전혀 효과적이지 않다는 사실을 의미한다. 그래서 UN에서도 아동권리협약을 통해 소년원 같은 대규모 시설보다는 가정위탁(그룹홈)을 설치할 것을 권고하고 있고, 유럽과 미국, 일본 등의 사회복지 선진국들은 이미 오래전부터 지역 사회에서 설치한 가정(그룹홈)에서 소년범들을 돌보면서 소년범죄를 줄여 나가고 있다.

비행소년 전용 그룹홈이 절실히 필요하다고 느낀 나는 뜻을 가진 분들을 설득하기 시작했다. 2010년 10월 사법부의 주도로 운영되는 첫 번째 그룹홈을 개소했을 때의 감회는 잊을 수가 없다. 오갈 데 없는 10여 명의 아이들이 서로 형제가 되어 가족이라는 든든한 울타리를 갖게 된 것이다. 그리고 놀라운 결과를 얻었다. 70%대에 육박하던 아이들의 재범률이 청소년회복센터에서 생활한 이후 20~30%대로 떨어진 것이다. 따듯한 돌봄이 낳은 작은 기적이었다.

산에 가면 임도(林道)라는 길이 있다. 산에 불이 났을 때 산 전체를 태우지 않기 위해, 또 불이 났을 때 빨리 진화하기 위해 만들어놓은 것으로, 말하자면 소방로인 셈이다. 청소년회복센터는 비행청소년들의 비행을 예방하는 우리 사회의 소방로 역할을 해낼 수 있다. 분노와 원망의 불길이 사회 전체로 번지기 전에 그 아이들의 상처를 치유해줄 따듯한 보금자리를 마련해주어야 한다.

청소년은 우리 사회의 미래이다. 그래서 나는 지금도 거리에서 방황하는 아이들에게 절대 포기하지 말라고 말하고 싶다. 하지만 현실은 여전히 암담하기만 하다. 소년재판 한 건을 처리하는 데 소요되는 평균 시간이 얼마인 줄 아는가? 10분을 넘지 않는다. 사건이 많은 날에는 3~4분이다. 3~4분 안에 이 아이들의 운명이 결정된다. 얼마 전 출연했던 <고성국의 빨간의자>에서 이 이야기를 했더니 공동 진행자인 김경란 씨가 '3분이라고 하면 보통 사발면 하나 익히는 시간'이 떠오른다고 말하는 바람에 다 같이 씁쓸한 웃음을 짓기도 했다. 사발면 하나 익힐 시간에 한 소년의 미래가 결정되는 것이다.

부산은 그래도 다른 지역보다 상황이 나은 편이다. 재판도 매주 할 수 있고, 한 아이에게 허락된 시간도 비교적 여유가 있다. 하지만 울산이나 경남 지역은 소년원조차 없는 등 여전히 개선되어야 할 점들이 너무나 많다. 이런 시스템이 개선되려면 우리 사회 모두가 관심을 가져야 한다. 나 역시 좀 더 나은 사회, 아이들에게 좀 더 좋은 환경을 만들어주기 위해 포기하지 않고 노력하려 한다. 남들이 알아주지 않아도 그것이 의미 있는 일이기에 내 돈 쏟아부어 가며 보호소년을 거두는 나를 두고 사람들은 아이들의 인생을 바꾼 스승이라고 말하기도 한다. 물론 스승의 힘은 위대하다. 하지만 아이들을 만날수록 아이들에겐 스승만으로 부족하다는 생각이 든다. 이 아이들에게 필요한 것은 스승보다 먼저 아버지다.

왜 아버지인가 궁금해 하는 분들이 있을 것이다. 흔히 자녀 양육과 관련해서 더 깊은 영향을 미치는 것은 어머니라고 알고 있기 때문이다. 그러나 한 가정의 존립은 아버지에 의해 결정된다고 해도 과언이 아니다. 이러한 사실은 최근 다양한 연구를 통해서도 속속 증명되고 있다. 가령 미국 코네티컷대학의 로널드 로너 교수가 13개국 연구진과 함께 오랜 기간 세계 각국의 사례를 모으고 분석해 <성격과 사회심리학 리뷰(Personality and Psychology Review)>에 발표한 연구 논문에 따르면, 아버지의 사랑이 자녀의 성장에 미치는 영향이 어머니보다도 크다고 한다. 또한 부모가 자녀의 인성과 인격 형성에 미치는 영향을 비교분석한 결과, 자녀가 성장하는 과정에서 부모로부터 버림받거나 버림받았다는 느낌을 받는 일보다 나쁜 영향을 미치는 것은 없으며, 특히 아버지로부터 버림받는 경우에 가장 안 좋은 것으로 나타났다고 밝힌 바 있다. 이는 우리가 가진 일반적인 통념과 달리 아버지가 자녀의 바람직한 성장에 반드시 필요한 존재임을 보여주는 사례가 아닐 수 없다. 물론 이것이 꼭 혈연으로서의 아버지나 어느 특정한 성(性)에만 해당하는 것은 아니다. 아버지 노릇, 즉 아버지 역할을 해줄 사람이 가족 내에 누군가는 있어야 한다는 뜻이다.

유명한 심리학자 프로이드는 "내가 어린 시절 원했던 것은 아버지의 보호막이었다."라고 말했다. 그만큼 가족 내에서 아버지가 차지하는 위치는 중요하다. 아버지는 아이들의 실질적 보호자이자 영원한 조력자이며 아이들의 삶에 막대한 영향력을 행사하는 정신적 스승이기도 하기 때문이다. 특히 사춘기 자녀에게 있어 아버지의 존재는 어머니보다 훨씬 더 중요하다고 할 수 있다. 아버지란 자녀를 감싸 안으려고 하는 어머니와 달리 독립된 개체로 성장해가는 사춘기 자녀에게 사회적 규범을 제공하는 한편 자녀의 독립과 성장을 지지해주고 축복해주는 사람이기 때문이다. 말하자면 아버지는 자녀가 경험하는 최초의 사회이자 자녀가 건강한 삶을 살 수 있도록 올바른 방향으로 이끌어야 할 책무가 있는 사람인 셈이다. 그런데 이 과정에서 본보기로 삼을 아버지가 없거나 아버지로부터 잘못된 영향을 받는다면 어떻게 될 것인가?

오늘날 가족 내에서 아버지의 위상은 한없이 낮아졌다. 이를 두고 '사라진 아버지', '아버지의 위기' 등 우려하는 목소리가 높아지고 있고, 당사자인 아버지들은 한잔 술로 서글픔을 달래기도 한다. 한 집안을 이끌던 좌장에서 어느 날 갑자기 돈 벌어오는 통장 신세로 전락한 아버지들의 심경도 그리 편치만은 않을 것이다. 그러나 생업에 바쁘다는 핑계로 아버지가 마땅히 해야 할 일을 포기할 수는 없다. 자녀의 인성 교육은 뒤로 미룰 수 있는 것이 아니기 때문이다.

맹모삼천지교라는 비유에 익숙한 우리에게 자녀 교육은 어머니의 영향이 큰 것으로 여겨지기 쉽다. 실제로 자녀의 교육 문제는 어머니가 주관하는 경우가 많다. 그러나 아버지의 가르침이야말로 자녀가 건강한 사회인으로 성장하는 데 꼭 필요한 것이다. 다산 정약용이 유배지에 가서까지 편지로 자녀들에게 지침이 될 말을 전했던 것 또한 그런 이유가 아니었겠는가. 세계에서 가장 훌륭한 자녀 교육 지침서라는 『탈무드』도 아버지가 자녀에게 전하는 말을 담은 책이다. 유태인 아버지들은 매주 안식일이 되면 정장을 하고 자녀들을 만나서 지난 한 주일의 생활을 점검하고 교훈적인 말을 들려준다고 한다. 이때 가슴에 와 닿은 아버지의 이야기는 자녀가 살아가는 동안 삶의 지표가 된다.

지난날 우리에게도 이런 아버지의 가르침이 있었다. 밥상머리 교육이 바로 그것이다. 우리는 가족들과 함께한 밥상머리에서 삶의 지침을 배웠다. 아무리 배가 고파도 어른들이 수저를 드시기 전에는 먼저 수저를 들지 않고 기다리는 예의를 배웠고, 가족끼리 맛있는 음식을 나누어 먹는 과정에서 이기심과 탐욕을 절제하고 다른 사람을 배려하는 법을 배웠으며, 아버지가 밥상머리에서 들려주는 이야기를 통해 지켜야 할 규범과 세상살이의 지혜를 배울 수 있었다. 그러나 지금은 가족끼리 마주앉아 밥을 먹을 시간이 없어 기본적인 인성 교육조차 어려운 형편이다. 이런 현실이 아버지에게는 서글픔으로, 아이들에게는 아버지의 부재로 나타나는 것이다. 그러나 어린 시절 자녀의 인성 교육은 선택의 문제가 아니라는 것을 알아야 한다. 아버지 노릇 또한 마찬가지다. 시대가 변해 아버지의 위상이 달라졌을지는 몰라도 아버지는 여전히 한 집안의 기둥이자 정신적 지표이며, 우리 사회의 초상이다. 표류하는 아이들 뒤에는 흔들리는 아버지가 있다. 아버지가 바로 서야 아이들도 바로 설 수 있는 것이다.

그런데 비행청소년들 중에는 아버지가 없거나 제대로 된 아버지 노릇을 하지 않는 가정에서 자란 경우가 많다. 심지어 아버지 노릇 중에서 가장 기본에 속한다고 할 수 있는 보호자 역할조차 하지 않는 아버지도 많다. 이는 아버지의 보호와 가르침, 지지와 축복이 없다는 것을 뜻한다. 사춘기는 부모의 애정 어린 보살핌이 있어도 들쭉날쭉하는 감정을 통제하기가 어려운 시기이다. 그런 시기에 아버지의 보호막 없이 혼자만의 힘으로 제대로 선다는 것은 말처럼 쉬운 일이 아니다. 일반적인 가정의 아이들이 제로베이스에서 시작한다면 이 아이들은 마이너에서 시작하는 것이나 다름없기 때문이다. 제대로 된 부모의 보살핌을 받고 큰 아이들과 그렇지 못한 아이들을 동일한 잣대로 보는 것은 정의롭지 않다. 아버지가 없다면 아버지를 대신하여 사회가, 그리고 우리 어른들이 따듯한 관심을 주고 최소한의 기본권을 보장해준 뒤에, 그럼에도 불구하고 계속 잘못을 저질렀을 때 엄격한 법의 잣대를 들이대도 늦지 않다.

아버지는 아이의 미래를 비추는 거울이 될 수도, 가로막는 벽이 될 수도 있다. 비행청소년 문제도 마찬가지다. 아버지인 우리가 먼저 손을 내밀고 이 아이들이 건강한 사회구성원이 될 수 있도록 보살피고 이끌어줘야만 한다. 이를 위한 현실적인 방안은 아버지의 역할을 대신해줄 사회적 장치를 하루빨리 제도화시키는 것이다.

한 사회의 수준은 그 사회의 가장 낮은 곳에 의해 결정된다는 말이 있다. 탄식만 하고 있을 것이 아니라 우리도 이제는 바뀌어야 한다. 비행청소년은 우리 사회가 거느린 춥고 쓸쓸한 그림자이다. 건강한 사회 구성원이 되지 못하고 그 주변을 서성거리는 그림자의 수가 늘어날수록, 소외된 아이들의 웅성거림이 높아질수록 우리 사회의 표정 또한 어두워질 것이다. 그러기 전에 누군가는 이 아이들에게 따듯한 아버지가 되어주어야 한다. 더 늦기 전에 우리 사회가 이 아이들의 보호막이 되어주어야 한다. 집단적이고 폐쇄적인 소년원과 달리 일대일 관계 속에서 따듯한 돌봄이 가능한 청소년회복센터는 그런 의미에서 적절한 대안이라고 할 수 있다. 부모의 보살핌을 제대로 받지 못하고 자란 아이들에게 가족을 경험하게 해주고, 열린 인간관계를 통해 자연스럽게 사회성을 키워줄 수 있기 때문이다.

지난 5년 동안 창원에 이어 부산에도 청소년회복센터가 만들어졌고, 50여 명의 아이들이 6개의 센터에서 생활하며 따뜻한 보살핌 속에 미래를 설계하고 있다. 문제는 복지를 담당하는 행정부의 공적 지원이 전혀 없어 센터 운영에 많은 어려움이 따른다는 것이다. 어떤 분들은 이런 투자를 낭비라고 생각할지도 모르겠다. 그런다고 아이들이 바뀌겠느냐고 말할 수도 있을 것이다. 그러나 이 아이들에게도 거친 세상의 울타리가 되어줄 따뜻한 가정이 필요하다. 아버지의 마음으로 아이들을 보살펴주고, 바로 설 수 있도록 최소한의 지지대 역할을 해줄 만한 사회적 장치는 만들어줘야 하지 않겠는가?

흔히들 인간 사회를 숲으로 비유해서 말한다. 인간의 숲과 자연의 숲은 비슷한 점도 있겠지만 다른 점도 분명히 존재한다. 숲을 관리하는 사람의 입장에서 볼 때 두 숲의 가장 큰 차이는 '간벌(間伐)' 여부에 있다. 자연의 숲에서는 한 나무를 거목으로 만들기 위해 병든 나무나 거목이 될 만한 재목이 아닌 나무를 희생시키기도 한다. 하지만 인간의 숲은 간벌이 사실상 불가능할 뿐만 아니라 그래서도 안 된다. 잘난 사람이나 못난 사람이나 함께 가지 않으면 안 되는 것이 인간 사회이고, 이걸 지키기 위해 노력하는 것이 참된 인간성이기 때문이다. 인간성을 상실한 채 얻은 행복을 과연 행복이라고 말할 수 있을까? 행복하다고 한들 그 반쪽짜리 행복을 온전하게 즐길 수 있을까?

청소년은 앞으로 대한민국을 이끌어갈 미래의 일꾼이다. 그리고 비행청소년도 대한민국 청소년이다. 모두가 '대한민국'이라는 한 배를 탄 운명공동체인 셈이다. "멀리 가려면 함께 가라."라는 격언처럼 대한민국의 청소년들 모두가 이 배의 운명을 함께 짊어지고 가게 해야 한다. 그렇지 않고 일부에게만 그 책임을 떠맡기는 것은 자칫 대한민국의 발전과 영속성에 심각한 위기를 초래할 수 있다. 내 자녀가 좋은 이웃이 되게 하고, 또 내 자녀에게 좋은 이웃을 많이 만들어주는 것이 지금 이 사회를 이끌어가는 어른이자 아버지로서 해야 할 참된 책무가 아니겠는가. 대한민국의 아버지들에게 내 아이, 네 아이 가리지 말고 이 시대를 함께 살아가는 모든 아이들의 아버지가 되어주길 간절히 부탁한다. 또 아이들은 아버지의 등을 보고 자란다고 하는데, 부디 이 책을 읽는 모든 아버지들이 우리 아이들에게 넉넉한 등을 보여주는 아버지가 되기를 소망한다.

2015년 3월

부산가정법원에서 **천종호**

/1부/

아버지라는 이름의 무게

아버지와 다름없는 판사님

나의 아버지는 이미 이 세상 사람이 아니지만 지나간 시절 기억의 파편들을 통해 지금도 나의 삶에 늘 영향을 미치고 있다. 그리고 나도 지금 세 아이의 아버지가 되어 그들의 삶에 영향을 끼치고 있고, 이 세상을 떠나서도 그럴 것이라고 생각한다.

아버지란 누구인가? 지금까지 살아오면서 나는 이 질문에 관해 깊이 생각해본 적이 없다. 그런데 나로 하여금 아버지의 존재 의미에 대해 많은 생각을 하게 만든 아이가 있다. 바로 상희라는 소녀다.

상희의 부모는 상희가 열 살일 무렵부터 별거하기 시작하여 결국에는 이혼을 하였다. 그 후 상희는 열다섯 살 때 폭력 등으로 가벼운 소년보호처분을 받았으나 그 준수사항을 제대로 지키지 못해 몇 달 뒤 의료소년원에 보내는 7호처분을 받았다.

상희는 의료소년원에서 나온 뒤 한동안 별다른 말썽 없이 생활하였으나 열일곱 살 무렵 다시 비행세계로 빠져들었다. 중학교도 마치지 못하고 변변한 기술조차 가지고 있지 않은 상희가 건강한 사회인으로 살아가기는 쉬운 일이 아니었다. 집을 나온 상희는 절도와 성매매를 통해 생활비를 마련하였고, 심지어는 걸인의 구걸통에 들어 있는 돈을 훔치기도 하였다. 그로 인해 상희는 열여덟 살 때 나에게 재판을 받게 되었다.

당시 상희에 대한 심리는 법정에서 하지 않고 판사실에서 진행했다. 형벌이 아닌 소년보호처분을 부과하는 소년재판에서는 간혹 특별한 사정이 있는 경우 판사실에서 재판을 하기도 하는데, 상희가 임신 4개월을 맞는 임산부라고 하기에 배려 차원에서 그렇게 한 것이다. 차갑고 권위적인 분위기의 법정보다는 한결 나았겠지만 처분을 받으러 온 마당에 긴장이 전혀 안될 수는 없었을 것이다. 그래서 재판 시작 전에 먼저 따끈한 차 한 잔을 상희에게 건넸다.

상희의 비행 내용으로는 소년보호처분 중 가장 무거운 처분도 과하지 않다고 생각했지만, 상희가 임신을 하고 있는 터라 부득불 2년간의 보호관찰을 조건으로 어머니에게 돌려보내는 처분을 내릴 수밖에 없었다. 집으로 돌아간 상희는 낙태 수술을 받았다. 하지만 그 상처 때문인지 다시 가출해 노래방 도우미 생활을 하는 등 보호관찰처분에서 정한 준수사항을 제대로 지키지 않았고, 결국에는 다시 붙잡혀 소년분류심사원에 위탁된 다음 열아홉 살의 나이에 나에게서 두 번째 재판을 받게 되었다.

2012년 11월에 상희에 대한 재판이 있었다. 국선보조인이 제출한 상희가 쓴 편지를 받아들고 읽기 시작하였다. 그런데 편지 첫머리에 적힌 “아버지와 다름없는 존경하는 천종호 재판장님”이라는 글을 읽는 순간 무언가에 머리를 세게 얻어맞은 듯 일순 멍해지고 말았다.

나의 아버지와 다름없는 존경하는 천종호 재판장님께
이 편지를 드립니다.
안녕하세요, 존경하는 재판장님. 저는 상희입니다.
이렇게 판사님께 편지를 쓰려고 하니깐 벌써부터 눈물이 나오려고 하네요.
저는 그동안 의미 없는 인생을 살아왔던 거 같습니다.
저는 살아오면서 정말 행복했던 추억이 없습니다. 슬프고 괴로웠던 일뿐이었습니다. 저는 사실 항상 외로운 아이였습니다. 정말 그 누군가에게도 사랑을 못 받고 여기 치이고 저기 치이고 하다 보니까 결국엔 제가 여기까지 와버렸습니다. 그 누군가 단 한 명도 저에게 손 내밀어주는 사람이 없었습니다. 어느 순간 제 자신을 뒤돌아봤는데 제 주위에는 아무도 없고 온통 세상이 어둡고 컴컴했습니다.
그래서 저는 '아, 이제 낭떠러지에 왔구나. 이제 더 이상 갈 곳이 없구나.'라고 생각했습니다. '내 인생은 여기서 끝난 거구나.' 생각하고 인생을 포기하려고도 했습니다.
하지만 조금 더 깊게 생각하니 아직 살아가야 할 날이 많고 나를 이렇게 이쁘게 키워주신 어머니가 너무 불쌍하고 죄송스러웠습니다. 그래서 '이제 정신 차리자, 아직 늦지 않았다.'며 정신 차리고 보니 소년원이었습니다. 그때 전 이런 생각을 했습니다. '내가 결국엔 여기까지 와버렸구나, 난 이제 어떻게 살아야 할까.'라고요.
그런데 어느 날 연락이 끊겼던 어머니에게서 편지가

왔습니다. 그동안 너무 보고 싶었고 많이 그리워했던 어머니의 편지가 왔다는 사실에 그땐 봉투만 보고도 너무 슬퍼서 내용을 보기도 전에 그 편지를 가슴에 품고 펑펑 울어버렸습니다. 정말 미안하다고, 이제서야 편지를 써서 미안하다고, 너의 잘못은 하나도 없다고, 모두 다 내 탓이라고 적혀 있는 어머니의 글을 보고 '아, 나는 정말 불효자구나.' 하고 생각했습니다. 저는 어머니께서 연락해준 것만으로도 너무 감사했습니다. 절 버리지 않았다는 생각에 정말 감사하고 또 감사했습니다.

이젠 정말 사람답게 살아보고 싶습니다. 남에게 피해를 주는 그런 상희 말고 사회에서 도움 안 되는 그런 상희 말고요. 남들에게 도움을 줄 수 있는, 사회에서 꼭 필요한 그런 상희가 되고 싶습니다. 제 자신을 위해서 또한 나의 어머니를 위해서 열심히 살아보고 싶습니다. 지금은 그 누구에게도 인정 못 받고 신뢰도 없는 그런 사람이지만 이제는 아닙니다. 이제는 인정받고 싶고, 믿음과 신뢰가 있는 그런 상희가 되려고 합니다. 제 꿈을 향해 달려가려고 합니다. (…중략…)

나의 아버지와 다름없는 존경하는 재판장님!

사람을 사랑하는 마음으로 살겠습니다. 봉사하겠습니다. 사회가 필요로 하는 사람이 되겠습니다. 정말 이제는 후회 없는 마지막 제 인생을 살고 싶습니다. 믿어주세요. 실망시키지 않겠습니다. 용서를 받고 싶습니다. 하루하루

평생 죄송한 마음으로 살겠습니다. 다시 한 번만 선처 부탁드립니다.

상희 올림

편지를 읽은 뒤 상희에 대한 심리를 열었다. 상희가 편지를 쓴 가장 큰 이유는 소년원에 가지 않기 위함이었을 것으로 생각된다. 하지만 이번에는 상희를 집으로 그냥 돌려보낼 수가 없었다. 그래서 고심 끝에 6개월간 소년원에 보내는 9호처분을 내렸다. 그동안의 행적 때문에 소년원을 피해갈 수는 없었지만 2년 동안 소년원 생활을 해야 하는 10호처분을 받지 않은 탓인지 상희는 담담하게 처분을 받아들이고 법정을 나섰다.

재판을 마치고 상희가 쓴 편지로 인해 나는 상념에 빠졌다. 상희의 편지에는 자신을 재판한 판사인 나와 자신의 어머니에 대해서만 언급이 되어 있었다. 상희가 편지에서 자신의 아버지에 대해서는 단 한마디의 언급도 하지 않은 반면 아무런 혈연관계도 없는 나를 아버지와 다름없는 사람이라고 한 이유는 무엇인지가 궁금했다. 첫 번째 재판 때 나에 대한 인상이 깊어서 그렇게 부르게 되었을까? 아버지라는 존재의 의미가 무엇이기에 나를 두 번씩이나 아버지와 다름없다고 하였을까? 과연 상희에게 있어 아버지는 어떤 존재일까.

이런저런 상념에 빠져 있다 보니 문득 돌아가신 아버지의 모습이 떠올랐다. 내 아버지는 건축 현장에서 고된 목수 일을 하시다가 생을 마치신 분이다. 아버지의 생애를 거칠게 요약하자면 아마도 '일곱 명의 자식을 거느린 도시 빈민가의 가난한 목수' 정도로 표현할 수 있을 것이다. 체격이 왜소한 데다 좋은 음식도 제대로 드시지 못한 탓에 고된 노동에 힘이 부칠 때면 막걸리와 깡소주로 버텨내셨고, 그 때문에 일을 마치고 집에 돌아오실 때쯤이면 얼근히 취해 있는 날이 많았다. 그런 날이면 사소한 일로 어머니와 다투기도 했으나 나를 비롯한 자식들에게는 부드러웠던 분이다. 한없이 절망할 수도 있는 상황에서도 특별한 내색 없이 도시 빈민가의 가장으로서 묵묵히 가정을 지키셨던 분. 그런 분이 바로 내 아버지시다.

이처럼 자녀 양육에 있어 특별한 것이 전혀 없다고 할 수 있는 아버지 밑에서 자란 탓인지 아버지가 된 이후 나의 아버지 노릇이 쉽지만은 않았다. 아버지 노릇을 제대로 해야 아버지다운 아버지가 될 것은 분명한데, 좋은 아버지 노릇하기가 생물학적으로 아버지가 되는 것만큼 녹록하지만은 않기 때문이다. 참 쉽고도 어렵게 얻어지는 것이 아버지란 자리고 이름이라는 것을 매일 실감하고 살아간다. 그러고 보면 아버지는 자녀가 생겼다고 바로 되는 것이 아니라 자녀를 통해 완성되어가는 존재라고 해야 할 것 같다.

그런 의미에서 보자면 2013년에 나온 일본 영화 〈그렇게 아버지가 된다〉는 좋은 아버지가 된다는 것이 무엇인지를 잔잔하면서도 감동적으로 보여주는 수작인 것 같다. 이 영화는 생물학적 아버지에서 사회학적 아버지, 즉 아버지다운 아버지로 변해가는 한 남자의 성장담을 통해 진정한 아버지의 역할을 우리에게 되묻고 있다. 그렇다면 아버지다운 아버지란 과연 어떤 아버지를 말하는 것일까? 영화에서는 이를 아이와 함께하는 아버지라고 말하고 있는 듯하다. 단순한 혈연관계, 혹은 양육을 아내에게 모두 떠맡긴 채 든든한 경제적 울타리가 되어주는 것만으로는 좋은 아버지가 될 수 없다는 것이다.

우리들이 사는 세계에는 수십억 명의 아버지가 있고, 그들의 아버지로서의 삶은 아버지 노릇 여하에 따라 천차만별이다. 때문에 '이것이 좋은 아버지다'라고 말하며 단일한 아버지상을 만들 수는 없겠지만 누구나 공감하는 보편적인 아버지의 모습은 그려볼 수 있을 것이다.

좋은 아버지 노릇 중 가장 근본적인 것은 자녀를 보호하는 것이다. 그런데 비행소년들의 아버지 중에는 이러한 최소한의 아버지 노릇조차 제대로 못하는 사람들이 많다. 나는 그로 인해 좌절하거나 실의에 빠진 소년들을 많이 보아왔다. 비행소년도 대한민국의 소년들이다. 그 아이들이 인간다운 삶을 살게 하기 위해서는 이 사회의 어른들 중 누군가는 그들의 아버지가 되어주어야 한다. 그들을 보호해주고 그들의 상처를 어루만져주며, 아픈 마음을 위로해주고 삶의 길잡이가 되어줄 아버지가 그들에게도 필요하다.

상희도 비록 비행을 여러 번 저질렀지만 그에 대해 질책하기보다는 그럼에도 자신을 보호해주고 아픈 마음을 이해해줄 아버지가 필요했을 것이다. 그런 간절한 마음에 자신에 대한 처분을 내려야 하는 판사인 나를 아무런 스스럼없이 아버지와 다름없는 사람이라고 부르지 않았을까?

상희를 비롯하여 아버지의 사랑을 받지 못하는 비행소년들을 생각하면 가슴이 아프다. '아픈 아이를 위해 눈발을 헤치고 빨간 산수유를 구해오는 자상한 아버지'까지는 아니더라도 최소한의 보호막이 되어줄 아버지가 이 아이들에게도 필요하지 않겠는가? 나라도 그들에게 아버지 노릇을 해주고 싶지만 여건이 잘 허락하질 않는다. 상희가 지금쯤 소년원에서 나왔을 것인데 이 글을 보고 얼른 연락이라도 해주면 좋겠다.

아버지의 조건

작자 미상

하느님이 만드신, 산처럼 힘세고
나무처럼 멋있고
여름 햇살처럼 따뜻하고
고요한 바다처럼 침착하고
자연처럼 관대한 영혼을 지니고
밤처럼 다독일 줄 알고
역사의 지혜 깨닫고
비상하는 독수리처럼 강하고
봄날 아침처럼 기쁘고
영원한 인내심을 가진 사람,
하느님은 이 모든 걸 주시고
더 이상 추가할 게 없을 때
당신의 걸작품이 완성되었다는 걸 아셨다.
그래서
하느님은 그를 '아버지'라 불렀다.

『축복』, 장영희 역, 비채

아버지라는 이름의 무게

한국 사회를 일컬어 흔히 '빡센' 사회라고들 한다. '무한 경쟁'과 '승자 독식'의 경향이 짙은 대한민국에서 살아가기가 그만큼 힘들고 고단하다는 푸념일 것이다. 그런데 그중에서도 고단함의 순위를 매겨본다면 가장 앞줄에 있는 것은 단연 '아버지'들이 아닐까? 예전 아버지들은 밖에 나가 경제활동을 하는 것만으로도 너끈히 좋은 아버지 대접을 받았다. 하지만 요즘은 그것만으로는 안 된다. 한 집안의 가장으로서 집안 경제를 책임지는 것을 넘어 아이들에게 친구 역할, 멘토 역할, 때로는 평생 조력자까지 되어야 하니 좋은 아버지 노릇이 녹록치 않은 셈이다.

돌아가신 내 아비지도 예전 아버지들에 속한 분이셨다. 식솔들을 먹여 살리는 것이 가장 중요하다고 생각한 분이라는 뜻이다. 아니, 벌이가 시원찮아 그것 외에는 달리 자식들에게 해줄 것이 없으셨다고 함이 옳을 것이다.

아버지께서는 자주 술을 드셨다. 주로 일이 끝난 다음 하루의 노곤함을 달래기 위해 드시곤 했지만 일을 쉬거나 일이 없어 집에 계신 날에도 더러 드시곤 했다. 부산이 타향인지라 친구도 거의 없으셨고 바깥나들이를 할 형편도 안 되었던 아버지로서는 심심파적 삼아 드시는 막걸리나 소주가 유일한 낙이었을 것이다. 아버지는 말수가 적은 분이었다. 어머니가 바가지를 긁지만 않으시면 술을 드신 이후에는 조용히 잠을 청하는 게 다였다. 하지만 어머니의 잔소리가 심한 날이면 때로 큰소리로 고함을 치거나 어머니에게 폭력을 행사하시기도 했는데, 한때는 어린 마음에 그런 아버지를 미워하기도 했었다. 어머니가 잔소리를 하는 이유는 주로 생활비 문제 때문인데, 그런 일로 폭력을 쓰는 건 지나친 처사라고 생각했기 때문이다. 하지만 그렇다고 하여 아버지를 원망하거나 나쁜 아버지라고 생각해본 적은 없다. '부자 아빠'도, 대단한 권력을 가진 분도 아니었지만 아버지가 곁에 있는 것만으로도 충분했기 때문이다. 아버지는 좋고 나쁨을 떠나 그냥 말 그대로 아버지였다.

그런데 법정에서 만나는 소년들의 마음도 나와 별반 다르지 않은 것 같다. 이들이 바라는 아버지는 특별한 아버지가 아니라 '그냥' 아버지다. 기쁜 일이 있을 때 같이 웃고 슬픈 일이 생기면 함께 울며, 힘든 일이 있을 때 가장 먼저 달려가서 의논하고 싶은 사람. 아버지란 자식에게 특별한 지위나 업적으로 기억되는 사람이 아니다. 세상에서 이룬 게 아무것도 없는 아버지라도 그 자녀에게는 존경의 대상이 될 수 있고, 대단한 부와 명예를 지닌 아버지도 혈연관계 이상의 의미를 주지 못하는 경우가 있기 때문이다.

어느 비행소년은 소년분류심사원에서 쓴 편지에서 자신의 아버지를 다음과 같이 묘사했다. 보통의 아버지를 둔 자녀라면 대부분 자신의 아버지를 이 소년과 같이 평가하지 않을까?

아버지, 오랜만에 불러봅니다.
지난 긴 시간 동안 그 답답함과 외로움을 어떻게 견디셨는지
이제야 아버지의 아픔을 이해하게 되었습니다.
아버지께서는 자식들이 하는 일이라면 뭐든지 들어주고
지원만 하시면서 묵묵히 기다려주셨습니다.
아버지는 강해야 한다는 그 사명 하나로 힘들어도 힘들다
내색도 못하고, 아파도 아프다 말씀도 못하시고, 꿈이
있어도 그 꿈을 이루기 위해 혼자 뭔가를 시도해보지도
못하시고 그렇게 살아오셨습니다.
나이 들어 정작 자식들의 다정을 기대하지만 그것마저도
내색하지 않고 삼키는 우리 아버지. 생각해보면 정말 가슴이
아픕니다.

어느덧 나도 세 아이의 아버지가 되었다. 아버지의 입장이 되어보니 아이들에게 아버지 노릇을 제대로 하고 있는지, 좋은 아버지가 되어주고 있는지 노심초사할 때가 많다. 아이들의 행복을 위해서라면 아낌없이 주고 싶은 마음 간절하나 가끔씩 내 자신의 모습을 돌아보면 부족함을 많이 느낀다.

나는 내 아버지와는 달리 경제적 가난에서는 벗어났기에 아이들에게 가난으로 인한 마음의 상처는 주지 않을 것으로 생각한다. 그러다 보니 걱정되는 것은 내 아이들에게 정신적 가난을 물려주지나 않을까 하는 것이다. 다시 말해, 아버지라는 이름만으로 내 아이들에게 자긍심을 갖게 만들 수 있을지 걱정이 앞선다.

내 성급함과 부족함으로 인해 아이들에게 상처를 주기라도 하였을 때는 마음의 갈피를 잡기가 어렵다. 그럴 때면 아버지의 실수를 너그럽게 용서하고 상처가 빨리 아물기만을 바랄 뿐이다.

명수라는 아이가 있다. 명수는 2010년부터 2012년 사이에 세 번에 걸쳐 소년보호처분을 받은 전력이 있으나 비행 내용이 그리 중하지 않아 모두 보호관찰을 조건으로 보호자에게 돌려보내는 처분을 받았었다. 하지만 세 번째 보호처분에서 정한 준수사항을 제대로 지키지 못해 1년 뒤 다시 재판을 받게 되었다.

명수 어머니는 명수가 세 살 때 집을 나가버렸기에 명수와 그의 형은 편부 슬하에서 양육되었다. 명수 아버지가 일을 하느라 바깥에 있을 때는 아홉 살 위의 형이 명수를 돌보았다. 명수는 자신이 가장 행복했을 때가 형이 자신을 업고 유치원에 데려다주었을 때라고 한다. 명수 아버지는 재혼한 적이 있으나 가정불화로 곧 이혼하였다. 명수는 아버지가 재혼했을 당시 계모로부터 학대를 받기 시작하면서부터 가출을 시작하였고, 그로 인해 비행세계에 발을 들여놓게 되었다.

명수는 가출 생활을 하던 중 불량배들에게 눈 부위 등을 심하게 얻어맞은 적이 있었는데 제때 치료를 받지 못해 왼쪽 눈은 실명이 되어 의안을 한 상태였고, 오른쪽 눈마저 백내장으로 인해 심한 난시 증상을 보이고 있었다. 즉시 치료를 받지 못하면 오른쪽 눈마저 실명될지 모르는 위급한 상황이었다.

또한 지적장애 2급이었음에도 명수 아버지는 그 사실을 모르고 있다가 명수가 고등학교 1학년을 자퇴하고 나서야 비로소 그 사실을 알게 되었다. 명수는 자신이 절대로 지적장애인이 아니라고 주장한다. 그 때문인지 소년분류심사원에서 조사를 받을 때 본인의 학력을 허위로 진술하는가 하면, 자신의 신체 상태를 제대로 인식하지 못한 채 형처럼 태권도 사범이 되는 것이 장래 희망이라고 말하기도 하였다. 명수가 소년분류심사원에서 쓴 반성문은 명수의 입장에서는 최선을 다해 쓴 것이었겠지만 분량이 다섯 줄도 채 되지 않았다. 맞춤법도 제대로 되어 있지 않았을 뿐만 아니라 마침표도 찍혀 있지 않았다. 6년째 소년보호재판을 하고 있지만 이렇게 짧은 반성문은 여태껏 본 적이 없다. 반성문을 통해 명수의 지적 수준이 어느 정도인지 짐작할 수가 있었다.

> 저는 보호관찰소 위탁을 왔습니다 잠깐 동안 판단을
> 잘못했던 것 같습니다 이번 일로 일을 크게 만들고 옳지
> 못한 행동을 하고 말았습니다 한번만 용서를 해주시면
> 다시는 이런 일은 만들지 않겠습니다 다시는 신뢰를 캐지
> 않겠습니다 용서해주세요

2013년 7월 명수에 대한 재판이 있었다. 명수가 다시 저지른 비행 내용과 준수사항을 위반한 정도, 건강 상태 등으로 보아 명수를 소년원에 보내기는 어려워 보였다. 하지만 국선보조인은 의사의 진단서를 제출하며 명수를 그대로 둔다면 오른쪽 눈마저 실명할 가능성이 있으니 소년원에라도 보내 치료를 받을 수 있

도록 해달라고 하면서 명수 아버지도 같은 의견이라고 하였다. 명수 아버지로서는 형편상 명수의 눈을 치료해줄 여력이 없을 뿐만 아니라 가출을 상습적으로 일삼는 명수를 붙잡아놓고 치료를 시킬 수도 없으니 오히려 소년원에 가는 것이 치료에 도움이 된다고 생각한다는 것이었다. 그래서 명수 아버지에게 물었다.

"정말로 소년원에 보내도 되겠습니까?"

"예, 판사님. 명수를 소년원에 보내주십시오. 택시 기사 수입으로는 치료비를 마련할 수가 없습니다. 명수의 눈을 그렇게 만든 가해자들을 상대로 민사소송을 제기해두었지만 재판에서 이기게 될지, 이기게 되더라도 돈을 언제 받을는지 잘 모르겠습니다. 민사소송에서는 명수에 대한 신체 감정도 실시해야 됩니다. 그런데 감정비도 만만치 않다고 합니다. 그러니 꼭 소년원에 보내주십시오."

그래서 법정에 있는 소년원 직원에게 물어보았다.

"의료소년원에 보내면 명수의 눈을 치료할 수 있을까요? 또 신체 감정도 해주실 수 있으신가요?"

"예, 그렇게 될 수 있도록 조치해보겠습니다."

소년원 직원의 답변도 있고 해서 부득불 명수에 대해 6개월간 의료소년원에 보내는 7호처분을 하기로 마음을 굳혔다. 나는 명수에게 7호처분을 할 수밖에 없는 이유를 설명하며 그곳에서 치료를 잘 받아 남은 눈만이라도 지킬 것을 신신당부하였다. 그런 다음 명수에게 "명수야, 이제 소년원으로 가게 될 것인데 아버지에게 '아버지 사랑합니다.'를 열 번 말해드리고 가거라."라고 하였다.

그러자 명수가 꿇어앉아 "아버지 사랑합니다."라는 말을 무덤덤하고 나지막하게 외치기 시작했다. 보통의 아이들은 소년원에 보내는 처분을 내린다고 하면 감정이 고조되어 걷잡을 수 없이 눈물을 흘리거나 소리를 지르는데 어떻게 된 영문인지 명수는 너무나도 차분하게 "아버지 사랑합니다."를 외치고 있었다. 지적 장애가 있는 명수가 자신의 상황을 제대로 인식하지 못하기 때문에 그런 반응을 보인다고 생각하니 가슴 한구석이 저려왔다.

제대로 된 아버지라면 누구나 자녀의 행복을 간절히 소망하지 않을 수가 없다. 자신이 가진 것을 아낌없이 주려고 마음도 먹을 것이다. 그러기에 자신이 가진 힘으로는 사랑하는 자녀에게 아무것도 해줄 수가 없는 지경에 이르게 되면 아버지의 마음은 걷잡을 수 없이 무너져내린다. 그 좌절감은 그런 처지에 놓인 아버지가 되어보지 않고서는 느낄 수가 없는 것이다. 아버지라는 이름의 무게는 지구의 중력만큼이나 강력하기 때문이다.

명수 아버지도 역시 아버지였다. 형편상 아들의 눈을 치료할 수가 없어 아들을 소년원에 보내야만 하는 명수 아버지의 속은 타들어가기 시작했을 것이다. 그러다가 물정 모르는 아들의 외침을 듣고는 그만 억장이 무너져내린 것이다. 아들을 볼 낯이 없다는 듯 시종 고개를 숙인 채 법정 보호자석에 앉아 있던 명수 아버지는 명수의 외침이 반복되어가자 더 이상 참지 못하고 명수에게 다가가 일으켜 세운 다음, 두 손으로 아들의 뺨을 어루만지며 흐느껴 울었다. 그러고는 이렇게 말했다.

"명수야, 아빠도 너를 사랑한다. 치료 잘 받고 오너라."

아버지의 울음소리에 놀란 명수는 그제야 자신의 처지를 비로소 자각한 듯 거친 호흡과 함께 폐부 깊은 곳에서부터 흘러나오는 듯한 소리로 '어엉' 하며 아버지를 향해 슬픈 울음을 터뜨렸다. 자신이 처한 비참한 상황을 인식한 뒤의 울음이라 생각하니 그 애절함이 더 크게 느껴졌다.

명수와 명수 아버지의 애절한 통곡에 법정 여기저기에서 안타까운 탄성이 쏟아져 나왔다. 어느새 눈물범벅이 되어 가까운 곳에 있는 휴지에 연신 손을 뻗는 분이 있는가 하면, 흘러내리는 눈물을 그대로 둔 채 법정 천장만 응시하는 분들도 있었다.

재판 내내 편치 않던 내 마음속에서도 울음이 터지기 시작했다. 눈가에 눈물이 번지기 전에 서둘러 처분을 내린 뒤 잠시 휴정하겠다고 한 다음 법정 뒤의 대기실로 들어갔다. 그리고 대기실에 있는 소파에 몸을 풀썩 내던진 다음 혼자 앉아 울기 시작했다. 그렇게 울다 보니 불현듯 아버지 모습이 떠올랐다. 술 마시는 것 말고는 어느 시인의 말처럼 '평생 울컥, 화내는 취미밖에 없었던 아버지', 돌아가시기 며칠 전에 내가 사들고 간 몇천 원짜리 매실주 한 병을 받아들고서 "이것으로 됐다."고 미소를 지으시며 나에 대한 서운함을 다 푸시겠다던 아버지를 생각하며 또 울었다.

나는 할 수 있다, 나는 잘할 수 있다

마르틴 루터는 희망에 대해 다음과 같이 말하였다.
"이 세상을 움직이는 힘은 희망이다. 수확을 할 희망이 없다면 농부는 씨를 뿌리지 않는다. 이익을 얻을 희망이 없다면 상인은 장사를 하지 않는다. 좋은 희망을 품는 것은 바로 그것을 이룰 수 있는 지름길이다."

희망은 사람으로 하여금 살아가게 만드는 근원적인 힘이자 항거 불능의 절망적인 상황 속에서도 삶의 의지를 불태우게 하는 기적의 능력이다. 그러하기에 희망은 삶의 만족도와 태도를 결정하는 데 있어 아주 큰 영향을 끼친다.

비행청소년들의 비행 양상은 다양하다. 비행에 이르게 된 동기에 따라 나누어보면 절도, 강도나 원조교제 같은 '생계형 비행', 학교폭력처럼 또래 관계 속에서 발생하는 '관계형 비행', 오토바이 무면허 운전이나 폭주 같은 '유희형 비행', 성적 욕구를 채우기 위한 '성 비행', 묻지마 범죄와 같은 '정신 심리형 비행' 등이 있다.

이 중 정신 심리형 비행에 속하는 '묻지마 범죄'는 그 발생 건수가 전체 범죄 건수에서 차지하는 비중은 높지 않으나 살인이나 중상해(重傷害)같이 그 피해 정도가 심한 경우가 많고, 가해자와 피해자 사이에 아무런 관계가 없는 경우가 대부분이기 때문에 그로 인한 공포감 등 사회에 끼치는 해악 면에서는 매우 큰 범죄라고 할 수 있다. 그런데 이 묻지마 범죄를 저지른 범인의 64%가 직업이 없다고 한다. 이로 미루어볼 때 묻지마 범죄의 기저에는 희망의 상실이 자리 잡고 있으며, 이를 막기 위한 최선의 길은 그들에게 희망을 가지게 하는 것이 아닐까 싶다.

비행청소년들의 경우도 비행에서 벗어나게 하기 위한 최선의 길은 그들에게 희망을 가지게 하는 것이다. 하지만 학업을 중도 탈락하고 변변한 기술 교육조차 받지 못한 비행청소년들이 열악한 삶의 조건 속에서 희망의 싹을 틔우기란 그리 쉬운 일이 아니다. 중세 시대에 자신의 기능을 자녀에게 전수해주던 아버지의 마음으로 소년들을 품지 않으면 그들을 범죄의 세계에서 빼내기란 쉬운 일이 아니다.

열여덟 살의 오상이는 2012년에 절도죄로 기소유예처분을 받은 것 외에는 비행 전력이 전혀 없었다. 오상이는 2014년 4월에 저지른 흉기휴대강도미수죄로 구속되어 형사재판을 받던 중 선처를 받고 소년부로 송치되어 2014년 7월에 소년보호재판을 받게 되었다.

오상이는 2014년 4월 14일 밤 12시경 한 편의점에 들어가 계산대 안쪽에 서 있는 종업원에게 미리 준비한 흉기인 식칼을 들이대면서 금고를 열라고 하였으나 종업원이 금고 문을 열지 않자 계산대 바깥쪽에 서서 종업원을 향해 식칼과 주먹을 번갈아 휘두르면서 돈을 달라고 요구하였다. 하지만 종업원은 돈을 주기를 계속 거부했고, 그러던 중에 한 손님이 편의점 안으로 들어왔다. 그러자 오상이는 그 손님을 향해 식칼을 겨누고 "내가 니 얼굴 기억해놨다. 빨리 안 가면 가만두지 않겠다. 내가 니 못 죽일 것 같나? 꼼짝 말고 기다려!"라는 식으로 위협하다 뜻대로 되지 않자 돈을 뺏는 것을 포기하고 도망갔다. 그러나 CCTV에 촬영되어 있던 영상으로 인해 곧 체포되었다.

오상이는 자신의 잘못을 모두 자백하였고, 국선보조인은 오상이에 대해 다음과 같은 의견을 제시하였다.

존경하는 재판장님.
오상이의 부모는 오상이가 초등학교 2학년 때 별거를 시작하였습니다. 오상이는 별거 후 어머니와 함께 생활하였는데, 그때부터 탈모가 시작되었습니다. 이후 탈모 증세가 심화되어 오상이는 현재 머리, 겨드랑이, 눈썹, 콧수염 등에 일체 털이 나지 않습니다. 무모증을 고쳐보려고 온갖 노력을 다했지만 모두 헛수고였습니다.
오상이는 5년 전 가발을 구입하여 써보았으나 표시가 나고 더워서 땀이 흘러내리는 등 불편하여 지금은 사용하지 않고 있습니다. 또한 아르바이트를 해보려고도 하였으나 가발이나 무모증을 이유로 계속 거절당하였습니다.
무모증으로 놀림을 받기 싫어 학교에 다니기 싫어했던 오상이는 중학교를 검정고시로 마친 뒤 고등학교 입학을 포기한 채 살아왔습니다.

존경하는 재판장님.
오상이는 대화 상대가 없어 하루 종일 한 마디도 안 하고 지낸 적이 많습니다. 도서관에서 혼자 공부하거나 할 일이 없으면 용돈을 마련하기 위해 폐지를 주우러 다니기도 하였습니다. 사건 직전, 고모가 아버지에게 월세를 내라고 재촉하며 안 낼 거면 나가라고 구박하는 것을 본 오상이는 스트레스가 극도로 심한 상태였습니다. 스트레스가 쌓이면 혼자 술을 마시며 울적함을 풀기도 하던 오상이는 이날도 스트레스를 풀기 위해 소주 3병을 마시고 귀가했습니다. 그런데 오상이보다 뒤늦게 술을 마시고 귀가한 아버지가 오상이에게 술을 마셨다고 야단을 치자 홧김에 집에 있던 칼을 들고 뛰쳐나왔던 것입니다. 집을 나온 뒤 오상이는 사는 게 힘들다, 포기하고 싶다는 등의 생각에 사로잡혀 길거리를 배회하다가 불현듯 고모에게 월세로 지급할 돈을 만들어야겠다는 생각을 하게 되었습니다. 강도짓을 하려고 결심한 오상이는 이곳저곳을 물색하다가 여직원이 혼자 있는 편의점을 발견하고 10여 분 동안 고민한 끝에 손님이 없는 틈에 들어가서 돈을 달라며 위협하다 돈을 빼앗지 못하고 재판을 받게 된 것입니다. 다행히도 강도로 인해 피해자들에게는 아무런 상해도 입히지 않았습니다.
존경하는 재판장님.
오상이의 아버지는 건축 공사 현장에서 일을 하고 있는데 최근 고용주가 운영하는 사업체가 수천만 원대의 부도를 맞아 급여를 몇 개월 받지 못하는 바람에 월세를 내지 못하고 있었습니다. 그는 집안 형편이 어려운 데다가 형제와의 갈등으로 인해 오상이에게 스트레스를 주게 되어 너무 미안하다고 합니다. 오상이 아버지는 사업체가 차츰 정상화되고 있으므로 조만간 주거지를 마련하여 독립할 생각이라고 합니다. 무모증으로 정상적인 사회생활과 학교생활이 힘든 오상이를 현장에 데리고 다니면서 목수 기술을 가르치고 함께 생활하기로 하였습니다. 이러한 아버지의 마음을 보아서라도 오상이에게 마지막으로 기회를 주시기를 간곡히 부탁드립니다.

'아버지'와 '목수'. 이 두 단어는 나에게는 아주 친근하면서도 아픔이 있는 단어다. 나의 아버지가 평생 목수로 사시다가 병을 얻어 세상을 떠나셨기 때문이다. 한국전쟁이 발발하기 전 열여덟 살의 나이로 군에 입대하신 아버지는 전쟁이 끝난 몇 년 뒤에 집안 사정으로 원치 않는 제대를 하셔야 했다. 육군 상사로 제대했지만 연금이나 병무 관련 혜택이라고는 전혀 받지 못하셨던 아버지는 제대 이후 소규모의 공사 하청업에 손을 대셨다가 화폐개혁 이후 사업이 기울자 하던 일을 접고 그때부터 목수가 되어 평생을 그 일에 몸담았다. 목수 기술이라고는 한 번도 배운 적이 없으셨지만 입에 풀칠이라도 하기 위해 당장 할 수 있는 일이 목수 일이었기 때문이다. 경제 개발기에 소규모 주택 개량 사업이 한창이던 시절 아버지는 제대로 된 설계 도면도 없이 집을 지어

나가셨다. 한 번은 아버지께서 내 친구 집을 지어주셨는데 대충대충 하시는 것 같았으나 어느새 훌륭한 집이 완성되는 것을 보고 그 기능에 감탄을 금치 못한 적도 있었다. 건축 관련 자격이 없으셨던 아버지는 아파트 등 건축물이 대규모화되어가자 일거리를 얻기 위해 시골 지역을 전전하셨다. 그러다가 인생 말년이 되어 폐결핵을 얻은 후에는 거의 일을 하지 못하고 집에서 쉬셔야 했다.

아버지가 집에서 쉬실 때의 일이다. 고시 공부에 여념이 없던 어느 날 잠시 집에 들르니 아버지께서 지방으로 일을 하러 가셨다고 하였다. 건강이 좋지 않아 혼자서 거동도 제대로 하지 못하시는 분이 아들 학비를 위해 일하러 가셨다고 생각하니 마음이 편치 않았다. 그래서 몸도 성치 않은 분이 왜 그렇게 먼 곳까지 가게 되었는지 여쭤보니 어머니께서 말씀하시길 동네에서 아버지보다 연배가 낮은 분이 목수 일을 하시는데 오랜 경험을 지닌 아버지의 조언이 필요하다며 모셔갔다는 것이었다. 때문에 육체노동은 하지 않고 현장에서 건축 과정에 어려움이 생길 때마다 조언만 해주시고 있으니 큰 걱정일랑 하지 말라고 하셨다. 하지만 당시 사법시험 합격을 100% 보장할 수 없었던 나로서는 내가 병든 아버지를 일자리로 내몰았다는 생각에 돌아오는 발걸음이 한층 무거웠던 기억이 난다.

그 때문인지 법정에서 오상이 아버지가 오상이를 데리고 다니며 목수 일을 가르치겠다고 할 때 나는 돌아가신 아버지와 목수 기술을 전수받고자 아버지를 모시고 간 분을 생각하지 않을 수가 없었다. 그리고 내 아버지와 아버지의 후배 목수 이야기를 오상이에게도 들려주고 싶었다. 하지만 법정에서 개인적인 이야기를 한다는 것이 너무 주제넘은 일처럼 여겨져 그만두었다. 대신 오상이에게 이런 부탁을 하였다.

"오상아, 아버지 잘 따라다니며 아버지로부터 기술을 모두 전수받아야 한다. 네가 기술만 가지고 있으면 아무도 너를 괄시하지 못할 거야. 또 네가 좋은 기술을 보유하고 있으면 무모증 따위는 사회생활을 하는 데 아무런 부담이 되지 않을 거야. 기술을 모두 배우기 전에는 아버지로부터 절대 떨어지지 말아야 한다. 그게 너의 희망이니 절대 포기해서는 안 돼."

그런 다음 오상이에게 말했다.

"오상아, '나는 할 수 있다.'를 열 번 외쳐봐라."

그러자 오상이는 꿇어앉아 울면서 다음과 같이 또박또박 외쳤다.

"나는 할 수 있다. 나는 잘할 수 있다."

"나는 할 수 있다. 나는 잘할 수 있다."

"나는 할 수 있다. 나는 잘할 수 있다."

이렇게 외치는 오상이의 음성은 회를 거듭할수록 점점 굵어지며 확신에 찬 목소리로 변해갔다. 듣고 있던 나를 비롯하여 법정 안에 있던 사람들 모두가 오상이의 외침에 깊은 울림을 느꼈다. 어린 나이에 부모의 이혼에서 비롯된 스트레스로 무모증을 앓고, 그로 인해 희망을 잃고 충동적으로 비행을 저지른 오상이의 처절한 외침이 가슴 깊숙한 곳까지 파고들어 뜨겁게 공명한 것이다. 그날 법정에 있던 이들은 오상이의 아픔에 다 같이 동참했고 함께 울었다. 그리고 오상이와 오상이 아버지의 앞날에 축복이 있기를 한마음으로 간절히 빌었다.

이러한 바람이 하늘에 통했는지 얼마 후 오상이에게 아버지 같은 멘토가 생겼다. 오상이 사건의 국선보조인이었던 임윤택 동지청소년회복센터장이 오상이의 안타까운 사정을 그냥 두고만 볼 수 없다며 멘토를 자청한 것이다. 그 후 센터장은 주기적으로 오상이를 만나 여러 가지 도움을 주고 있다. 그 두 사람 사이에 따듯한 일화가 있어 여기에 잠깐 소개한다.

2014년 12월 센터장은 오상이를 다시 만났다. 재판 이후 5개월이란 시간이 지났지만 오상이는 탈모 증상도 여전하고 생활환경도 전혀 나아진 게 없었다. 그런 오상이의 처지가 안타까웠던 센터장은 오상이에게 국제금융고등학교 특별반 입학을 권유하면서 말끝에 "오상아, 너는 비행성이 많지 않으니……."라고 말했다. 그런데 오상이가 불쑥 "전 비행성이 많아서 위험합니다."라고 하는 게 아닌가.

의외의 답변을 들은 센터장이 이유를 물어보니 오상이가 "센터장님, 저는 요즘도 돈이 없어 사고 치고 싶은 유혹이 불쑥불쑥 생기기 때문에 비행성이 많습니다."라고 대답했다. 보통은 비행성이 있어도 감추기 마련인데 오상이는 다른 아이들과 달리 솔직하게 자신의 마음을 털어놓은 것이다. 그런 오상이의 태도에 감동한 센터장이 "그래, 한 달에 얼마가 있으면 사고 안 치고 지낼 수 있겠니?" 하고 묻자, 머뭇거리던 오상이는 "십만 원."이라며 수줍게 대답하였다. 이에 센터장은 앞뒤 가리지 않고 "그래, 그럼 내가 매달 십만 원씩 용돈을 주마. 그 대신 고등학교에 진학하여 잘 생활해야 한다."라고 오상이와 약속하였다.

그렇게 약속을 하고 나자 이번에는 추운 날씨임에도 얇은 점퍼에 여름용 망사 모자를 쓰고 코를 훌쩍거리는 오상이의 초라한 행색이 센터장의 눈에 들어왔다. 순간 그의 뇌리에 "너희 중에 누구든지 그에게 이르되 평안히 가라 더웁게 하라 배부르게 하라 하며 그 몸에 쓸 것을 주지 아니하면 무슨 이익이 있으리요. 이와 같이 행함이 없는 믿음은 그 자체가 죽은 것이라."라는 성경 말씀이 스치고 지나갔다. 데리고 나가 따듯한 외투라도 한 벌 사주고 싶었지만 바로 그렇게 하기가 어려웠던 센터장은 우선 사무실에 있던 쌀 한 포대를 오상이의 어깨에 지워주며 곧 다시 보자고 하였다.

그러나 헤어진 뒤에도 센터장은 오상이의 남루한 행색이 계속 떠올라 마음이 편치 않았다. 결국 센터장은 오상이에게 다시 전화를 했고, 후원자들의 도움으로 마련한 겨울용 점퍼와 티셔츠, 그리고 탈모가 심한 머리를 가려주면서도 따뜻하게 해줄 모자를 선물했다. 오상이는 뜻밖의 선물이 믿기지 않는지 센터장에게 "진짜 그냥 주는 겁니까?"라는 말을 몇 번씩이나 되물으며 기쁨을 감추지 않았다.

감사하다는 인사를 하고 사라져가는 오상이의 뒷모습을 바라보며 덩달아 마음이 훈훈해진 센터장은 마음속으로 이렇게 빌었다.

'오상아! 너만 마음 잘 먹고 살아가면 언제든 도울 사람들을 만나게 될 테니 부디 힘을 내거라. 법정에서 '나는 할 수 있다. 나는 잘할 수 있다.'를 진지하고 힘있게 외쳤던 너를 응원한다. 다음번에는 가발 맞추는 분을 찾아가서 멋진 헤어스타일도 만들어 보자꾸나.'

무엇이 소중한가?

보리스 파스테르나크

유명해진다는 것은 추한 노릇이다.
그것은 인간을 고귀하게 하지도 않는 것
문서로 만들어 둘 필요가 없고
완성되지 않은 채 아쉬워함이 좋다.

창조의 목적은 헌신에 있는 것
명성도 아니며 성공도 아니다.
어느새 쉽게 모든 사람의 입에
오르내림은 부끄러운 일이다.

그렇다. 거짓된 명성에 살아서는 안 된다.
단순하게 이렇게 살아야 하는 것
우주의 사랑을 자기에게 끌어당기고
미래의 외침에 귀를 기울여야 한다.

다른 사람들은 삶의 흔적을 따라서
한 걸음, 한 걸음 그대의 길을 올 것이다.
하지만 패배와 승리를
네 자신이 구별해서는 안 되는 것임을

아버지의 눈물

“엄마가 있어 좋다. 나를 예뻐해 주셔서/ 냉장고가 있어 좋다. 나에게 먹을 것을 주어서/ 강아지가 있어 좋다. 나랑 놀아 주어서/ 그런데 아빠는 왜 있는지 모르겠다.”

몇 해 전 세간에 화제를 불러일으켰던 「아빠는 왜?」라는 제목의 동시다. TV 예능 프로그램에 소개되면서 유명세를 얻기도 했던 이 시에는 오늘날 아버지들이 처한 곤경이 고스란히 담겨 있다. 한 집안의 가장으로서 아버지가 지녔던 위엄과 권위는 사라진 지 이미 오래라지만 점점 왜소해지다 못해 이제는 그 존재마저 희미해져버린 이 시대 아버지들의 모습에 마음이 아팠던 기억이 난다.

불과 30~40년 전까지만 해도 아버지는 한 집안의 좌표이자 좌장이었다. 밥상머리에서 들려주는 아버지의 이야기는 입 밖으로 나오는 순간 그대로 지침이 되었고, 집안사람 누구도 어겨서는 안 되는 규범이자 규칙이었다. 그러나 지금은 말 그대로 언감생심일 뿐이다. 산업사회의 역군으로, 또 지식 정보화 시대에 뒤처지지 않기 위해 이리 뛰고 저리 뛰는 사이 산왕처럼 강인하던 아버지는 어디론가 사라지고 종이호랑이 같은 아버지만 남아 있다. 믿음직스러운 남편, 또 든든한 아버지가 되기 위해 온갖 모욕을 감내하며 발이 부르트도록 뛰어다닌 아버지 입장에서는 이런 현실이 서글프게만 느껴질 것이다. 그러나 오늘날 가족 내에서 아버지의 위상이 이처럼 낮아진 데는 아버지들의 책임도 크다.

만사소통(萬事疏通). 인간이 살아감에 있어 소통은 참으로 중요한 도구이다. 하지만 남자들은 대체로 소통에 약한 편이다. 특히 나를 비롯해 지금 이 시대를 살아가는 대한민국의 아버지들 중에는 소통에 자신이 없는 사람들이 참 많다. 이렇게 된 가장 큰 이유는 소통에 적합하지 못한 시대와 환경을 거쳐왔기 때문이다. 아버지, 어머니와 장시간 도란도란 얘기를 나눈 경험이 없기에 자녀들과도 이야기를 오래 하지 못한다. 그런 시간이 되면 왠지 쭈뼛쭈뼛해지고 쑥스러워 얼른 자리를 뜨고 싶어진다. 얼마 전 큰딸과 논쟁을 벌이다 "아버지는 왜 설득을 시키려고 하지 않느냐?"라는 딸의 공격에 움찔하고 한 걸음 물러선 적이 있다. 이 정도야 어느 가정에서나 있을 법한 풍경이니 서운해 할 일 축에도 못 들겠지만 소통 부족이 초래하는 결과는 생각보다 심각하다.

열여덟 살의 동배는 친구들과 술을 마시고 심야에 귀가하던 중 남의 집에 들어갔다. 동배는 그곳에서 한 여성에게 성폭행을 시도하였으나 만취한 탓에 뜻을 이루지 못하였으며, 붙잡히지 않기 위해 주택에서 뛰어내리다 척추 골절을 비롯해 큰 부상을 입었다. 동배는 알코올의존증을 앓고 있었는데, 그날도 술을 너무 마셨던 탓에 자신도 모르는 사이에 비행을 저지르게 된 것이다. 미성년의 고등학생이 알코올의존증을 앓고 있다는 것이 도무지 이해가 되지 않았으나 그 나름의 사연은 있었다.

동배는 초등학교 시절까지만 해도 모범생이고 성적도 아주 우수한 학생이었는데 무슨 이유에서인지는 몰라도 중학교 입학 이후 불량 학생 조직(이른바 '일진')의 포섭 대상이 되어버렸다. 일진 아이들은 동배를 자신들의 조직에 가입시키기 위해 온갖 방법을 동원하였다. 학교를 마치는 시간이면 일진 아이들이 학교 앞에서 진을 치고 기다리고 있을 때가 많아 동배는 그들을 피해 도망치듯 겨우 집으로 와야 했다.

뿐만 아니라 동배는 중학교에 입학한 지 두 달쯤 되었을 무렵, 한 무리의 고등학생들에게 납치를 당해 네 시간 넘게 끌려다닌 적도 있었고, 1학년 여름 방학을 앞둔 어느 날에는 10여 명의 일진 아이들에게 집단 구타를 당하기도 했다. 그 아이들은 동배를 학교 앞에 있는 어떤 집으로 끌고 가 몇 시간 동안 때리고 씻기기를 네 번이나 반복했는데, 당시 집으로 돌아온 동배의 모습은 온몸이 시퍼렇게 멍들고 찢어진 교복은 핏자국으로 뒤범벅되어 있는 등 참혹하기 그지없었다고 한다.

그토록 심한 폭력을 당했음에도 동배의 부모는 아들을 더 이상 괴롭히지 말았으면 하는 바람으로 그 아이들을 모두 용서해 주었다. 하지만 그들은 그 이후에도 계속 동배를 괴롭혔고, 이로 인해 동배는 점차 평안을 잃어갔다. 친구들과의 관계뿐만 아니라 부모와의 관계도 점점 날카로워지고 불안해져 갔는데, 동배 아버지는 그런 아들을 볼 때마다 애가 탔지만 뭘 어떻게 해줘야 할지 몰라 속으로만 끙끙 앓았다고 한다.

그렇게 계속 방황하던 동배는 중학교 3학년 기말고사를 치른 뒤부터 술을 마시기 시작했고, 거의 매일 술에 만취해 새벽녘에야 돌아오는 생활을 반복하였다. 이처럼 무절제한 생활이 거듭되면서 동배는 급격히 무너져갔다. 단기간에 많은 양의 술을 집중적으로 마신 탓에 건강에도 이상이 생기기 시작했다. 멀쩡하게 서 있다가 갑자기 뒤로 넘어지거나 계단에서 굴러떨어지기도 하였고, 전날 저녁에 있었던 일을 다음 날 아침에 아무것도 기억하지 못하는 지경에 이르게 된 것이다.

한편, 동배 아버지는 아들의 귀가가 늦어지는 날이면 아내와 함께 동배를 찾아 나섰고 어떤 때는 벤치에서, 어떤 때는 건축 폐기물 더미에서 정신을 잃은 채 쓰러져 있는 동배를 찾아냈다. 그런 아들을 발견할 때마다 아버지는 슬픔을 주체할 수가 없었다. 아버지로서 아들을 지켜주지 못했다는 슬픔과 자책은 결국 동배 아버지마저 서서히 무너뜨렸다. 동배와 함께 베란다에서 뛰어내리려고 한 적도 있고, 아침에 일어난 뒤에도 출근할 생각은 않고 멍한 상태로 방 안에 우두커니 서 있는 등 동배 아버지마저 이상 증세를 보이기 시작한 것이다.

그 후 동배와 동배 아버지는 함께 정신과 치료를 받았다. 그리고 증세가 호전되어가던 어느 날 본건 비행이 발생한 것이다. '기억상실을 동반한 알코올 남용'이라는 진단을 받은 동배는 그날의 비행을 전혀 기억하지 못하는 상태였다. 게다가 척추 골절을 비롯하여 몸 곳곳에 심각한 부상을 입는 바람에 한동안 병원에서 치료를 받아야 했다.

동배 아버지는 정신을 잃은 채 응급실에 누워 있는 아들을 보

자 피를 토하는 심정이 되었다. 심각한 비행을 저지른 데다 몸까지 다친 아들을 보자 그만 억장이 무너진 것이다. 설상가상으로 가까스로 정신을 차린 아들이 자신이 저지른 일을 전혀 기억하지 못하고 자기로 하여금 정신을 차리게 하려고 어머니, 아버지가 지어낸 이야기라고 말할 때는 하늘이 무너져내리는 심정이 되었다.

2013년 5월 동배에 대한 재판이 열렸다. 재판 내내 동배 아버지는 한마디 말도 없이 법대만 응시하였다. 그의 눈빛에서 아버지로서의 슬픔을 진하게 느낄 수 있었다. 동배의 비행은 취중에 우발적으로 발생한 것이고, 성폭행은 미수에 그친 데다 피해자가 동배를 용서해주었기에, 동배에 대해 보호관찰을 조건으로 보호자에게 위탁하는 처분을 내렸다.

동배는 자신을 조직에 끈질기게 가입시키려는 일진 아이들로부터 벗어나기 위해 수많은 고초를 감수했고, 그 과정에서 정신심리적으로 큰 상처를 입었다. 일진 아이들의 폐해가 얼마나 심각한지를 알 수 있게 해주는 대목이다. 그러나 더 심각한 문제는 동배가 어느 순간부터 술을 접하게 되었고, 알코올을 남용하는 수준에까지 이르렀다는 것이다. 그로 인해 동배는 인생에서 가장 아름다운 한 시절을 잃었고, 동배 아버지 또한 삶이 무너지는 아찔한 경험을 해야만 했다.

재판을 진행하는 동안 나는 동배와 동배 아버지에 대해 안타까운 마음을 금할 길이 없었다. 동배 아버지가 아들과 좀 더 긴밀

하게 소통하고 문제를 해결하기 위해 보다 적극적인 행동을 취하기는 하였는가, 아내에게 모든 것을 일임하고 소극적인 자세를 견지한 것은 아닌가 하는 의문마저 들었다. 그렇게 생각한 이유는 결정전조사서에 동배의 교육 문제는 모두 어머니가 알아서 했다는 내용이 들어 있었기 때문이다.

바깥일에 분주한 아버지가 아이에게 일어나는 일을 모두 알고 있거나 개입하기는 사실 쉽지 않다. 그러나 아무리 바쁘더라도 아이와 소통의 끈을 아예 놓아버리는 일은 없어야 한다. 자녀 양육은 엄마 혼자만의 힘으로는 불가능하기 때문이다. 자녀의 바람직한 성장을 바란다면 가사와 돈벌이라는 기본적인 역할 분담 외에도 어머니와 아버지 사이의 공조 체제가 구축되어 있어야 한다. 그럼에도 불구하고 만약 자녀에게 어떤 문제가 발생했을 경우 부모는 먼저 각자의 역할을 제대로 수행하고 있는지 점검해보아야 하는데, 어머니는 자신이 '문지기' 역할을 올바르게 수행하고 있는지 살펴보아야 하고, 아버지는 자신이 혹여 '제2의 어머니' 역할을 하고 있는 것은 아닌지 돌아보는 것이 좋다.

어머니가 문지기 역할을 한다는 것은 대체 무슨 말일까? 이는 교육 심리학 용어인 '문지기 행동'(아버지의 양육 참여에서 어머니가 문지기와 같은 역할을 하는 것을 가리킨다)에서 비롯된 말로, 아버지의 양육을 가로막거나 방해하려는 어머니의 감춰진 심리를 말한다. 다시 말해 아이의 1차 양육자인 어머니가 아버지의 양육 참여 여부를 선택하고 결정할 수 있다는 뜻으로, 남편과 아이 사이를 가깝게 만드는 것은 아내의 역할에 달려 있다는 이야기다. 자식들과 얼굴을 맞대고 밥 한 끼 먹기도 어려운 세상에 예민한 사춘기 자녀와 피곤한 아버지가 즐겁게 소통하기란 그리 녹록하지가 않다. 이럴 때 필요한 지원군이 어머니, 즉 아내라는 말이니 과히 틀린 말은 아닌 것 같다.

반면 '제2의 어머니' 역할이란 어머니가 이미 있음에도 '또 하나의 어머니' 역할을 하려는 아버지를 빗대어 하는 말이다. 아버지들의 양육 참여도가 높아지면서 아버지들 중에 아내의 말을 충실히 따르는 것을 좋은 아버지 역할로 착각하는 사람들이 종종 있는 것 같다. 그러나 이는 육아에 지친 아내를 도와주는 방법은 될 수 있을지 모르겠지만 제대로 된 아버지 역할이라고 할 수는 없다. 어떤 의미에선 부모가 아닌 두 어머니 밑에서 아이를 자라게 하는 것과 비슷한 꼴이 될 수도 있다. 아무리 시대가 변하고 아버지상이 달라졌다고 해도 아버지는 아버지다워야 하고, 아버지만이 할 수 있는 일이 있기 때문이다.

시대의 변화에 따라 아버지상도 변해가기 마련이지만 아버지는 여전히 자녀의 정신적 기둥이자 영원한 스승이다. 있어도 그만이고 없어도 그만인 그런 존재가 아닌 것이다. 아들과 함께 무너지는 아버지의 모습에서 우리는 사라져가는 부권을 떠올리게 된다. 전통적으로 아버지는 아이의 잘못된 행동을 적절히 규제하고, 그에 대한 지침을 제공함으로써 아이가 자기 억제력을 가진 건전한 사회인으로 성장하도록 돕는 역할을 해왔다. 아이가 잘못된 행동을 했을 때도 감싸 안으려고 하는 대부분의 어머니와 달리 아이에게 사회적 규범의 중요성을 인지시켜주고 올바른 가치관을 형성하도록 돕는 것이 아버지의 역할이자 의무인 것이다. 하지만 시대가 달라진 만큼 좀 더 부드러운 방식의 소통에 힘써야 한다. 어깨에 들어가 있는 힘을 빼고 아이들과 소통하려 노력하는 것은 부권의 상실이 아니라 오히려 부권을 회복하는 지름길이 될 것이다. 소통 잘하고 유연성이 뛰어난 아버지는 자녀들에게 같은 성품을 전달해줄 가능성이 높다. 그리고 그런 성품을 지닌 아이가 그렇지 않은 아이에 비해 풍요로운 삶을 향유할 가능성이 높지 않겠는가.

동배의 어머니가 동배 아버지의 양육 참여에 있어 어떤 문지기 역할을 했는지, 또 동배 아버지가 동배에게 아버지다운 역할을 했는지에 대해서는 알 길이 없다. 만약 그런 역할을 제대로 하지 못했다면 지금이라도 늦지 않으니 아버지는 아버지다운, 어머니는 어머니다운 모습을 회복해야 한다. 그렇게 되면 동배가 폭력의 상처에서 치유되는 속도 또한 훨씬 빨라질 것이다. 동배의 쾌유를 간절히 소망한다.

아빠가 잘못했다, 용서해라

형욱이는 2011년 8월에 절도죄 등으로 보호처분을 받아 보호관찰을 받던 중에 정보통신망을 이용하여 타인의 명예를 훼손하고, 인터넷에서 게임 머니 판매 사기를 저질렀다는 등의 이유로 다시 소년보호재판을 받게 되었다. 첫 심리기일이 2012년 11월 23일로 지정되었지만 형욱이는 법정에 출석하지 않았다. 이후 여러 번 형욱이를 소환하였지만 결과는 마찬가지였다. 그러는 사이 형욱이는 인터넷 사이트를 이용한 물품 판매 사기 비행을 두 건 더 저질렀고, 그 사건은 다시 소년부로 송치되었다. 그럼에도 형욱이는 계속 법정에 출석하지 않다가 첫 심리기일로 지정된 날로부터 1년 4개월이 지난 2014년 3월 28일에 아버지와 함께 법정에 출석하였다. 재판을 받지 않고 피해다니는 생활을 더 이상 할 수가 없었던 모양이다. 2012년 6월에 보호관찰소의 결정전조사서가 제출되어 있었으나 조사일로부터 벌써 2년이 다 되어가기에 그 이후의 사정에 관해서 조사할 필요가 있었을 뿐만 아니라 오랜 기간 동안 법정에 출석하지 않은 것을 반성하라는 의미로 형욱이를 소년분류심사원에 임시위탁시켰다.

그로부터 4주 뒤인 2014년 4월 25일 형욱이에 대한 심리가 다시 열렸다. 이번에는 형욱이 아버지뿐만 아니라 어머니도 출석하였기에 잘되었다고 생각했다. 왜냐하면 2012년 6월에 제출된 결정전조사서 중에 형욱이 어머니와 관련하여 주목할 만한 내용이 있어 사실 여부를 확인해볼 필요가 있었기 때문이다. 내용인즉슨 형욱이는 초등학교 6학년 때부터 가출하기 시작하여 결국에는 상습적인 가출청소년이 되었는데, 그 이유가 어머니의 폭언 때문이었다는 것이다. 어머니가 오래전 형욱이에게 "너를 임신하고 있을 때 아빠가 도박을 해서 지우려고 했다.", "아빠가 주워온 아이라서 얼굴을 보면 역겹다.", "토 나온다. 심정 같으면 니 얼굴에 토하고 싶지만 참는다." 등 차마 입에 담지 못할 말을 여러 차례 하였고, 그 충격에 못 이겨 형욱이가 가출을 할 수밖에 없었다는 것이다.

사건에 대한 기본적인 심문을 마친 다음 국선보조인에게 의견을 구했다. 법률 전문가인 국선보조인은 형욱이도 반성을 하고 있고, 형욱이 부모가 피해자들과의 합의를 위해 최선을 다하였으며, 형욱이에 대한 선도를 다짐하고 있다는 등 정형화된 틀 안에서 의견을 제시하였다. 내가 궁금해 하고 있는 형욱이와 형욱이 어머니의 관계를 비롯한 가족들 간의 관계에 관해서는 아무런 언급이 없었다. 한편, 국선보조인은 의견을 마무리하면서 형욱이의 장래 희망이 목사 또는 용접 기술자가 되는 것이라는 말을 덧붙였다.

국선보조인의 의견을 다 듣고 나서 우선 형욱이 어머니에게 물었다.

"어머니, 결정전조사서에 기재된 것처럼 형욱이에게 말한 적이 있습니까?"

그런데 형욱이 어머니는 나의 질문이 다소 의외라는 듯 딱 잘라 말하였다.

"아니요, 절대로 그런 말을 한 적이 없습니다."

그래서 이번에는 형욱이에게 물었다.

"형욱아, 어머니께서는 그런 말씀을 한 적이 전혀 없다고 하신다. 진짜 그렇게 말씀하신 것이 맞느냐?"

그러자 형욱이는 고개를 뒤로 돌려 뒷좌석에 앉아 있는 어머니를 노려보며 말했다.

"판사님, 진짜로 그렇게 한 것이 맞습니다. 거짓말 아닙니다."

나는 두 사람을 향하여 말했다.

"도대체 누구 말이 맞습니까? 둘 중 하나는 거짓말을 하고 있는데 어떻게 가려내면 좋을까요?"

그러자 형욱이가 강하게 말했다.

"판사님, 어머니가 그렇게 말했습니다. 진짭니다."

그래서 나는 일단 형욱이 어머니를 다그쳤다.

"어머니, 아이에게 그렇게 상처를 주면 어떻게 합니까?"

그러자 형욱이 어머니는 한 발짝 물러서며 말했다.

"판사님, 저와 형욱이 여동생도 상처가 많습니다."

이 말을 계기로 형욱이 어머니는 조금씩 입을 열기 시작하였다. 목까지 치밀어오르는 서러움과 분노를 참으려고 애를 쓰느라 그런지 말 한 마디 한 뒤에 "끄윽" 하는 신음소리를 내고, 다시 말 한 마디를 한 뒤 "끄윽" 하고 신음소리 내기를 여러 차례 반복하며 힘들게 말을 이어 나갔다.

"형욱이가 초등학생일 때 남편이 사업에 실패한 뒤 집을 나가버려 몇 년 동안 혼자서 남매를 키웠습니다. 부도 이후의 뒷감당은 오로지 저의 몫이었습니다. 하루하루 겨우 연명해 나가던 때에 형욱이가 말썽을 피우기 시작했습니다. 남편이 없어 먹고살기조차 어려운데 형욱이마저 말을 듣지 않으니 힘이 들어 죽고 싶었습니다. 그런데 정신 차리라고 형욱이를 혼냈더니 형욱이가 오히려 칼을 들고 와서는 저와 여동생을 죽이겠다고 협박을 하더군요. 여동생은 그때의 충격으로 지금까지 정신과 치료를 받고 있습니다. 형욱이와 형욱이 아버지로 인해 저는 죽을병까지 걸렸으나 신앙의 힘으로 겨우 버텨내고 있습니다. 지금 저와 딸은 모자원에서 생활하고 있습니다."

이 말에 나는 큰 충격을 받았다. 그래서 형욱이 어머니의 말을 가로막고 형욱에게 물었다.

"형욱아, 어머니 말이 사실이야? 네가 어머니와 여동생을 죽이겠다고 칼을 들고 협박한 적이 있어?"

그러자 형욱이가 짧게 대답했다.

"다른 애들이 하고 있는 것을 해주지 않아서 그랬습니다."

너무도 충격적인 말이었다. 유년기를 비교적 유복하게 보낸 형욱이는 과소비 성향을 가지고 있었는데 아버지의 사업 부도로 가정 형편이 어려워졌음에도 그 성향은 그대로 유지되었다. 그러다 보니 자신의 형편에 따라 절제하기는커녕 오히려 친구들한테서 돈을 갈취하거나 인터넷을 이용한 물품 판매 사기 등 범행을 서슴지 않았다. 게다가 사업 부도 이후 뒤처리에 진을 빼고 있는 어머니에게 용돈을 과하게 요구하다 야단을 맞자 칼을 빼들고 어머니뿐만 아니라 여동생까지 죽이겠다고 협박하기에 이른 것이었다.

형욱이 어머니의 이야기를 듣다 보니 전에 어느 책에서 읽었던 충격적인 장면이 떠올랐다. 한 유명 브랜드 점퍼를 갖고 싶은 아이가 엄마에게 "네년이 내가 원하는 노페(노스페이스) 안 사주면 그 노페 가격 이상으로 네년 눈에 피눈물 나오게 할 거다. 알아서 해라."라는 협박성 문자 메시지를 보냈는데, 이유인즉슨 친구들에게 기죽지 않으려면 돈이 있어야 하고, 좋은 옷을 입어야 한다고 말해 모두를 경악시킨 것이다. 단지 친구들에게 기죽기 싫다는 이유로 고생하는 어머니에게 50만 원짜리 점퍼를 사내라며 패륜 행각을 벌인 그 아이 역시 아버지가 사업에 실패한 이후 달라진 가정 형편에 자신을 맞추지 못한 아이였다. 물질만능주의와 향락주의에 망가진 요즘 청소년들의 단면을 본 듯하여 참담한 마음을 금할 길이 없었다.

사실을 알게 된 나는 형욱이에게 호통을 쳤다.

"형욱아, 네가 어머니로부터 모진 말을 들었다고 말을 하려면 그렇게 된 이유도 함께 설명했어야지. 그런 이유를 설명하지는 않고 네가 당한 일만 늘어놓으면 어머니만 악마로 만드는 것이 아니냐? 어머니가 오죽했으면 그런 심한 말을 입에 담았겠어. 또 네가 도대체 얼마나 형편없이 살았기에 어머니로부터 그런 말을 들었겠어. 다른 애들이 하고 있는 것을 해줄 수 있는 집안 형편이 아니면 참아야 될 것 아니냐? 이노무 손아, 판사님 가족은 아홉 명이었고 단칸방에서 산 적이 많은데, 그런 환경에서도 판사님은 공부를 해냈다. 그래도 친구들과 비교하며 부모님을 원망해본 적이 없었어. 그런데 목사가 장래 희망이라는 사람이 그 정도도 참지 못한다는 게 말이 돼? 그렇게 해서 목사가 된들 사람들을 위해 봉사하고 희생할 수 있겠어?"

그러자 형욱이 어머니가 울면서 진실을 털어놓았다.

"판사님, 형욱이가 칼을 들고 죽이겠다고 한 이후 저도 형욱이한테 모진 말을 많이 했습니다. 형욱이가 기억하는 말을 한 것이 맞습니다. 지금 생각하니 너무 후회스럽습니다."

이 말을 한 뒤 형욱이 어머니는 고개를 숙이고 통곡하였다.

형욱이 아버지는 형욱이 어머니가 말하고 있는 동안 고개를 푹 숙인 채 옆에 앉아서 "다 제 잘못입니다. 다 제가 잘못해서 그런 겁니다."라고 끝도 없이 되뇌고 있었다. 나는 그런 형욱이 아버지의 모습에 잠시 할 말을 잊었다.

결정전조사서를 통해 들여다본 형욱이의 행적은 다음과 같다.

형욱이 아버지는 형욱이가 초등학교 3학년일 무렵 사업을 하다가 부도를 내고 가족들에게 연락도 하지 않은 채 돌연 잠적해버렸다. 그러자 빚쟁이들이 집으로까지 찾아와 행패를 부렸고, 이는 어린 형욱이에게 큰 충격을 안겨주었다. 아버지가 잠적한 이후 형욱이는 학교에서 제공하는 급식 한 끼로 끼니를 해결하는 날이 많았다고 한다.

한편, 남편을 대신하여 힘들게 생계를 이어 나가던 형욱이 어머니는 형욱이를 따뜻하게 챙겨줄 여유가 없었고, 남편과 가정형편에 대한 불만 때문이었는지 형욱이의 사소한 실수도 가볍게 넘어가지 않는 등 형욱이를 심하게 대하였다. 이는 형욱이로 하여금 어머니가 자신과 여동생을 차별한다고 생각하게 만들 정도였다.

결국 형욱이는 초등학교 4학년 때부터 가족에 대한 반감이 고조되어 길거리를 배회하거나 피시방에서 시간을 보내다 심야에 귀가하기 시작하였고, 초등학교 6학년 무렵에는 가출을 상습적으로 하기에 이르렀다. 또한 초등학교 5학년 때부터 담배를 피우기 시작하였고, 이로 인해 외삼촌에게 체벌을 당하기도 하였으나 개선되지 않았다.

용돈이 부족함은 말할 필요가 없는데, 그것은 그전까지 경제적인 어려움을 겪어보지 못한 형욱이에게는 넘어야 할 또 하나의 시련이었다. 하지만 형욱이는 그 시련을 절제를 통해 극복하기보다는 또래들한테서 금품을 갈취하거나 인터넷 등을 이용하여 사기 비행을 저지르는 등 탈법적인 방법으로 해결하였다. 한번 일탈을 시작한 형욱이는 걷잡을 수 없는 지경에 이르렀고, 이로 인해 ADHD(주의력결핍과잉행동장애) 진단까지도 받았다.

중학생이 되자 비행성이 더 심화된 형욱이는 교내 흡연, 폭행, 갈취 등을 일삼다 징계를 받고 학업이 유예되기에 이르렀다. 이듬해 재취학하였으나 다시 중도에 포기하였다. 그 후 2010년 6월 형편이 나아진 어머니의 권유로 필리핀으로 유학을 간 형욱이는 한동안 잘 적응하는 듯했으나 현지 학생들과의 다툼, 공부의 어려움 등을 이유로 학업을 포기하고 나이트클럽, 술집, 피시방 등에서 시간을 보내거나 휴양지로 놀러다니다 2011년 1월에 귀국하였다. 귀국하여 보니 부모의 갈등은 더 심해진 상태였고, 그 결과 도피 생활에서 돌아온 지 얼마 되지 않은 아버지가 다시 사라져 버리는 일이 발생했다. 형욱이 어머니는 남편에 대한 원망을 계속 말썽을 일삼는 형욱이에게 표출하기 시작하였고, 이는 형욱이로 하여금 다시 가출하게 만드는 계기가 되었다. 가출한 형욱이는 식당 숙소, 고시원, 찜질방, 친구 집 등을 전전하였고, 생활비는 아르바이트를 하여 번 돈이나 훔친 돈으로 해결하였다. 그로 인해 형욱이는 절도죄 등으로 2011년 8월에 소년보호처분까지 받았다.

불화를 겪던 형욱이 부모는 결국 2011년 10월경에 이혼하였고, 형욱이는 아버지와 함께 생활하게 되었다. 어머니와는 자연스럽게 연락이 끊어졌다. 아버지와 생활하던 형욱이는 종래의 습관을 버리지 못하고, 2011년 말경 다시 가출하여 식당 숙소와 여자 친구 집을 전전하던 중 본건 비행들을 저지르게 되었다. 이후 형욱이는 가출을 반복하였고, 집에 머무르고 있을 때도 인터넷 게임이나 채팅을 하며 허송세월을 보냈으며, 음주 습관도 좋지 않아 문제가 될 정도로 술을 자주 많이 마셨다.

나는 형욱이 사건을 통해 아버지 노릇의 중요성을 다시 한 번 실감하지 않을 수가 없었다. 아버지는 부성(父性)과 남성(男性)을 동시에 가지는 존재다. 부성은 현자로, 남성은 전사로 상징될 수 있다. 전사와 비교해 현자가 가지는 가장 중요한 덕목은 바로 '정신적 성숙'일 것이다. 책임, 절제, 인내, 관용, 희생, 헌신 등은 정신적 성숙의 주요 지표들이고, 이들은 부성의 성숙도를 평가하는 기준이 된다. 이러한 기준에서 볼 때 형욱이네 가정을 파탄에 이르게 한 근본적인 원인은 사업에 실패한 이후 모든 뒤처리를 처에게 떠맡기고 무책임하게 도피한 형욱이 아버지에게 있다고 해도 과언이 아니다. 따라서 형욱이 가정의 회복을 위한 첫 단추는 형욱이 아버지의 사죄에 있다는 생각이 들었다. 그래서 나는 먼저 형욱이 아버지에게 '여보, 형욱아. 아빠가 잘못했다, 용서해라.'를 열 번 외치게 하였다. 형욱이 아버지는 말없이 법정 바닥에 꿇어앉았다.

"여보, 형욱아. 아빠가 잘못했다, 용서해라."

자신의 잘못을 통감하듯 처연하게 울리는 형욱이 아버지의 외침에 형욱이와 형욱이 어머니가 흐느끼기 시작했다. 이제는 형욱이 어머니 차례다. 힘든 상황이었다는 건 알지만 그렇다고 자식에게 그렇게 심한 말을 하는 것은 어머니로서 자격 미달이라는 생각이 들었다. 그래서 형욱이 어머니에게 '형욱아, 엄마가 말을 심하게 해서 미안하다. 용서해라.'를 열 번 외치게 하였다. 형욱이 어머니는 법정에 꿇어앉아 울면서 외쳤다.

"형욱아, 엄마가 말을 심하게 해서 미안하다. 용서해라."

형욱이는 아버지가 법정에 꿇어앉아 있는 상태에서 어머니마저 꿇어앉아 미안하다는 말을 하며 울자 더 크게 울기 시작했다.

나는 마지막으로 형욱이에게 말했다.

"형욱아, '어머니 죄송합니다. 다시는 그러지 않겠습니다.'를 열 번 외쳐라."

형욱이는 시키는 대로 법정 바닥에 꿇어앉아 외치기 시작했다.

"어머니 죄송합니다. 다시는 그러지 않겠습니다."

"어머니 죄송합니다. 다시는 그러지 않겠습니다."

형욱이의 외침에 어머니는 통곡하기 시작하였고, 형욱이 아버지도 조용히 눈물을 머금고 있었다.

열 번의 외침이 끝난 뒤 다시 형욱이에게 '어머니, 아버지. 사랑합니다.'를 열 번 외치게 하였다.

형욱이는 계속 외쳤다.

"어머니, 아버지. 사랑합니다."

그런 뒤 가족 모두를 일어서게 한 다음 서로 껴안아보도록 하였다. 형욱이 가족은 서로 부둥켜안고 울었다. 진심 어린 사죄와 눈물은 마음의 벽을 허무는 묘약이자 참된 용서와 화해로 이르는 지름길이다. 서로 부둥켜안은 채 울고 있는 형욱이네 가족이 이를 잘 보여주고 있었다. 이윽고 형욱이 어머니가 먼저 형욱이에게 화해의 말을 던졌다.

"형욱아, 옛날 일 다 잊고 잘 살자."

이로써 형욱이 가족의 관계 회복을 위한 작은 계기는 마련되었다고 본다. 보호관찰소는 2년 전에 형욱이를 6개월간 소년원에 보내는 것이 좋겠다는 의견을 제시했었다. 하지만 형욱이의 재비행을 막기 위해서는 가족 간의 관계 회복이 무엇보다 필요한데 지금 형욱이를 소년원에 보내면 그 싹을 잘라내는 것이 될 수도 있었다. 더구나 형욱이 부모는 최근 화해하고 재결합할 예정이라고 하였다. 그래서 부산청소년비행예방센터에서 실시하는 1박2일 가족 캠프에 가족 모두가 참가하는 것 등을 조건으로 형욱이를 부모 품으로 돌려보내는 처분을 내렸다.

형욱이의 가족 관계가 정상으로 회복되려면 가족 모두의 노력이 필요하다. 하지만 무엇보다도 중요한 것은 형욱이 아버지가 성숙한 아버지의 모습을 보여주는 것이다. 피치 못할 사정이 있었겠지만 형욱이 아버지가 책임을 회피하고 있는 사이, 처는 몹쓸 병에 걸려버렸고, 형욱이의 비행은 상습화되었으며, 형욱이 여동생은 정신적인 문제를 가지게 되었다. 이러한 문제들은 간단히 해결할 수 있는 것들이 아니다. 이들의 치유와 회복을 위해서는 지금부터라도 성숙한 아버지로서의 모습을 되찾는 것이 시급하다. 형욱이 아버지가 본래의 부성을 회복하여 믿음직스러운 아버지가 되기를 소망해본다.

아이들에 대하여

칼릴 지브란

그러자 가슴에 아이를 안은 한 여인이 말했다. 우리에게 아이들에 대해 말씀해 주십시오.

그는 말했다.

그대의 아이는 그대의 아이가 아니다.

아이들이란 스스로를 그리워하는 큰생명의 아들딸이니

그들은 그대를 거쳐서 왔을 뿐 그대로부터 온 것이 아니다.

또 그들이 그대와 함께 있을지라도 그대의 소유가 아닌 것을.

그대는 아이들에게 사랑을 줄 수는 있으나, 그대의 생각까지 주려고 하지는 말라.

아이들에게는 아이들의 생각이 있으므로.

그대는 아이들에게 육신의 집은 줄 수 있으나, 영혼의 집까지 주려고 하지 말라.

아이들의 영혼은 내일의 집에 살고 있으므로. 그대는 결코 찾아갈 수 없는, 꿈 속에서조차 갈 수 없는 내일의 집에.

그대가 아이들과 같이 되려고 애쓰는 것은 좋으나, 아이들을 그대와 같이 만들려고 애쓰지는 말라.

큰생명은 뒤로 물러가지 않으며, 결코 어제에 머무는 법이 없으므로.

그대는 활, 그리고 그대의 아이들은 마치 살아 있는 화살처럼 그대로부터 쏘아져 앞으로 나아간다.

그래서 활 쏘는 자인 신은 무한의 길 위에 과녁을 겨누고, 자신의 화살이 보다 빨리, 보다 멀리 날아가도록 온 힘을 다해 그대를 당겨 구부리는 것이다.

그대는 활 쏘는 이의 손에 구부러짐을 기뻐하라.

그는 날아가는 화살을 사랑하는 만큼, 흔들리지 않는 활 또한 사랑하기에.

아버지 패러독스

학교폭력, 특히 비행형 학교폭력 사건의 특징적인 현상 중 하나는 가해자들의 학교 성적이 대부분 좋지 않다는 것이다. 성적 우수 학생들이 가해자인 경우도 간혹 있지만 이는 극히 드물고, 학교나 학급에서 간부를 맡고 있는 경우에도 성적이 좋지 않은 경우가 더 많았다. 이와 같은 현상은 무엇을 의미하는 걸까? 결론부터 말하자면 이는 학교폭력이 우리 사회의 성취지상주의와 무관하지 않다는 것을 보여준다.

지금 우리 사회는 '무한 경쟁'과 '승자 독식'의 이데올로기가 지배하는 사회라고 할 수 있다. 학교도 예외가 아니어서 학생들은 너 나 할 것 없이 극심한 성적 경쟁에 시달린다. 문제는 경쟁에서 뒤처진 일부 학생들에게는 학교가 더 이상 꿈과 희망의 학습장이 되지 못한다는 것이다.

소년보호사건을 처리하는 동안 나는 성적이 좋지 않아 자신이 원하지 않는 학교에 입학했다가 중도에 그만두는 아이들을 많이 보았다. 또 원하는 학교에 들어가기는 했지만 뒷받침을 제대로 받지 못하거나 원하는 성적을 내지 못해 자퇴하는 아이들도 여럿 있었다. 이들이 학교를 떠나는 이유에는 여러 가지가 있겠으나 학교에서 더 이상의 희망을 발견하지 못하는 것이 가장 주된 이유일 것이다. 이처럼 경쟁 대열에서 밀려 자퇴를 선택한 아이들의 의식 속에는 좌절감이나 패배감, 또는 소외감에서 비롯된 절망과 체념이 자리하기 쉽다. 이들이 경험한 좌절과 패배가 대나무의 마디처럼 성장의 발판이 된다면 좋겠지만 사정은 이와 다르다. 경쟁에서 낙오한 아이들을 잡아줄 따듯한 손이 어디에도 없기 때문이다. 이런 아이들이 마음을 붙일 만한 곳은 결국 자기와 비슷한 아이들이 모인 또래 집단뿐이다.

인간의 욕구를 5단계로 구분한 아브라함 머슬로우는 세 번째 단계의 욕구를 '소속과 사랑의 욕구'라고 하면서, 이러한 욕구가 이루어지지 않음으로써 생기는 불가피한 결과가 '외로움'과 '소외감'이고, 이를 피하기 위한 최후의 길은 집단 활동이라고 했다. 따라서 성적 경쟁에서 밀려난 아이들이 무리를 지어 어울리는 것은 그들 나름의 절망감과 고립감을 해소시키는 방법이라고도 볼 수 있을 것이다. 문제는 그 무리 짓기가 폭력 집단으로 변질될 가능성이 크다는 것이다.

무리를 짓다 보면 힘의 우열에 따라 서열화가 진행되고, 서열이 높은 학생들은 힘(권력)을 쥐게 되므로 자연히 무리 속에서 폭력적인 분위기가 조성되어간다. 또한 우열 관계가 한번 정해지고 나면 특별한 계기가 없는 한 서열이 쉽게 바뀌지 않기 때문에 가해자는 폭력에 맛을 들여 빠져 나오지 못할 가능성이 크다. 대구 학생자살사건의 가해자들이 바로 그런 경우라고 할 수 있다.

심지어 아이들은 이러한 폭력을 일종의 놀이 문화로 받아들이기도 한다. 비행형 학교폭력 사건에서 드러나는 폭력의 양상이 대부분 폭행, 갈취(일명 '삥뜯기'), 강요나 강제적 심부름(일명 '셔틀')

등이고, 피해자가 같은 무리에 속한 경우가 압도적으로 높은 것도 그 때문이다. 이러한 맥락에서 보면 학교폭력은 소외자에 대한 배려를 하지 않는 학교라는 특수한 사회에서 발생하는 문화적이고 구조적인 현상이라고 할 수 있다. 더 큰 문제는 중·고등학교를 중심으로 일어나던 학교폭력이 이제는 초등학교에서도 심심찮게 일어난다는 것이다.

열세 살인 윤호, 병태, 경수는 같은 초등학교 동급생들이었다. 그들은 학교폭력 사건으로 소년보호재판을 받게 되었는데 사건송치서에 기록된 그들의 비행 내용을 간추리면 아래와 같다.

윤호는 2013년 5월 학교에서 경수에게 생일 선물비 조로 2만 원을 달라고 하기 시작하여 학교를 마친 뒤에는 피시방에까지 따라가 돈을 달라고 요구했다. 그런데 경수가 돈을 주지 않겠다고 하자 경수를 따돌림할 태세를 보였고, 이에 겁을 먹은 경수가 1만 원을 주자 그 돈을 받아 챙겼다. 이와 같은 방법으로 윤호는 2013년 3월부터 6월까지 십수 회에 걸쳐 다양한 명목으로 돈을 빼앗았다.

또한 윤호는 돈을 뺏는 것 외에도 심부름을 시키거나 폭행을 하는 등 다양한 방법으로 경수를 괴롭혔다. 밥을 먹은 뒤 경수에게 급식판을 반납대에 가져다 놓으라고 시키거나 라면을 사오라고 심부름을 시키기도 했으며, 하교할 때 책가방을 들게 하는, 이른바 '가방모찌'를 강요하기도 했다. 그리고 그 과정에서 경수가 자신의 지시를 거부하면 주먹으로 때리거나 발로 차는 등 폭행도 서슴지 않았다. 특히 윤호는 2013년 4월부터 6월까지 사이에 20여 회에 걸쳐 학교 교실, 복도, 화장실 등에서 특별한 이유 없이 경수의 가슴, 팔뚝, 어깨 등을 이로 깨물어 상처를 입히기도 하였다.

윤호의 괴롭힘이 점점 집요해지자 경수도 당하고 있지만은 않았다. 4월 말경 경수는 말다툼 끝에 윤호와 아파트 지하 주차장에서 싸우기로 했고, 그 결과 경수는 다리에 멍이 드는 등의 상해를 입었으며, 윤호도 우측 다리 아랫부분 등에 2주간의 치료를 요하는 상해를 입었다. 그러나 윤호의 폭력은 거기에서 멈추지 않고 감금과 추행이라는 비행까지 저지른다. 5월 초순경 윤호는 병태와 함께 경수에게 아파트 1층과 2층 사이에 있는 좁은 창문을 통해 테라스로 넘어가라고 하였고, 경수가 싫다고 하자 "그러면 친구 끊는다."라는 말로 겁을 주어 경수가 창문을 열고 테라스로 들어가도록 하였다. 그 후 경수가 그곳에 있음에도 창문을 닫고 시정 장치를 돌린 다음 10분가량 경수를 밖으로 나오지 못하게 감금하였다. 또 5월 중순경에는 학교 교실에서 경수에게 겁을 주어 하의를 모두 벗게 만든 뒤, 그 모습을 휴대폰 카메라로 찍어 자신의 여자 친구에게 실시간으로 전송하였고, 경수가 바지를 입으려고 할 때 은밀한 신체 부위를 만지는 추행을 저지르기도 하였다. 또한 윤호는 이에 그치지 않고 이때 찍은 경수의 치부가 드러난 사진을 휴대폰에 보관하고 있다가 6월 중순경 자신의 카카오스토리에 게재하여 다수의 친구들이 볼 수 있도록 공개하였다.

2013년 9월 13일 세 아이들에 대한 심리가 열렸다. 그런데 세 아이의 신체 발달 정도가 눈에 띄게 달랐다. 특히 주된 당사자인 윤호와 경수의 차이가 더 두드러져 보였는데, 지속적으로 경수를 괴롭혔던 윤호는 체격이 아주 왜소하였고 키도 경수보다 10㎝ 이상 작아 보였다. 이에 반해 경수는 윤호에 비해 덩치가 아주 컸고 키도 훨씬 더 컸다. 그런 사정이라면 상식적으로 볼 때 경수가 윤호를 괴롭혀야 정상이었다. 그런데도 상황은 반대로 전개되고 있었던 터라 그 이유가 궁금하지 않을 수 없었다. 알아본즉 세 아이 사이에 묘한 세력 관계가 작용하고 있었고, 그 중심에는 학교에서 이른바 '일통(일진들 중에서 대장)'으로 알려진 병태가 있다는 걸 알 수 있었다.

병태는 초등학교 5학년 때 이 학교로 전학을 왔다. 병태는 전학생이라는 이유로 당시 일통이었던 대호와 그 무리로부터 괴롭힘을 당했으나 덩치와 근성이 남달랐기에 호락호락 당하고 있지만은 않았다. 그러던 중 아이들 사이에는 대호와 병태 중 누가 더 센지에 관해 수근거림이 시작되었고, 결국 두 아이는 아이들의 부추김에 의해 힘 겨루기 싸움을 벌였다. 결과는 병태의 승리로 끝났고, 그 후 병태가 일통이 된 것이었다.

경수는 대호가 일통인 시절 대호의 절친이었기 때문에 아무한테도 괴롭힘을 당하지 않았고, 심지어 대호를 등에 업고 아이들을 괴롭히기도 하였다. 그러한 사정이 있었기 때문에 경수는 병태가 일통이 된 뒤에도 대호를 무시할 수가 없었다. 그 틈을 타 윤호는 병태와 친해졌고, 병태의 힘을 빌려 경수를 집요하게 괴롭혔던 것이다.

병태는 존재감만으로도 아이들을 장악할 수가 있었기 때문에 먼저 아이들을 건드리지는 않았다. 비행 내용을 보더라도 병태의 비행 가담 정도는 그리 많지 않음을 알 수 있다. 반면 경수는 윤호와 싸움을 하는 등 가끔 대항한 적도 있으나 병태의 존재로 인해 아주 적극적으로 대응하지는 못했고, 윤호와 병태에게 수치스러운 일까지도 당한 형편이었다. 경수는 윤호가 자신의 치부가 드러난 사진을 친구들에게 퍼뜨리지 않았더라면 사건화하지 않고 그냥 묻어두었을 수도 있었다. 결국 윤호와 병태의 비행은 윤호의 경솔한 행동으로 인해 사건화된 것이었다.

결정전조사서에 따르면 사건화가 된 이후 경수와 병태는 크게 심리적인 문제를 일으키지 않았으나 윤호는 자신이 저지른 행위 때문인지는 몰라도 심리적으로 매우 불안정한 상태에 있다고 하였다. 또한 윤호가 이 일이 사건화된 이후 다른 학교로 갑자기 전학을 간 탓에 교우 관계에서 어려움을 겪고 있으며, 갑작스런 호흡곤란, 어지럼증, 가슴이 눌리는 듯한 느낌 등 공황장애와 유사한 증세를 보인다고 되어 있었다.

그래서인지 심리 당일 윤호는 이모 등 여러 가족 친지들의 부축을 받고 법정으로 들어섰다. 아니, 가족들이 윤호를 중환자처럼 양쪽 어깨에 메고 겨우 데리고 들어왔다고 해야 정확한 표현이 될 것이다. 보고서를 통해 윤호의 심리 상태를 어느 정도 이해하고는 있었지만 이날 윤호와 그 가족들의 태도는 상식을 넘어

지나치다는 느낌까지 들 정도였다. 그래서 나는 윤호의 가족들을 향해 호통을 쳤다.

"윤호 어머니 외에 다른 가족들은 이 법정에서 나가십시오. 그리고 다시는 이 법정에 오지 마세요. 아이에게 아무런 도움이 되지 않습니다. 정직하게 자신이 저지른 일에 맞설 수 있도록 해야지 진지한 반성도 없이 꾀만 부리게 하면 어떻게 합니까?"

이 말에 뜨끔했는지 윤호는 금세 자세를 바꾸었다.

그런 다음 양쪽 부모들의 의견을 들었다. 윤호와 경수의 부모들은 모두 자신들의 억울함만 계속 호소했다. 자신들의 입장에서만 사건을 보고 있기 때문이었다. 그래서 나는 소년조사관이 작성한 세 건의 조사보고서를 소년들의 부모들에게 건네주며 이렇게 말했다.

"소년조사관이 객관적인 입장에서 조사한 내용입니다. 각자 나가셔서 조사보고서를 모두 읽으시고, 아이들이 어떻게 해서 이 사건 비행에 이르게 되었는지를 이해하고 다시 오십시오."

그로부터 한 시간 정도 뒤에 소년들과 부모들이 다시 법정에 들어섰다. 특히, 윤호는 처음과는 달리 아무런 도움을 받지 않고 자기 힘으로 법정에 들어섰다. 호통을 당하기 전과는 판이하게 다른 모습이었다. 이러한 윤호를 보니 아이를 제대로 교육시키려고 하지 않는 윤호의 부모와 가족들의 태도가 못마땅했다. 한편, 보고서를 읽고 난 부모들의 표정에는 처음과는 다른 분위기가 감돌고 있었다. 그래서 다음과 같이 말했다.

"소년조사관의 보고서를 읽어보니 어떠신가요? 이제 사건의 전말을 어느 정도 이해하셨을 겁니다. 그러니 각자의 잘못에 대해서는 진지하게 사과를 하십시오. 그리고 아이들을 위한다는 생각에 제발 화해하십시오."

그러자 경수 아버지가 말했다.

"판사님, 저도 어지간하면 화해할 겁니다. 하지만 경수가 너무 많이 당했기 때문에 당장은 화해를 하기가 어렵습니다."

이렇게 말하는 경수 아버지의 선한 눈에는 눈물이 가득 고여 있었다. 경수 아버지의 심정이 충분히 이해되었으나 나는 다시 한 번 화해를 권했다.

"경수 아버님, 아버님의 마음은 백 번 이해하고도 남습니다. 하지만 이 사건이 일어나게 된 경위를 보거나, 경수도 학교폭력의 가해자였던 점을 보거나, 서로 화해하는 것이 경수를 위해 더 좋은 일이라고 생각하지 않으십니까? 수치스러운 일은 빨리 잊게 하는 것이 경수를 위해 더 좋을 것입니다. 시간을 드릴 테니 그동안 충분히 생각해보고 다시 오십시오."

이 말에 경수 아버지는 아무런 대꾸도 하지 않았다. 나는 4주 뒤에 다시 재판을 하겠다며 소년들과 그 부모들을 돌려보냈다.

4주 뒤인 2013년 10월 11일에 다시 재판이 열렸다. 윤호는 첫 재판 때의 모습과는 사뭇 다르게 가족들의 부축 없이 어머니와 함께 법정으로 들어왔다.

먼저 경수의 부모에게 말했다.

"그동안 잘 생각해보셨습니까? 화해하시기로 하셨나요?"

이 말에 경수 아버지가 대답했다.

"지금으로서는 뭐라 답변을 드리기가 어렵습니다. 시간이 좀 더 필요합니다."

그래서 또다시 재판을 4주 뒤로 연기하였다. 경수 아버지가 마음을 먹지 않는 이상 화해는 불가능했기 때문이다. 하지만 경수 아버지는 좀처럼 마음의 결정을 내리지 못했다. 결국 두 차례나 더 재판을 연기한 끝에 2013년 11월 29일 다시 재판을 열었다. 그러나 기다린 보람도 없이 화해를 할 수 없다는 경수 부모님의 답변에 그날 부득이하게 아이들에 대한 처분을 내릴 수밖에 없었다.

윤호와 병태에 대해서는 비행 내용과 사건화된 이후 윤호가 전학을 간 점 등을 감안하여 40시간의 강의를 듣고 일정 기간 동안 보호관찰(윤호는 2년, 병태는 1년)을 받는 것을 조건으로 부모에게 위탁하는 처분을 내렸다. 두 소년에게 반성의 시간을 보내라는 의미에서 사회봉사라도 시키고 싶었으나 소년법상 사회봉사명령은 14세 이상의 소년에게만 내릴 수 있기 때문에 당시 13세였던 두 소년에게는 적용되지 않았다. 한편, 경수에 대해서는 그가 비행을 저지르게 된 경위 등을 두루 참작하여 불처분한다는 결정을 내렸다. 처분을 내리자 소년들과 그 부모들은 아무런 이의 없이 법정을 나섰다.

학교폭력 사건의 경우에는 응보적 분쟁 해결보다 진정한 사죄를 전제로 하는 화해적 분쟁 해결이 사건 당사자, 특히 피해자에게 유익한 점이 많다. 이 사건에서도 가해자 측의 진정한 사죄를 전제로 하는 화해가 경수에게 더 유익하다고 할 수 있었다. 하지만 화해의 주도권은 피해자라고 할 수 있는 경수 측이 가지고 있기 때문에 경수 아버지의 태도 여하는 화해를 함에 있어 중요한 관건이었다. 그런데 경수 아버지는 2013년 9월부터 11월 사이에 네 번이나 심리를 재개했음에도 가해자 측과 화해를 할 듯 말 듯 하다가 결국에는 화해를 포기하는 쪽으로 마음을 굳혔다.

화해를 망설였던 경수 아버지의 심리 상태에 대해서는 어느 정도 이해가 가고도 남음이 있다. 그럼에도 재판을 네 차례나 연기하면서 기다린 시간이 모두 물거품이 되었다고 생각하니 마음이 헛헛해지는 한편, 보다 대승적인 입장에서 문제를 해결할 순 없었을까 하는 아쉬움이 남았다.

경수 아버지의 경우에 해당된다고 볼 수는 없지만 이 사건을 정리하면서 '아버지 패러독스'라는 말이 계속 뇌리에서 떠나질 않았다. 일반적으로 자녀들에게는 아버지가 정의로우면서 동시에 승리자이길 바라는 경향이 있다고 한다. 예를 들면 아버지가 청렴한 사람이길 바라면서도 한편으로는 자신들에게 금전적인 혜택도 베풀어주기를 바라는 경향이 있다는 것이다. 이처럼 아버지에 대한 자식들의 모순된 기대 심리를 가리켜 '아버지 패러독스'라고 한다.

그런데 아버지에 대한 자녀의 모순된 기대 심리가 있다고 한다면 자녀에 대한 아버지의 모순된 기대 심리, 다시 말해 '내 아이가 정의로운 사람이면서 동시에 경쟁에서 승리하기를 바라는 심리'도 있을 것이다. 실제로 학교폭력을 비롯한 청소년 비행과

관련해 법정에 온 아버지들의 태도에서 이러한 모순 심리를 종종 목격하게 된다. 이런 심리 상태는 내 아이가 당하지 않아 다행이라는 편협한 생각에 학교폭력으로 인한 피해자의 입장을 제대로 보지 못하게 만들기도 한다.

아버지가 된다는 것, 아버지 노릇을 제대로 한다는 것은 이러한 모순된 심리 상태도 극복할 수 있어야 하는 것이라고 나는 생각한다. 그런데 요즘 우리 사회는 올바르게 사는 삶보다는 이기거나 성취하는 삶에만 비중을 두고 있는 것 같다. 공존과 배려가 없는 사회는 위험하다. 당장 눈앞의 싸움에서 이길 수 있을지는 몰라도 자신이 쏜 화살이 언젠가는 부메랑이 되어 돌아올 것이기 때문이다.

일등은 어렵지만 일등 시민은 누구나 될 수 있다. 그리고 일등 시민이 될 수 있는 바탕은 가정교육에서부터 비롯된다. 성적이 조금 뒤처지더라도 올바르고 행복하게 살 수 있도록 아이들을 이끌어줄 수 있는 아버지. 이러한 아버지가 많아질수록 우리 사회가 보다 품격 있는 사회가 되어갈 것이고, 아이들의 행복 지수 또한 크게 높아질 것이다.

두 어머니와 한 아들

2013년 9월 부산지방법원 형사부에서 근무하는 판사 한 분이 내 방을 방문하였다. 강도죄 등으로 구속되어 재판을 받고 있는 원우라는 아이 문제 때문이었다. 나는 원우가 다시 범죄를 저질렀다는 말을 듣고 실망이 앞섰다. 원우에 대한 재판은 창원지방법원 소년부에 3년 동안 근무하면서 했던 재판 중에서도 꽤나 인상 깊은 것이었기 때문이다.

1994년생인 원우는 열두 살 되던 2006년부터 비행을 저지르기 시작하여 여러 번 소년보호처분을 받았으며, 그러는 사이 정신 질환에 걸려 6개월간 입원 치료를 받은 적도 있는 아이였다. 원우는 성격이 모질지 못하고 휩쓸리기 쉬운 성향으로 자기통제, 자기 절제에 어려움 많았다. 또한 거듭되는 비행으로 공부에 손을 놓아 기초학력이 부족했고 지적 능력도 조금 떨어지는 데다 장기간의 수용 시설 생활로 인해 청소년기에 경험해야 할 평범한 대인 관계 경험도 부족하고 미숙한 편이었다. 또한 친구라고는 수용 시설에서 만난 아이들이 대부분이라 그들과 어울리다 보면 유혹에 쉽게 넘어가 다시 비행을 저지르는 일이 반복되었다. 그러다 보니 소년원을 들락거리면서 비행성이 심화되어 품행장애로 정신과 치료까지 받기에 이르렀던 것이다. 그럼에도 원우는 2010년 4월 또다시 폭력 행위 등 처벌에 관한 법률 위반죄로 10호처분을 받게 되었다.

비록 공격적이고 반항적이며, 규칙을 지키지 않는 등의 품행장애를 가지긴 했지만 원우는 한번 마음을 먹으면 집착에 가까울 정도로 열중하는 성격이라 소년원에 있는 동안 밥 먹을 때도 책을 보고, 취침 후에도 침침한 불빛 아래서 요약본을 외우는 등 각고의 노력 끝에 고졸 검정고시에 합격하였다. 하지만 또다시 정신이상 증세로 의료소년원으로 이송되어 치료를 받은 후 출원하였다. 그런데 출원한 이후 가족들의 정성 어린 보살핌 아래 마음을 다잡고 대학 진학을 준비하고 있던 원우는 뜻밖의 암초를 만나게 된다. 그것은 다름 아닌 자신의 출생에 관한 비밀이었다. 지금까지 어머니로 알고 있고 가족관계등록부에도 친모로 기재된 사람이 실은 이모였고, 이모로 알고 있던 사람이 친어머니라는 사실을 뒤늦게 알게 된 것이다. 어머니와 이모뿐 아니라 친형제와 사촌 형제 사이의 뒤바뀐 관계도 원우에게는 너무나 큰 충격이었다. 그렇지 않아도 정신적 장애가 있던 원우는 혼란을 이기지 못해 방황하다가 결국 가출하였고, 수중에 돈이 떨어지자 몇 건의 절도죄를 저질러 또다시 소년부로 송치되었다.

2012년 1월, 친어머니와 친누나가 출석해 있는 가운데 원우에 대한 심리가 열렸다.

국선보조인이 먼저 원우에 대한 의견을 제시하였다.

"원우는 출생 시부터 불안정한 가정환경, 생계를 위해 일해야 하는 엄마로 인해 안정적인 훈육을 기대하기 어려웠던 듯합니다. 초등학교 때 2회, 중학교 때 4~5회 집단 폭행도 당하였습니다. 또한 어머니와 이모가 뒤바뀐 상황도 원우를 힘들게 했습니다. 이러한 것들이 원우를 일탈로 내몰았던 것 같습니다."

나는 이번 비행이 원우의 비정상적인 정신 심리 상태와 심화된 비행성에도 원인이 있겠지만, 비행의 결정적인 동기는 출생의 비밀을 알게 된 충격 때문일 것이라는 생각이 들었다. 따라서 그 문제가 말끔하게 해소되지 않으면 원우의 정신 심리 상태는 더욱 악화될 것이고, 그로 인해 비행이 제대로 교정되지 않을 것이 분명하기에 처분을 내리기 전에 원우에게 이모가 원우를 양육할 수밖에 없었던 사정에 관해 납득할 만한 설명을 해줄 필요가 있다고 판단했다.

그래서 심리를 중단한 다음, 원우의 어머니에게 부탁하여 지금까지 원우가 친어머니로 알고 살아왔던 이모도 법정에 출석하게 해달라고 하였다. 오후 7시쯤 이모가 법정으로 달려와 심리를 재개하였다. 심리는 보통 오후 6시 무렵이면 마무리되지만 원우를 위해 법정 관계자들 모두 퇴근을 미루며 기다리고 있었다.

심리가 시작되자 원우는 자신의 마음을 이렇게 표현했다.

"소년원에 다녀와서 정말 마음잡고 공부하려고 했었거든요. 하지만 엄마와 이모가 서로 바뀌었다는 걸 알고 너무 큰 충격을 받았습니다. 모두들 18년간이나 저를 감쪽같이 속이고 있었잖아요. 엄마, 이모, 친누나, 사촌 누나……. 뭐가 뭔지 모르겠어요. 죽고 싶었어요. 수면제 20알을 먹고 죽으려고도 했었습니다."

어린 나이에 자신의 정체성이 뿌리째 흔들리는 경험을 했던 원우로서는 자신을 둘러싼 모든 가족들이 허상처럼 느껴졌을 수도 있었을 것이다.

나는 원우의 친어머니를 향해 물었다

"왜 원우를 이모의 호적에 올렸습니까?"

"아이를 임신했을 때부터 아이 아빠와는 사이가 좋지 않았고, 원우를 낳고 얼마 되지 않아 이혼을 하게 되었습니다. 그 과정에서 아들이라고 뺏어가려는 아이 아빠로부터 원우를 지키기 위해서 언니 호적에 올리게 된 것입니다. 하지만 저는 늘 원우 곁에 있었습니다."

"서류를 보니까 이모와 어머님의 성이 다르더군요."

"어머니가 재혼을 하시면서 저를 데려갔기 때문에 가족관계등록부상 언니와 저는 아버지가 다른 것처럼 되어 있습니다. 성은 다르지만 저희는 어느 자매보다 우애 있게 서로 의지하고 살아왔습니다. 언니 역시 이혼을 한 상태라 언니의 아이들과 제 아이들을 네 자식 내 자식 가르지 않고 정성을 다해 함께 키웠습니다."

아픈 가족사에도 불구하고 원우를 제외한 두 자매의 자녀 네 명은 모두 훌륭히 성장하여 간호사, 유치원 교사, 회사원으로 사회생활을 잘하고 있었는데 유독 원우만 비행세계에 발을 들인 이후 헤어나지 못하고 있었다.

이번에는 원우의 이모가 말을 이었다.

"같이 어울리던 아이들을 만나지 못하게 하려고 가족들이 순번을 정해서 원우를 돌보았지만 소년원 친구들만 나오면 정신을 못 차립니다. 가출할 때마다 사람 풀어서 찾아다니곤 했는데 이런 일이 또 생기니 너무 속이 상합니다. 누구 호적에 오르던 그게 무슨 상관입니까? 다 내 자식입니다. 누나들과 엄마, 이모, 모든 외갓집 식구들이 귀한 손이라고 넘치게 사랑을 주며 키웠습니다. 애가 자라는 걸 바라보면 굶어도 배가 부를 정도로 사랑을 퍼부었는데 너무 오냐오냐 하며 키우고 문제가 생기면 모든 걸 다 해결해줬던 것이 잘못이었나 봅니다. 이전까지는 변호사도 선임하고, 합의도 하면서 해결하러 다녔었는데 이번에는 아무것도 해주지 않았습니다. 벌 받고 반성하라는 의미로 면회도 가지 않았습니다. 하지만 어떻게 자식을 포기하겠습니까. 면회 가서 아이를 만나고 싶어 땅을 치며 울었지만 가슴을 쥐어뜯으며 참았습니다."

원우의 친어머니도 눈물을 흘리며 다시 말을 했다.

"이전에는 죄를 짓고 소년원에 들어가면 거의 매일 면회 가고, 누나들도 돌아가며 면회 가고 했지만 이번만큼은 자기 행동에 책임지라는 의미로 아무것도 하지 않고 아이도 보러 가지 않았습니다. 하지만 따뜻한 방에서 잠을 자도 아이 생각이 나고, 가방 메고 지나가는 또래만 봐도 눈물이 났습니다."

결혼을 앞둔 원우의 친누나도 울먹이며 말했다.

"저는 원우가 없으면 결혼 안 할 겁니다. 원우가 나올 때까지 결혼식을 미룰 거예요. 판사님, 그러니 제발 원우에게 한 번만 더 기회를 주세요. 저희가 최선을 다해 원우를 지도하겠습니다."

거듭되는 말씀에도 불구하고 가족들 모두 원우를 포기하지 않으려는 의지가 강했다. 가족들의 눈물 어린 호소를 듣고 난 뒤 나는 원우에게 벼락같은 호통을 쳤다.

"이노무 손아! 네가 보기에 저렇게 가슴 아파하며 울고 계신 너의 어머니와 이모와 누나가 너를 일부러 속이고 버린 것으로 보이느냐?"

원우는 고개를 떨구었다.

"저렇게 너를 사랑하는 두 어머니가 계신데 누구 앞으로 네 이름이 올라가 있으면 어때. 말해봐라, 너의 어머니들이 너를 버렸어, 안 버렸어?"

"안 버리셨습니다."

"가족들이 너를 사랑해, 안 해?"

"저를 사랑하십니다."

"그런데 왜 그렇게 속을 썩이는 거야? 두 어머니 앞에 꿇어앉아라."

나는 원우를 두 분의 어머니 앞에 꿇어앉히고 '어머니 감사합니다. 다시는 그러지 않겠습니다.'와 '어머니 사랑합니다.'를 열 번씩 외치게 하였다.

원우는 순순히 무릎을 꿇었다.

"어머니 감사합니다. 다시는 그러지 않겠습니다. 어머니 사랑합니다……."

원우의 눈물 어린 외침에 친어머니와 이모, 누나는 다 함께 통곡을 하였다. 그 광경을 지켜보던 법정 관계자들도 눈시울을 적셨다.

"너를 이토록 사랑하는 가족들의 정성을 봐서 마지막으로 기회를 줄 테니 다시는 이 법정에 서지 말거라. 알겠어?"

나는 예정했던 처분을 거두고 경남아동청소년상담교육센터에서 정신 심리 상담을 받는 조건으로 1개월 이내의 소년원 송치를 하는 8호처분을 내렸다. 예상치 못한 처분에 원우와 가족들은 부둥켜안고 울기 시작하였다.

나는 울고 있는 원우를 향해 말했다.

"너는 이토록 너를 사랑해주시는 어머니가 두 분이나 있어서 얼마나 좋으냐!"

그 후 원우는 한 달간의 소년원 생활을 무사히 마친 다음 경남아동청소년상담교육센터에서 가족들과 함께 계속 상담을 받았다. 그리고 원우의 상태가 나날이 좋아지고 있으며, 변화되는 아이의 모습에 가족들이 매우 감사하고 있다는 말을 전해 들었다.

그런데 이러한 원우가 다시 범죄를 저질러 구속되어 형사재판을 받게 되었다니 실망이 앞섰던 것이다. 지난번 비행은 출생의 비밀을 알게 된 충격이 크게 작용하였을 것으로 생각하여 무거운 처분을 내리지 않았다. 출생의 비밀과 관련해서는 지난 재판 때 두 어머니로부터 납득할 수 있을 정도의 해명을 들었고, 재판 이후에도 경남아동청소년상담교육센터에서 상담을 받으며 보다 더 많은 이해를 했을 것으로 생각된다. 그럼에도 원우가 다시 범죄를 저지르게 된 이유는 무엇일까?

약 10년의 세월 동안 원우가 비행을 반복하고 있음에도 원우의 어머니와 이모를 포함한 가족들은 원우를 포기하지 않고 그를 비행세계에서 빼내려고 최선을 다하였다. 그리고 이번 형사재판에서도 원우를 구하기 위해 필사의 노력을 하고 있다고 들었다. 그럼에도 불구하고 원우가 다시 범죄에 발을 들여놓았다는 것은 결국 원우의 정신 심리적 문제에서 그 원인을 찾아야 할 것이다. 원우가 이와 같은 문제를 가지게 된 데에는 다양한 요인들이 영향을 주었을 것으로 보인다. 그러나 아무래도 가장 큰 영향은 아버지의 부재와 관련이 되어 있을 거라는 생각이 들었다.

십대는 자기 정체성을 형성해가는 시기이다. 정체성이란 결국 자신의 뿌리를 찾아가는 과정이기도 하다. 이 시기의 아이들은 누군가의 보살핌을 원하면서도 어른들의 간섭에서 벗어나 독자적으로 행동하고 싶어 한다. 독립적인 개체로 살아갈 준비를 하는 시기이기 때문이다. 그런데 어머니들은 여전히 자기 아이를 품에 가두어두려는 속성이 있다. 이때 아이가 어머니의 품에서 떨어져 나올 수 있도록 돕는 것이 바로 아버지의 역할이다.

또 아이들은 아버지의 어깨너머로 자기가 살아가야 할 세상을 배운다. 아버지를 보며 아이들은 아버지처럼 살고 싶다고 말하기도 하고, 절대로 아버지처럼은 살지 않겠다고 결심하기도 한다. 좋은 영향이든 나쁜 영향이든 아버지는 자녀에게 삶의 지표를 제공해주는 사람인 셈이다.

특히 사춘기에 들어선 자녀에게 아버지의 영향력은 절대적이다. 『아버지란 무엇인가』의 저자 루이지 조야는 "자식들이 청소년기로 들어서면, 아직 사회 조직에 깊이 개입하는 시기는 아니지만, 아이들은 동년배들과 어울리기 시작하면서 부성을 찾기 시작한다. 부성적인 역할을 거의 완벽하게 해내고 있다고 자부하는 어머니들조차 부성을 갈망하는 자식들의 요구를 완벽하게 채워주지는 못한다. 비행청소년들의 대부분은 사실상 이런 부성의 부재로 인한 심리적인 방황을 겪고 있다."라고 말한다.

아버지는 사회에 첫발을 내딛는 아이의 불안을 다독거려주는 동시에 지지와 응원을 보내며 축복해주는 사람이다. 그런데 원우에게는 그런 아버지 역할을 해줄 만한 사람이 없었다. 뿐만 아니라 원우의 친어머니는 양육권을 지키기 위해 호적을 바꿀 정도로 아버지의 존재를 철저히 비밀에 붙여왔다. 이러한 상황이라면 두 어머니 중 한 사람이라도 아버지 역할을 했어야 한다. 하지만 원우의 두 어머니 중 누구도 그런 역할을 하지 못했던 것으로 보인다. 아버지 없이 자라는 원우를 애틋한 눈길로 감싸는 두 명의 어머니가 있었을 뿐이다. 말하자면 원우는 모성의 과잉 속에서 자란 것이다.

만약 원우의 어머니가 좀 더 솔직하게 아버지에 대한 이야기를 원우에게 들려주었더라면 어땠을까? 원우 스스로 아버지에 대해 이해하고 판단함으로써 아버지의 부재를 극복할 수 있는 분위기를 만들어줬더라면 더 좋았으리라는 생각이 들었으나 안타깝게도 원우에게는 그럴 만한 기회가 없었다.

아버지가 없다고 해서 모두 비행소년이 되거나 사회성이 결여

되지는 않을 것이다. 그러나 아버지라는 징검돌 없이 사춘기라는 거센 물살을 건너기란 녹록치 않다. 원우는 그 물살을 헤치고 오는 동안 이미 많은 것을 잃었다. 다시 또 그 어지러운 물살에 빠져 옷을 적시는 일이 없기를, 이번 부산지방법원에서의 재판이 마지막 재판이 되기를 마음속으로 빌 뿐이다.

만일 내가 다시 아이를 키운다면

다이아나 루먼스

만일 내가 다시 아이를 키운다면
먼저 아이의 자존심을 세워 주고
집은 나중에 세우리라.

아이와 함께 손가락으로 그림을 더 많이 그리고
손가락으로 명령하는 일은 덜 하리라.

아이를 바로잡으려고 덜 노력하고
아이와 하나가 되려고 더 많이 노력하리라.
시계에서 눈을 떼고 눈으로 아이를 더 많이 바라보리라.

만일 내가 다시 아이를 키운다면
더 많이 아는 데 관심 갖지 않고
더 많이 관심 갖는 법을 배우리라.

자전거도 더 많이 타고 연도 더 많이 날리리라.
들판을 더 많이 뛰어다니고 별들을 더 오래 바라보리라.

더 많이 껴안고 더 적게 다투리라.
도토리 속의 떡갈나무를 더 자주 보리라.

덜 단호하고 더 많이 긍정하리라.

힘을 사랑하는 사람이 아니라

사랑의 힘을 가진 사람으로 보이게 하리라.

가출하지 않겠다면 아빠와 이혼할게

"좋은 추억, 특히 어린 시절 가족 간의 아름다운 추억만큼 귀하고 강력하며, 아이의 앞날에 유익한 것은 없다는 사실을 명심하라. 사람들은 교육에 대해 많은 것을 말한다. 그러나 어린 시절부터 간직한 아름답고 신성한 추억만 한 교육은 없을 것이다. 마음속에 아름다운 추억이 하나라도 남아 있는 사람은 악(惡)에 빠지지 않을 수 있다. 그리고 그런 추억들을 많이 가지고 인생을 살아간다면 그 사람은 삶이 끝나는 날까지 안전할 것이다."

이 말은 도스토예프스키의 소설 『까라마조프가의 형제들』에 나오는 것이다. 굳이 대문호의 문장을 빌지 않더라도 어린 시절 가족과 함께했던 아름다운 추억이 살아가는 데 있어 소중한 힘이 되어준다는 사실을 부인할 사람은 별로 없을 것이다. 그러나 '가족 간의 아름다운 추억이야말로 최고의 교육이며, 그런 추억이 많은 사람은 삶이 끝날 때까지 안전할 것'이라는 말은 바쁘다는 핑계로 아이들과 함께하는 시간에 인색한 부모들에게 경종을 울리는 이야기가 아닌가 싶다.

'애착 연구'의 선구자로 불리는 영국 출신의 정신과 의사 존 보울비는 "성격 발달에 있어서 아동이 가정에서 경험하는 것보다 더 큰 영향을 주는 경험은 없다."라고 말한 바 있다. 그중에서도 아버지와 맺는 초기의 애착은 아이가 자라는 과정에서 모든 대인 관계에 대한 기대를 만드는 힘이 된다고 한다. 어린 시절, 아버지가 아이에게 얼마나 관심을 갖고 대하느냐에 따라 자존감과 사회성이 결정된다는 것이다. 더 주목할 만한 것은 아버지가 아이에게 무관심할 경우, 아이는 '자신이 무가치할 뿐만 아니라 자신의 행동이 아무런 영향도 주지 못한다고 생각하면서 행동'하게 된다는 사실이다. 이는 청소년 비행과도 밀접하게 연관되어 있다.

아이들의 비행에 대한 아버지의 영향력에 관한 연구 결과에 따르면 아버지가 자녀를 얼마나 수용하는지가 자녀의 품행 문제를 유일하게 대변하는 변인이며, 자녀의 정신병리 중 겉으로 드러나는 외현화 문제인 ADHD, 품행 장애, 비행 등이 심리적으로 겪는 내현화 문제인 우울, 불안보다 아버지의 영향을 더 많이 받는다고 한다. 이는 아이들의 비행과 관련하여 '아버지 효과(Father Effect)'가 매우 크고, 그것이 '어머니 효과(Mother Effect)'보다도 강하다는 것을 의미한다. 실제로 소년보호재판을 하다 보면 비행소년들 중에는 어머니보다 아버지와의 관계가 나쁜 아이들이 더 많다.

그렇다면 아이들로 하여금 질풍노도의 시기라는 불안정한 청소년기를 잘 극복하게 하려면 아버지와의 애착 관계가 좋아야 한다고도 말할 수 있을 것이다. 아이가 학교에서 문제를 일으키면 엄마가 아니라 아빠가 '바짓바람'을 휘날리며 찾아가야 한다는 말도 이러한 맥락에서 본다면 충분히 공감할 만한 주장이다.

아버지와 애착 관계가 제대로 형성되지 않았을 경우 아이들에게는 어떤 일이 생길까? 남자아이와 여자아이의 경우가 각각 다른데, 이 중 남자아이들은 아버지로부터 강한 보호를 받지 못하고 있다는 데 대한 보상 심리로 힘이 센 남자아이들이나 폭력 집단을 새로운 부성의 형상으로 받아들이려는 경향이 있고, 여자아이들은 아버지로부터 방임되었거나 거절당했다는 것에 대한 보상 심리로 자기를 따뜻하게 수용해줄 남자를 새로운 부성의 형상으로 받아들이려고 하는 경향이 있다고 한다. 문제는 이와 같은 행위가 아이들에게 치명적이고 비극적인 결과를 초래할 수도 있다는 것이다. 물론 극단적인 경우의 예이긴 하지만 이 새로운 부성 찾기가 남자아이들에게는 폭력 집단에 가입하는 것으로 이어질 수 있고, 여자아이들에게는 성매매를 하게 하는 등 성 관련 피해자로 만들 가능성을 배제할 수 없기 때문이다.

미현이라는 소녀가 있다. 미현이는 스마트폰 채팅어플리케이션을 통해 한 남자아이를 알게 되었고, 그를 만나기 위해 열세 살이 되던 2013년 1월경 집을 나왔다. 그런데 당시 열여덟 살이던 그 남자아이는 미현이가 이제 갓 초등학교를 졸업한 어린아이라는 사실을 어느 정도 짐작하였으면서도 사랑을 빌미로 여관 등을 전전하며 미현이와 성관계를 가졌고, 미현이의 부모가 미현이를 찾는다는 것을 알게 된 이후에도 집으로 돌려보내기는커녕 오히려 대구와 대전 등으로 미현이를 데리고 다니며 자신의 욕구 충족에만 급급했다. 심지어 돈이 떨어지자 미현이에게 숙식비 마련 명목으로 원조교제, 즉 성매매까지 시키는 등 파렴치한 범죄를 서슴지 않았다. 그럼에도 그 남자아이와 함께 지내고 싶었던 미현이는 어쩔 수 없이 한 달 동안 40회가량 성매매를 하였고, 그로 인한 수익금 수백만 원을 그 남자아이에게 모두 맡겨놓고 함께 사용하였다. 다행히 부모의 필사적인 노력으로 미현이는 집으로 돌아왔고, 그 남자아이는 형사처벌을 받았다.

실질적으로는 피해자라고 할 수 있는 미현이도 성매매를 이유로 소년보호재판을 받게 되었는데, 이는 미현이가 '촉법소년(觸法少年)'이었기 때문이다. 비행을 저지를 당시 10세 이상 14세 미만인 소년을 가리켜 촉법소년이라고 하는데, 촉법소년의 비행에 대해서는 기소유예처분이나 형사처벌을 할 수가 없고, 반드시 법원 소년부로 송치하여 소년보호재판을 받도록 하고 있다.

빈손으로 시작하여 자수성가한 미현이 부모는 맞벌이 부부로 나름대로 성실히 가정을 잘 꾸려가고 있는 사람들이었다. 어머니의 말에 따르면 미현이 아버지는 미현이가 학교를 마치는 시간이면 일하다 말고 달려가 학원에 태워다주고, 학원 마치는 시간이 되면 앞에서 기다리다 다시 집으로 데려와 저녁을 해 먹이고, 미현이가 혼자 있으면 심심해할까 봐 가능한 한 같이 있어주려고 노력할 정도로 딸에게 헌신적이었다고 한다. 한편, 미현이와 미현이 어머니 사이에 별다른 문제는 없어 보였다. 그런데 왜 그처럼 헌신적인 아버지 밑에서 자란 미현이가 가출을 하고, 그 어린 나이에 성매매까지 하게 된 것일까?

미현이의 가출은 초등학교 6학년이던 2012년 초순경으로 거슬러 올라간다. 그때도 스마트폰 채팅어플리케이션을 통해 알게 된 또 다른 남자아이 때문에 가출을 했던 것이었다. 미현이는 당시 열일곱 살이었던 그 남자아이와 처음 성관계를 가졌는데, 그 남자아이의 강요에 못 이겨 그의 친구들과도 집단적으로 성관계를 몇 번 가진 적이 있었다. 미현이는 그 남자아이가 좋았기 때문에 거절하면 헤어지자고 할까 봐 시키는 대로 할 수밖에 없었다고 한다.

경찰서에서 제출한 자료를 통해서는 미현이가 가출을 하게 된 이유를 알 길이 없었다. 다만 보호관찰소의 결정전조사서에 적힌 '미현이 아버지가 오빠를 편애하는 것에 대한 불만 때문'이라는 말을 통해 미현이의 가출 전 상황을 대강 짐작할 수 있었을 따름이다. '이 부분에 대한 조사가 좀 더 깊이 있게 이루어졌더라면 좋았을 텐데.' 하는 아쉬움이 남았지만 미현이가 가출을 하게 된 데에는 아버지의 영향이 있었다는 것을 알 수 있어 그나마 다행이었다.

미현이에 대한 심리가 2014년 1월에 열렸다.

먼저 미현이 부모에게 "가정이나 부모에게 별다른 문제가 없어 보이는데 미현이는 왜 자꾸 가출을 할까요?"라고 물었다. 그런데 미현이 부모는 자신들도 영문을 모르겠다는 듯 별다른 대답을 하지 않았다. 그래서 다시 "미현이는 아버지가 오빠만 좋아한다는 이유로 가출을 하게 되었다고 하는데 알고 계시나요?" 하고 물었다. 그러자 미현이 어머니가 대답했다.

"미현이가 가출했다가 돌아온 이후 이유 없이 아빠를 싫어하고 저에게 아빠와 이혼하라고 하더군요. 이런 미현이를 이해할 수가 없었습니다. 제가 아는 아빠는 미현이에게 너무도 헌신적인 아빠였습니다. 그래도 아이를 살리자는 생각에 '네가 가출하지 않겠다면 아빠와 이혼할게.'라고 대답했습니다. 그런데 그 뒤 미현이가 마음이 바뀌었는지 이혼을 안 해도 된다고 하더군요."

미현이 어머니의 대답을 듣고 '미현이 부모 사이에 말하지 못할 사정이 있는 것은 아닌가? 그렇지 않고서는 아이가 이혼하라고 한다고 선뜻 이혼을 하겠다고 할 수는 없을 텐데.'라는 생각이 들었지만 차마 거기까지는 물어볼 수가 없었다.

다시 미현이 부모에게 물었다.

"기록에는 미현이가 지능지수 70으로 경계선 지적 기능을 가진 것으로 되어 있는데 그 사실을 아시지요?"

그러자 미현이 어머니가 "예, 이번 사건을 계기로 알게 되었습니다."라고 대답하였다. 나는 의외의 대답에 놀라 "예? 아니, 그럼 그동안 전혀 몰랐었습니까? 그 정도의 지능지수라면 아이를 곁에서 지켜보면서 뭔가 이상하다는 생각이 들지 않던가요?"라고 되물었다. 하지만 미현이 부모님은 이번에도 별다른 반응을 보이지 않았다.

대화가 여기에 이르자 미현이가 가출하여 피해를 당하게 되기까지의 과정이 어느 정도 짐작이 되었다. 지능이 낮은 미현이는 지능이 정상 수준에 있는 오빠에 비해 상대적으로 학업 성적 등이 좋지 않았을 것이고, 그 문제로 부모, 특히 교육에 남다른 열성을 보이는 아버지의 기대치를 충족시켜주지 못하고 있다는 데 대하여 심리적인 어려움을 겪고 있었던 듯싶다. 그런데도 미현이 아버지는 딸의 상태를 파악하고 그에 맞는 학습법을 찾아보는 대신 미현이가 보통의 아이들과 같은 지적 수준을 가지고 있다는 일방적 전제 아래 다른 아이들과 비슷한 수준의 교육을 받도록 하였고, 이는 미현이로 하여금 심리적 부담감과 함께 아버지로부터 멀어지게 만드는 계기가 되었을 것이다. 미현이 입장에서는 있는 그대로의 자신을 사랑해줄 아버지가 그리웠을 것이다. 그래서 사춘기에 들어 그 결핍을 채워줄 이성에 눈을 돌렸다가 참변을 겪었던 것이 아닐까?

그렇게 생각하니 미현이가 너무 가여워졌다. 인지능력이 떨어지는 소녀가 아버지와의 애착 관계 형성에 실패한 후 가출하였다가 짐승보다 못한 아이들에 의해 유린당했다고 생각하니 가슴이 아려왔다.

미현이의 가출을 막기 위해서는 무엇보다도 아버지와의 관계가 먼저 회복되어야 한다. 이를 위한 첫걸음은 미현이와 미현이 아버지가 함께 생활하면서 서로에 대한 이해를 바탕으로 애착 관계를 형성하는 것이다. 그런데 결정전조사서에는 미현이가 아버지의 뜻에 따라 집을 떠나 오빠와 함께 대안학교에서 생활하고 있다고 되어 있었다. 미현이가 처음 가출했다가 귀가했을 때도 미현이 아버지는 미현이를 품고 상처를 치유하기보다는 대안학교에 보내기부터 했다고 한다. 미현이 아버지로서는 나름의 고심 끝에 내린 결론일 수도 있을 것이다. 일반 학교보다 아이들 개개인에게 더 많은 관심을 보여준다고 알려진 대안학교를 선택한 것도 아마 그 때문일 것이다. 그러나 아무리 좋은 학교라고 해도 시스템이나 교사가 아버지의 자리를 대신해줄 수는 없다. 오히려 아버지의 따듯한 미소와 마음에서 우러나온 칭찬 한마디가 미현이의 상처를 치유해주고 살아갈 힘을 갖게 해주지 않을까?

심리를 마치면서 나는 미현이에게는 다시는 가출하지 말 것을 신신당부했고, 미현이 부모에게는 미현이의 학교 문제를 다시 한 번 진지하게 고려해볼 것을 부탁했다. 그런 다음 미현이에 대하여 정신 심리 치료를 위한 상담을 받을 것을 조건으로 부모에게 위탁하는 처분을 내리는 한편, 부모도 미현이와 함께 보호자특별교육을 받을 것을 명하였다.

미현이의 청소년기는 이제 얼마 남지 않았다. 미현이와 미현이 아버지가 함께할 시간적 여유가 별로 없다는 뜻이다. 페루의 교육 운동가이자 시인인 가브리엘라 미스트랄은 이렇게 말했다. "많은 것들은 우리를 기다려준다. 그러나 아이들은 기다려주지 않는다. 지금 이 순간에도 아이들의 뼈는 단단해지고, 피는 만들어지고 있으며 감각은 발달하고 있다. 아이들에게 우리는 '내일'이라고 말할 수 없다. 그들의 이름은 '오늘'이다."

아이를 둔 아버지로서 두려운 말이 아닐 수 없다. 미현이 아버지가 마음을 내려놓고 지금이라도 미현이에게 한 발짝 성큼 다가서기를 바라 마지않는다. 그러지 않으면 가까운 장래에 또 다른 비극에 직면할지도 모르는 일이기에.

아버지라는 이름이 부끄러운 사람들

"남자들은/ 딸을 낳아 아버지가 될 때/ 비로소 자신 속에서 으르렁거리던 짐승과/ 결별한다. (…중략…) 딸에게 뽀뽀를 하며/ 자신의 수염이 때로 독가시였음도 안다./ 남자들은/ 딸을 낳아 아버지가 될 때/ 비로소 자신 속에서 으르렁거리던 짐승과/ 화해한다./ 아름다운 어른이 된다."

문정희 시인은 남자가 한 아이의 아버지가 되고, 그로 인해 비로소 어른다운 어른이 되어가는 과정을 이렇게 표현했다. 딸을 둔 아버지라면 누구나 가슴이 뭉클해질 법한 시이자 고개를 끄덕일 만한 내용이다. 그런데 그 아름다운 자격을 스스로 내팽개친 이들이 있다. 바로 친족성폭력의 가해자인 아버지들이다. 차마 인간이라 부르기 힘든 사람들이요, 도저히 아버지라 부를 수 없는 사람들이 바로 이들, 친족성폭력 사건의 가해자들이다.

그럼에도 친족성폭력은 인류의 역사만큼이나 오랜 역사를 가지고 있다. 오늘날에도 그 수가 줄지 않고 있으며, 어쩌면 인류가 사라지는 날까지 계속될지도 모른다. 2010년 기준으로 한국성폭력상담소의 상담 1,312건 중 12.3%인 162건이 친족에 의한 성폭력 관련 내용이었다고 하는데, 이 중 친부, 의부 등 아버지에 의한 성폭력이 친족성폭력의 약 절반을 차지했다고 한다(그러나 친족성폭력 사건의 고소율 자체가 현저하게 낮기 때문에 이 통계는 제한된 사실만을 보여줄 뿐이다).

많지는 않지만 개인적으로도 18년의 판사 생활 동안 친족성폭력 사건을 직·간접적으로 처리한 경험이 있다. 대부분의 경우 친족성폭력은 가해자가 한 사람이지만 간혹 가족들이 공동으로 친족성폭력을 저지르는 기막힌 경우도 없지 않다. 이 중에는 아버지와 오빠에게 성폭행을 당한 아이가 있는가 하면 할아버지, 아버지, 오빠들에게 차례로 성폭행을 당한 아이도 있었다. 너무나 참혹한 일이기에 이런 일이 정말 있을까 하고 의아해 할지도 모르나 실제로 그런 일이 일어나고 있고, 그동안의 경험을 바탕으로 볼 때 그 수가 줄어들 것 같지 않다는 것이 문제다. 이런 현실을 생각하면 같은 인간으로서, 또 한 사람의 아버지로서 수치심과 자괴감이 생겨나지 않을 수가 없다.

이처럼 참혹한 패륜을 스스럼없이 자행하는 인면수심(人面獸心)의 아버지들은 과연 어떤 사람들일까 궁금해 하는 분들이 많을 것이다. 친족성폭력 사건의 가해자들인 아버지들은 일단 정신 심리적으로 문제가 있다고 보아야 할 것이지만, 적어도 외관상으로는 처와 자식을 부양하기 위하여 열심히 땀을 흘리며 평범하고 바람직한 삶을 살아온 사람들도 꽤 있다. 심지어 외부인에게는 존경할 만한 인물로 비치는 사람들도 제법 있다고 한다. 그처럼 끔찍한 패륜 행각을 벌이고도 집 밖에 나와서는 태연한 얼굴로 도덕군자인 양 처신하는 가해자의 이중성은 친족성폭력 사건을 이해하려는 사람들을 미궁 속에 빠지게 만든다.

친족성폭력으로 인한 피해는 말로 표현하기가 어렵다. 아무리 가벼운 폭력도 피해자의 입장에서는 큰 상처겠지만 친족성폭력은 피해자의 삶을 나락으로 떨어뜨리고 정신적으로 치유할 수 없는 상처를 남긴다는 점에서 더 극악한 범죄라고 할 수 있다. 아버지로부터 성폭력을 당한 피해자 중에는 정신적 충격을 이기지 못해 자살을 하거나, 심각한 정신적 후유증에 시달리며 자해를 하는 등 온전치 못한 삶을 사는 경우가 대부분이다. 그 상처가 너무 깊어 시간이 흐른다 해도 치유가 매우 어렵기 때문이다.

친족성폭력은 이처럼 피해자를 크나큰 정신적 충격에 빠뜨릴 뿐만 아니라 육체적으로도 망가뜨린다. 아버지로부터 장기간 성폭력을 당해오다 성에 눈을 뜨게 되자 어머니가 직장을 간 사이에 모르는 남자를 집으로 불러들여 네다섯 시간씩 성관계를 한 열다섯 살의 소녀도 있었다. 아버지로 인해 이 아이는 성의 노예가 되어버린 것이다. 아버지의 성폭행으로 임신을 한 아이도 보았다. 그 소녀의 아버지는 두 딸 모두에게 성폭행을 하였음에도 1심 재판이 잘못되었다고 항소를 하면서 딸들과의 합의하에 성관계를 했고, 임신도 그렇게 해서 된 것이라는 얼토당토않은 주장을 굽히지 않았다.

또한 친족성폭력은 남은 가족들의 삶마저 무너뜨린다. 부인의 입장에서는 딸을 성폭행한 남편을 용서할 수 없을뿐더러 그런 상황 자체가 지옥처럼 느껴질 것이다. 이혼 여부와 관계없이 가정의 평화가 깨지는 것은 물론 남편에 대한 증오심과 딸에 대한 죄책감으로 평생 속앓이를 하며 살아가야 하기 때문이다.

그런 일을 겪은 부인들 중에는 마음의 절망감과 고통을 이기지 못해 극단적인 선택을 하는 경우 또한 적지 않다. 딸이 남편으로부터 성폭행당한 사실을 알고, 그 딸이 보는 앞에서 목을 매어 자살해버린 부인도 있었다. 지금도 그 아이는 하루하루를 죽음보다 더한 고통 속에서 살아가고 있다. 아버지의 성폭행으로 인한 상처만으로도 감당하기가 어려울 텐데, 눈앞에서 목숨을 끊은 어머니를 봤으니 그 충격이 어땠겠는가? 아마 살아 있다고 해도 사는 게 아닐 것이다.

친족성폭력의 폐해는 여기에서 그치지 않는다. 이는 청소년 비행의 출발점이 되기도 한다. 가까운 친족으로부터 성폭력을 당한 소녀들 중에는 더 이상 피해를 당하지 않으려고 가출하는 경우도 있는데, 가출을 하게 되면 쉼터에서 보호를 받기도 하지만 가출팸 생활을 하는 경우가 더 많다. 그러나 가출팸 생활은 끔찍한 폭력을 당한 소녀들을 인생의 벼랑 끝으로 내몰기 쉽다. 이들은 살아가기 위해 절도 등 생계형 비행을 저지르기도 하고 자포자기하는 마음으로 원조교제와 같은 성매매를 하기도 하는데, 이는 세상에 대한 불신감으로 가득한 소녀들에게 더 깊은 상처만을 안겨줄 뿐이다. 실제로 가출팸 생활을 하며 성매매를 한 아이 중에는 가출하여 원조교제를 한 것이 인생에서 가장 큰 후회가 된다는 아이도 있었다.

친족성폭력은 사회 윤리의 근간을 뒤흔드는 극악한 범죄이다. 그런데도 이를 단순히 한 가족이나 개인의 문제로 받아들이는 경향이 있는 것 같아 안타깝기 그지없다. 법의 사각지대에서 무방비 상태로 공포에 떨고 있는 아이들을 생각한다면 하루빨리 사회적 지원 시스템이 마련되어야 할 것이다.

열여덟 살의 형주라는 아이가 있다. 이 소년의 아버지는 2010년 지적 장애가 있는 친딸을 성폭행하다 실형을 선고받고 교도소에서 출소할 날만을 기다리고 있는 상태였다. 형주 아버지는 딸이 초등학교 4학년에 다닐 때부터 딸을 성폭행하였다. 문제는 형주도 여동생을 성폭행하다 2010년 소년보호재판을 받은 적이 있다는 점이다. 지난번 재판 때 형주는 나이 등 여러 정상이 참작되어 1년간의 보호관찰을 조건으로 어머니에게 돌려보내는 선처를 받았었다. 그런데 형주는 2011년부터 2012년 사이에 세 번에 걸쳐 다시 여동생을 성폭행하였고, 그로 인해 2013년 6월 다시 재판을 받게 되었다.

형주의 비행 사실에 대해 심문을 한 다음 형주 어머니에게 물었다.

"지난번 비행 이후 아이를 제대로 보살피신 것이 맞습니까? 왜 이런 끔찍한 일이 다시 벌어졌습니까?"

그러자 형주 어머니가 대답했다.

"지난번 비행 때 아이들 말이 남편이 시켜서 형주가 그런 짓을 했다고 하였습니다. 그래서 남편이 교도소에 있기 때문에 이제는 그런 일을 시킬 수 없다는 생각에 방심하고 있었습니다."

이 말에 나의 마음은 평정을 잃기 시작했다. 형주 어머니의 말에 따르면 지난번 성폭행 때 형주 아버지는 스스로 딸을 성폭행하는 데 그치지 않고 아들로 하여금 자신의 여동생을 성폭행하게끔 했다는 것이 된다. 많지 않은 수의 친족성폭력 사건을 처리해왔지만 이런 기막힌 경우는 처음 있는 일이었다.

'이런 짐승보다 못한 아버지가 있나!'라는 소리가 목울대까지 차올랐지만 꾹 눌러 참았다. 마음을 가까스로 진정시킨 뒤 나는 다시 형주 어머니에게 물었다.

"미숙한 아이들의 말만 믿고 그대로 계셨습니까? 설령 그렇다 치더라도 만약의 사태에 대비하여 따님을 보호하기 위해 대책을 세웠어야 하지 않습니까?"

이렇게 말하는 나의 목소리는 점점 커져갔다. 차분해지려고 나름 애를 썼으나 상황이 상황인지라 나도 모르게 그만 언성이 높아진 것이다. 그러자 형주 어머니는 시선을 회피하며 기어들어가는 듯한 목소리로 죄송하다고 하였다. 순간 나도 모르게 울컥 화가 치밀었다. 죄송하다는 말 따위로 넘길 수 있는 일이 아니잖은가! 여기에 이르자 도저히 호통을 치지 않을 수가 없었다. 짐승보다 못한 아버지와 오빠를 향해서, 지적장애가 있는 딸을 보호하려는 의지가 약한 어머니를 향해서 나는 큰 소리로 호통을 쳤다.

"이게 말이나 됩니까? 어머니께서는 도대체 딸을 사랑하시는 게 맞나요?"

그렇게 호통을 친 뒤 잠시 호흡을 고른 다음 형주에 대하여 2년간 소년원에 보내는 10호처분을 내렸다. 내가 할 수 있는 가장 무거운 처분이었다. 형주는 별다른 소란 없이 법정을 나갔다.

이 처분으로 인해 앞으로 2년 동안 형주의 비행은 막을 수 있을 것이다. 하지만 형주가 소년원을 출원한 이후가 문제다. 형주가 출원하여 집으로 돌아왔을 때 형주 어머니가 딸의 보호자 역할을 잘해낼 수 있을지 걱정이 되지 않을 수가 없기 때문이다.

게다가 형주 문제보다 더 큰 문제는 형주 아버지가 곧 출소한다는 것이었다. 형주 부모가 이혼하였는지의 여부는 알지 못한다. 만약에 이혼을 하지 않아 형주 아버지가 가족과 함께 살게 될 경우, 형주 어머니의 태도 여하에 따라서 형주 여동생이 또다시 피해를 당할 가능성을 완전히 배제하기가 어렵기 때문이다. 장애를 가지고 태어난 것만도 서러운 일인데 아버지와 오빠로부터 그런 참혹한 시련을 당해야 하다니……. 저항조차 할 수 없는 아이의 슬픔이 전해오는 듯하여 좀처럼 마음의 갈피를 잡을 수가 없었다.

친족성폭력이 발생하는 원인은 다양하겠지만 비행소년이 있는 가정에서의 친족성폭력은 가정환경에서 오는 구조적 요인을 무시할 수가 없다. 비행소년들이 속해 있는 가정은 결손가정의 비율이 높고, 소득수준이 낮은 가정이 많아 단칸방에서 생활하거나 가족들 사이에 신체적인 접촉이 매우 높은 주거 환경에서 생활하는 경우가 많기 때문이다. 따라서 이를 예방하기 위해서는 사회적 차원의 노력이 절실하다.

그런 노력의 일환으로 성폭력피해 여성을 보호하시는 분들 중에는 결손 저소득층 가정의 친족성폭력 내지 근친상간을 예방하기 위해서 '방 2칸 만들어주기' 운동을 펼치고 있는 분들도 있는데, 이는 결손 저소득층 가정 내에서의 친족성폭력 문제를 예방하기 위한 가장 기초적인 노력이라고 할 것이다. 하지만 그것만

가지고는 해결되지 않기에 누군가가 감시 역할을 할 수 있도록 하루빨리 제도를 재정비해야 한다. 이 중에서 가장 실효성이 높고 시급한 과제는 결손 저소득층 가정에서 생활하고 있는 아이들을 상시적으로 방문하여 돌봐주는 일이다. 또한 필요하다면 부모의 친권 및 양육권을 박탈하여 아이들을 안전하게 보살필 수 있는 위탁가정이나 쉼터에라도 보낼 수 있도록 해야 한다. 하지만 우리 사회는 아직 그런 제도적 장치를 완비하지 못하고 있다. 이것이 우리 국가와 사회의 수준이라 생각하니 암담한 마음 금할 길이 없다.

두 번은 없다

비스와바 쉼보르스카

두 번은 없다. 지금도 그렇고
앞으로도 그럴 것이다. 그러므로 우리는
아무런 연습 없이 태어나서
아무런 훈련 없이 죽는다.

우리가, 세상이란 이름의 학교에서
가장 바보 같은 학생일지라도
여름에도 겨울에도
낙제란 없는 법.

반복되는 하루는 단 한 번도 없다.
두 번의 똑같은 밤도 없고,
두 번의 한결같은 입맞춤도 없고,
두 번의 동일한 눈빛도 없다.

어제, 누군가 내 곁에서
네 이름을 큰 소리로 불렀을 때,
내겐 마치 열린 창문으로
한 송이 장미꽃이 떨어져 내리는 것 같았다.

오늘, 우리가 이렇게 함께 있을 때,
난 벽을 향해 얼굴을 돌려버렸다.
장미? 장미가 어떤 모양이었지?
꽃이었던가, 돌이었던가?

힘겨운 나날들, 무엇 때문에 너는
쓸데없는 불안으로 두려워하는가.
너는 존재한다 – 그러므로 사라질 것이다
너는 사라진다 – 그러므로 아름답다

미소 짓고, 어깨동무하며
우리 함께 일치점을 찾아보자.
비록 우리가 두 개의 투명한 물방울처럼
서로 다를지라도…….

『끝과 시작』, 최성은 역, 문학과지성사

니 죽이고 10호 갈란다

폭력이 만연한 사회에서 인간은 결코 행복을 누릴 수가 없다. 사전적인 의미의 물리적 폭력이든 언어폭력과 같은 비물리적 폭력이든 폭력은 인간성을 파괴하고 우리들이 살아가는 세상을 악으로 물들인다는 점에서 끔찍한 범죄이다. 따라서 인간이 인간이기를 바란다면 아무리 사소한 폭력일지라도 용납해서는 안 된다. 하지만 이러한 바람과는 달리 폭력은 인류의 역사만큼이나 긴 역사를 자랑한다. 인간으로서 딜레마를 느낄 수밖에 없는 대목이다.

폭력이 일어나는 원인은 다양하다. 사람과는 무관하게 상황에 따라 발생하는 경우가 있는가 하면, 폭력을 저지르는 사람의 폭력성이 주된 원인이 되어 발생하는 경우도 있다. 개인 폭력성의 근원을 살펴보면 크게 유전적인 요인과 후천적인 요인으로 나눌 수 있다. 이 중 후천적인 요인으로는 뇌에 결함이 생겨 그렇게 되는 경우와 그러한 요인이나 결함이 없는데도 삶을 살아오는 동안 폭력에 노출된 경험으로 인해 폭력성을 지니게 되는 경우가 있다.

소년보호재판을 받는 소년들 중에도 폭력성이 남다른 소년들이 있다. 아직 어린아이들이 어떤 과정을 통해 그와 같은 폭력성을 지니게 되었는지가 궁금하지 않을 수 없겠으나 지난 5년간의 소년보호재판 경험으로 보면, 유전적인 요인이나 후천적인 뇌의 결함으로 인해 폭력성을 지니게 된 소년들보다는 그러한 요인이나 결함이 없이, 또는 있다고 해도 그것이 폭력성의 독자적인 원인이라기보다는 오히려 아동기나 청소년기를 거치면서 경험한 폭력으로 인해 폭력성을 지니게 된 소년들이 압도적으로 많았다. 결국 대부분의 경우 폭력성은 학습을 통해 길러진다고 볼 수밖에 없기에 폭력은 또 다른 폭력을 낳는다는 말을 새삼 실감하게 된다.

아이들은 다양한 경로를 통해 폭력을 경험한다. 그중에서 가장 영향력이 큰 것은 가정폭력이다. 아이들은 가정 내에서의 학대를 통해 폭력에 직접적으로 노출되는가 하면, 배우자폭력이나 노인학대를 통해 간접적으로 노출되기도 한다. 참고로 2012년 기준으로 아동학대 신고 건수는 약 1만 9,000건이고, 이 중 아동학대로 판정된 것은 약 6,400건인데, 학대자의 83.9%가 부모라고 한다. 이는 가정폭력의 심각성을 우리에게 알려준다.

가정폭력의 폐해는 이루 말할 수가 없다. 한국가정법률상담소가 2010년에 발표한 자료에 따르면 학교폭력 가해자 중 배우자폭력을 목격한 아이들은 64%이고, 아동학대를 경험한 아이들은 62.9%에 이른다고 하는데, 이는 아동학대 등 가정폭력에 노출된 아이들이 그렇지 않은 아이들보다 더 폭력적일 수 있다는 것을 의미한다. 가정폭력에 깊이 노출된 아이들은 부모의 폭력을 증오하면서도 자신도 모르는 사이에 폭력성을 습득하게 되는 이중의 고통을 안고 살아간다. 미국의 심리학자인 브루노 베텔하임은 이런 현상을 두고 '가해자와 동일시'라는 표현을 사용하기도 했는데, 이는 자신에게 위해를 가하는 사람을 증오하면서도 자기도 모르게 그 사람을 닮아가는 현상을 말한다. 그 말대로라면 가정폭력을 경험한 피해 아동이 성인이 되어 또 다른 가해자가 된다는 말이니 실로 무서운 이야기가 아닐 수 없다. 이와 같이 가정폭력은 이제 막 인성을 형성해가기 시작한 여리디여린 아이들에게 불행의 원인으로 작동할 가능성이 매우 높다.

아이들은 또래 사회를 통해서도 폭력을 경험한다. 학교폭력은 또래 사이의 폭력 중 하나이다. 또래 사이의 폭력은 가정폭력만큼 아이들에게 미치는 영향이 크다. 지난 5년간의 사건 처리 경험에 의하면 학교폭력을 저지른 소년들 중에는 학교폭력으로 피해를 당한 경험이 있는 소년들도 꽤 많다는 것이다. 박순진 대구대 경찰행정학과 교수가 중학생 3,449명에 대한 조사를 거쳐 2009년 발표한 연구 보고서에 따르면, 학교폭력의 피해 경험이 있는 학생 중 학교폭력의 가해 경험이 있는 학생의 비율은 49.1%인 반면, 피해 경험이 없는 학생 중 학교폭력의 가해 경험이 있는 학생의 비율은 23.7%라고 한다. 결국 학교폭력의 피해 경험이 있는 학생이 그렇지 않은 학생보다 가해 학생이 될 가능성이 높다고 볼 수밖에 없다. 여기서도 폭력은 또 다른 폭력의 씨앗이 될 수 있음을 알 수 있다.

또한 아이들은 우리 어른들이 제공하는 사회 문화를 통해서도 폭력을 배운다. 우리 사회가 '폭력을 묵인 내지 미화하는 사회'라고 말하는 사람이 있는가 하면, '폭력에 관대한 사회'라고 말하는 사람도 있을 정도로 우리 사회의 폭력성은 위험 수위에 도달해 있다. 폭력이 하나의 문화로 자리 잡게 되면 문제는 더욱더 심각해진다. 학문의 전당인 대학에도 선후배 사이의 폭력 문화가 여전히 남아 있는 것으로 보이며, 사회 문화를 선도한다고 할 수 있는 TV 드라마도 폭력적인 장면을 여과 없이 내보내 눈살을 찌푸리게 하는 경우가 많다. 이처럼 폭력에 관대한 사회적 분위기 때문인지 요즘 아이들 중에는 이유를 알 수 없는 폭력성을 보이는 아이들이 상당수 있다.

규선이라는 소녀가 있다. 열일곱 살인 규선이는 특수절도죄 등을 저지르다 2012년 5월에 2년간 보호관찰을 받는 소년보호처분을 받았으나 준수사항을 제대로 지키지 못해 다시 재판을 받게 되었다.

규선이의 부모는 규선이가 네 살 때 이혼한 이후 모두 집을 나가 연락이 끊긴 상태였고, 규선이는 할머니에 의해 양육되어왔으나 사춘기 들어 잦은 가출을 하는 바람에 할머니와 함께 생활한 시간도 그리 많지 않았다. 특이한 점은 규선이의 모습과 걸음걸이와 말투가 사내아이와 거의 흡사하다는 것이었다. 사전 지식이 없었다면 남자로 착각했을 만큼 규선이는 중성적인 모습을 지니고 있었다.

2013년 4월에 규선이에 대한 재판이 열렸다. 법정에 선 규선이는 머리칼로 눈을 거의 가리고 있었는데, 그 사이로 보이는 눈동자를 통해 우울과 적개심이 강하게 전달되었다. 비행 전력이나 내용으로 보아 규선이를 소년원에 보내기는 적절치 않았다. 하지만 아무런 대책 없이 규선이를 사회로 돌려보낼 수는 없다는 판단에 보호관찰을 조건으로 그 무렵 개소한 예람청소년회복센터에 보내는 처분을 내렸다.

센터에 위탁된 규선이는 임춘옥 센터장에게 열심히 생활하겠다고 다짐했다. 센터장은 규선이가 유치원 교사가 꿈이라는 말을 하기에 지인이 운영하는 어린이집에서 아르바이트를 할 수 있도록 알선을 해주는 등 규선이가 센터 생활에 적응할 수 있도록 성심을 다해 도왔다. 그런데 규선이는 센터 생활을 시작한 지 얼마 되지 않아 무단으로 외출을 하는가 하면 어린이집에도 성실하게 다니지 않았다.

센터에 위탁된 지 한 달 정도 지났을 무렵인 2013년 5월, 규선이는 어린이집에 나가긴 했으나 오후 1시 무렵 무단으로 그곳에서 빠져나와 길거리를 배회하다 오후 6시가 지나서야 센터로 돌아왔다. 센터장은 규선이에게 그날 있었던 일로 야단을 쳤다. 하지만 규선이가 제대로 반성할 기미가 보이지 않자 그날 저녁 10시경 나에게 전화를 해 사정을 알렸다. 그래서 나는 규선이를 바꿔달라고 한 다음 "센터장님 말씀 잘 듣고 성실하게 생활해야 해. 그렇지 않고 불성실한 생활을 반복한다면 소년원에 갈 수도 있어."라며 가볍게 경고를 하였다. 통화를 하는 동안 규선이는 가끔 "예."라고 할 뿐 별다른 대꾸를 하지 않았다.

그런데 센터장 말에 따르면 나와의 통화를 끝내자마자 규선이가 느닷없이 돌변했다고 한다. 분노에 찬 얼굴로 센터장에게 "판사님이 나를 10호 보낸다고 했다."라고 말하며 방바닥을 주먹으로 여러 번 내리치는가 하면, 얼마 후 걸려온 보호관찰소의 야간 외출 여부에 관한 확인 전화를 받은 뒤에는 센터장에게 손가락질을 하면서 "니 죽이고 싶다. 니 죽이고 10호 갈란다."라고 소리를 질러댔다는 것이다.

놀란 센터장은 잠시 이야기 좀 하자며 규선이를 마루로 데리고 나와 의자에 앉혔다. 그런데 규선이가 느닷없이 탁자 위에 있던 과도를 손에 들고 흔들며 센터장에게 "지금 당장 죽이고 싶다."라고 위협하면서 칼을 바닥에 내리찍었고, 다급해진 센터장이 일단 칼부터 치워야겠다는 생각에 떨리는 손으로 그 칼을 주워들고 부엌으로 가자, 부엌까지 따라와 싱크대 문을 열더니 식칼을 뽑아들고 흔들어댔다고 한다. 그래서 센터장이 장난치지 말라고 하며 다시 칼을 빼앗아 한쪽으로 치운 다음 마루로 나와 의자에 앉자 이번에는 어디선가 빗자루를 들고 나타나 센터장 옆에 앉더니 두 발을 탁자 위에 올린 채 센터장에게 "죽음이 겁 안 나나? 죽음이 겁 안 나냐고?"라는 말을 반복하였다는 것이다.

이런 돌발 사태에 센터장은 몹시 당황했지만 침착하게 "그래, 나는 죽는 건 겁 안 난다. 내가 죽는 건 괜찮은데 어린 너는 살인자가 되지 않겠니?"라고 말하며 규선이의 광기를 진정시키려 하였다. 하지만 규선이는 진정이 되기는커녕 오히려 센터장에게 "살인하면서 크는 거지 뭐."라고 하면서 히죽거리고 웃을 뿐이었다. 규선이는 그로부터 한 시간 이상을 마루에서 서성거리며 센터 전체를 공포 분위기로 만들었고, 연락을 받고 외부에서 사람이 오자 그제야 비로소 자신의 방으로 들어갔다.

규선이가 방으로 가고 나자 센터장은 그제야 비로소 충격에 온몸이 덜덜 떨리고 더 이상 서 있을 힘이 없어 털썩 주저앉아 버렸고, 그날 밤 내내 잠을 이루지 못했다고 한다. 이 같은 폭력을 경험해본 적이 없는 센터장에게 영화에서나 있을 거라 여겼던 규선이의 폭력은 너무도 충격적이었고, 이는 씻을 수 없는 트라우마로 자리 잡았다.

사건 직후 센터장은 규선이를 더 이상 보호하기가 어렵다며 판사실로 데려왔다. 전후 설명을 듣고 나서 나는 규선이를 일단 소년분류심사원에 위탁하기로 하였다. 규선이는 자신의 잘못을 뉘우치는지 별다른 말을 하지 않았고, 순순히 소년분류심사원으로 갔다.

4주 뒤 규선이에 대한 재판이 열렸다. 규선이의 비행 전력은 그리 많지 않다. 하지만 예람청소년회복센터에서의 일은 결코 가볍다고 할 수 없는 일이었다. 규선이가 저지른 일과 평소의 생활 태도 등으로 볼 때 규선이의 폭력성은 매우 심각한 것으로 보였다. 무엇보다 시급한 것은 규선이를 전문적으로 치유해줄 곳을 찾는 일이었지만 최장 6개월밖에 머무를 수 없는 데다 검정고시 준비와 직업교육을 실시할 수 없는 의료소년원은 규선이에게는 적합하지 않다고 판단되었고, 달리 보낼 곳을 찾을 수도 없었다. 특히 규선이가 아직 중학교도 마치지 못한 상태이고, 변변한 직업 기술도 가지지 못한 상태라서 우선 중학교 학력이라도 취

득하고 기술도 배우면서 서서히 치유하는 것이 적당하다는 판단 아래 부득불 규선이에 대해 2년간 소년원에 보내는 10호처분을 내렸다.

규선이가 유전적으로나 후천적으로 뇌에 문제를 가지고 있는 것 같지는 않아 보이므로 규선이의 폭력성은 그녀가 살아오는 과정에서 경험한 일에서 기인했을 가능성이 매우 크다. 그렇다면 규선이는 언제, 어떻게 폭력을 경험하였을까? 가능성은 다양하다. 유아기 때 부모가 이혼하는 과정에 가정폭력을 경험하였을 수도 있고, 부모가 이혼한 이후 가정이나 학교 등에서 폭력을 경험하였을 수도 있으며, 학업을 중단하고 가출하여 생활하는 동안 사회에서 폭력을 직·간접으로 경험하였을 수도 있다. 규선이가 지닌 폭력성의 근원이 어디에 있을까 고민하다 보니 문득 그 아이가 사내아이처럼 행동하는 것은 어쩌면 폭력으로부터 자신을 지키기 위한 방편일지도 모르겠다는 생각이 들었다.

생각이 여기에 이르자 규선이의 지나온 삶이 얼마나 험했을까 싶은 생각에 마음이 저려왔다. 조그맣고 가냘픈 여자아이가 부모의 보살핌 없이 혼자 살아내기까지 어떤 길을 지나왔을지, 드러난 규선이의 폭력 아래에는 얼마나 많은 두려움과 슬픔이 얼음장처럼 켜켜이 쌓여 있을지, 이런저런 생각에 마음이 편치 않았다. 주변 사람들이 무심코 던진 냉담한 말들과 상냥하지 않은 시선, 무도한 손길로부터 자신을 보호하기 위해 어쩌면 규선이 스스로 바리게이트를 친 것은 아닐까 싶기도 했다. 마치 한여름 풀이 뜨거운 태양과 침입자들로부터 자신을 보호하기 위해 억센

외피와 가시를 품듯이 규선이는 사내아이 같은 모습과 거친 말로 자신을 숨겨온 것일 수도 있다.

이렇게 본다면, 순수하고 건강하게 자라야 할 소녀인 규선이가 이토록 폭력적이 된 데에는 규선이 부모를 포함한 우리 사회에 더 큰 책임이 있다고 해야 할 것이다. 이혼하는 과정에서 어린아이들이 조금이라도 덜 상처를 입을 수 있도록 배려하고, 부모가 없는 아이들을 사회가 나서서 보살펴주고, 가출한 아이들을 위한 대책을 조금이라도 더 체계적으로 세워놓았다면 규선이가 폭력에 덜 노출되었을 것이고, 규선이의 폭력성 또한 완화되었을지도 모른다. 순순히 10호처분을 받고 법정을 떠나는 규선이의 뒷모습을 보며 안타까움을 금할 수 없었지만, 소년원에서 생활하는 동안 마음 깊은 곳의 상처만이라도 치유하기를 바랄 수밖에 없었다.

한편, 그렇게 규선이를 소년원에 보낸 이후 예람센터장의 마음은 편치 못했다. 나를 만날 때마다 규선이에 대한 안타까운 마음을 토로하는 등 센터장의 마음은 늘 규선이를 향하고 있었다. 나는 규선이를 소년원에 보낸 이후 업무차 안양소년원을 두 번 방문하였다. 그때마다 센터장은 천리길을 마다 않고 따라나섰고, 소년원생이 되어 있는 규선이를 부둥켜안고 울기도 하였다.

그러는 사이 시간은 쏜살같이 흘러 규선이가 임시 퇴원을 하게 되었다. 소년원에 2년간 위탁되는 소년들은 만기퇴원을 하는 경우가 많지 않다. 대부분 소년원에서의 생활이 모범적이라는 이유로 중도에 임시 퇴원을 하고, 남은 기간은 보호관찰에 붙여져 보호를 받게 된다. 임시 퇴원을 하려면 보호자가 있는 등 퇴원 이후의 거처가 분명해야 한다. 그렇지 못한 소년들의 경우에는 소년보호협회에서 운영하는 청소년자립생활관의 거주를 조건으로 임시 퇴원이 실시된다.

규선이에게는 자신을 제대로 보호할 보호자가 없었고, 또 부산에는 여자아이들을 위한 청소년자립생활관이 없기 때문에 소년원에서 예람청소년회복센터에 규선이의 보호를 부탁하였다. 센터장이 규선이를 받아들이지 않는다고 한다면 규선이의 임시 퇴원 여부는 불투명할 뿐만 아니라 가능하더라도 부산으로 오지 못할 공산이 컸다. 결정하기가 참으로 어려운 일이었지만 센터장은 소년원 측의 부탁을 거절하지 않았다. 규선이가 센터에서 자신에게 저지른 끔직한 폭력을 떠올리면 규선이를 다시 받아들이는 것이 매우 두려웠을 수도 있다. 또 규선이를 보호한다고 해서 아무런 경제적 지원도 이루어지지 않는다. 그런 상황에서 규선이를 받아들이겠다는 센터장의 선택은 그야말로 희생을 각오한 것이었다. 참으로 어려운 결단을 내려준 센터장에게 존경의 마음이 일었다.

2014년 12월 임시퇴원 절차를 마치고 규선이는 다시 예람청소년회복센터로 돌아왔다. 그리고 얼마 뒤 나를 찾아왔다. 생각했던 것 이상으로 규선이의 표정은 밝아 보였고 빙긋이 미소 짓는 모습에서 더 이상 폭력의 흔적을 찾아보기는 어려웠다. 안양소년원에서의 생활이 좋은 계기가 된 것 같아 그곳에 보낼 수밖에 없었던 내 마음이 한결 편안해졌다.

폭력은 분노와 좌절의 또 다른 표현이기도 하다. 규선이 또한 그런 방식으로 자신을 버린 부모와 냉담한 세상을 향해 분노를 터뜨렸던 것인지도 모른다. 누군가로부터 따듯하고 진심 어린 사랑을 한 번도 받아보지 못한 아이가 선택할 수 있는 길은 증오밖에 없기 때문이다. 규선이를 비롯하여 소외된 아이들의 마음에 따듯한 온기를 불어넣어 줄 수 있는 사회적 장치가 절실하다. 그래야 우리 사회가 진정으로 소년들을 위한다고 할 수 있지 않겠는가. 예람청소년회복센터장과 같이 우리 사회가 짊어져야 할 짐을 대신 지고 있는 분들에게 존경과 감사의 박수를 보낸다.

이 아이들의 울음소리가 들리지 않습니까?

평소에는 한없이 선량하던 사람이 어떤 상황에 이르러 느닷없이 폭력적으로 돌변하거나 상상을 초월하는 폭력성을 보이는 경우가 있다. 이런 현상을 어떻게 이해해야 할까? 결론부터 이야기하자면 대부분의 경우, 저항하기 어려운 폭력을 경험한 데서 비롯된 인격 손상과 깊은 관계가 있다. 그러한 폭력 중에서도 가장 흔한 것이 바로 가정폭력이다.

가정폭력의 특성은 사랑하는 가족 관계에서 비롯되는 관계성, 가족 관계가 해체될 때까지 계속되는 지속성을 가지며, 가족들이 보는 앞에서 버젓이 폭력이 자행된다는 점에서 학교폭력의 특성과 유사한 공연성을 띠고 있다. 따라서 가정폭력, 특히 아동폭력이 피해자에게 끼치는 악영향은 일반 폭력과는 비교할 수가 없는데, 정서적 방임 등을 포함하여 학대, 구타와 같은 아동폭력에 오랜 시간 노출된 아이는 인격에 큰 손상을 입을 수밖에 없다. 폭력에서 벗어나고 싶어도 집에서 독립하는 게 불가능한 아이로서는 자신을 학대하는 사람을 미워하면서도 그에게 의존을 해야만 하는 혼란스러운 상황에 놓이게 되기 때문이다. 이는 아이의 내면을 복잡하게 만들어 분열된 인격을 갖게 하거나 정신 심리적으로 심각한 손상을 입힐 수 있다. 이런 환경에서 자란 아이가 긍정적이고 건강한 의식을 지닌 사회인으로 성장하기란 매우 어려울 수밖에 없다. 그럼에도 불구하고 우리 사회는 여전히 아동학대 및 가정폭력에 대한 이해가 우려스러운 수준에 머물러 있는 것 같아 안타까울 뿐이다.

2012년 10월에 열여덟 살 영식이에 대한 재판이 있었다. C공업고등학교 3학년에 재학 중이던 영식이가 저지른 비행 내용은 상상을 초월하는 것이었다.

영식이는 같은 학교에 다니다가 중퇴한 현수와 함께 2012년 6월 30일에 창원시 성산구 내동에 있는 내동상가의 편의점 현금지급기에서 현수와 함께 몰래 가지고 나온 현수 아버지의 신용카드로 15만 원을 인출한 것을 비롯하여 총 5회 합계 135만 원을 인출하였고, 같은 날 오후 3시경 또다시 현수 아버지가 운영하는 사무실에 들어가 사무실 안에 보관되어 있던 현금 20만 원도 들고 나왔다.

얼마 되지 않아 돈이 떨어지자 영식이와 현수는 다시 돈을 마련하기 위해 7월 2일 밤늦게 현수의 집에 들어가 잠을 자는 척하다가 새벽 2시경 안방으로 들어가 현수 아버지가 베개 옆에 둔 지갑을 가지고 나온 다음, 지갑에서 신용카드를 꺼내 총 7회에 걸쳐 25만 2,200원을 인출하였다.

돈을 마련한 영식이와 현수는 집에 들어가지 않고 여관 생활을 시작하였는데, 7월 8일 저녁 8시경 창원시 성산구 중앙동에 있는 어느 여관방에서 현수가 게임을 하기 위하여 자신의 휴대전화기로 10만 원을 결제한 사실을 알고서는 현수에게 “네가 이렇게 돈을 쓰면 네 아버지가 신용불량자가 되지 않느냐, 네 아버지가 불쌍하지도 않느냐."라고 하며 트집을 잡았다. 그러고는 무릎으로 현수의 허벅지 부위를 수십 회 가격하고, 계속해서 그곳에 있던 철제옷걸이로 현수의 가슴, 등, 허벅지, 종아리, 배 부위 등 전신을 수십 회 때린 다음, 현수로 하여금 '앉았다가 일어서기'를 400회가량 하도록 시켰다. 그 후 현수로 하여금 15분간 '기마 자세'로 있도록 하였으나 힘이 빠진 현수가 제대로 하지 못하자 옷을 모두 벗게 한 다음 다시 철제 옷걸이로 피해자의 가슴, 등, 배, 다리 부위 등 전신을 수십 회 때렸다.

그리고 이튿날인 7월 10일 5시경 영식이는 같은 여관방에서 현수가 그의 아버지와 통화하면서 불손한 표현을 썼다고 트집을 잡으면서 현수를 다시 폭행하기 시작했는데, 이후 3일간에 걸쳐 계속된 영식이의 폭행은 그 내용과 수법이 너무 잔인하고 끔찍하여 차마 글로 옮기지 못할 정도이다.

영식이의 폭력으로 인해 현수는 간과 담낭이 손상되고 코뼈가 부러지는 등의 상해를 입어 3주간의 치료를 받아야 했다. 영식이의 말에 따르면 현수는 영식이에게 '반쪽 같은 친구였고, 그만큼 많이 의지했던 친구'였다. 그런 친구를 상대로 영식이는 왜 이런 끔찍한 일을 저질렀을까? 올바른 처분을 하기 위해서는 비행 당시 영식이의 심리 상태가 일시적인 것이었는지, 아니면 늘 내재되어 있었던 것인지 알아야 했다. 조사보고서와 국선보조인의 의견서 등에 나타난 내용을 중심으로 혼자서 속으로 일문일답을 하며 영식이의 심리 상태에 대해 조금씩 더듬어가 보았다. 먼저 아버지에 대해 물었다.

— 영식아, 아버지는 어떤 분이셨어?

“아버지는 어머니와 자주 다투었고, 어머니와 저를 구타한 적도 많습니다. 아버지는 여섯 살 때 나에게 장난감을 사주고는 집을 나가버렸고, 이후 어머니와 이혼하셨습니다. 그리고 여덟 살 때 한 번 오신 적이 있는데 그때 안아주시며 노란색 털모자와 장난감을 사주었습니다. 그 뒤 사망 소식을 들었습니다. 장례식에 가고 싶었는데 못 갔습니다.(흐느낌)”

— 새아버지는 어떠셨니?

“어머니는 아버지와 이혼한 뒤 식당이나 횟집 등에서 일하셨기 때문에 늘 밤늦게 귀가하셨습니다. 그 때문에 지금까지 저는 늘 혼자였습니다. 제가 돌아왔을 때 집에 불이 켜져 있거나 누가 말을 걸어줄 때가 제일 행복하였습니다. 어머니는 제가 아홉 살 때 재혼하셨고 새아버지는 성인오락실 관련 일을 하는 분이셨습니다. 집에 비디오테이프가 많았는데 새아버지는 이상한 비디오를 많이 봤습니다. 4학년 때 새아버지가 같이 보자고 해서 본 적이 있었는데 더럽고 싫다는 느낌을 받았습니다. 새아버지는 4~5개월 정도 저를 괴롭혔습니다. 전깃줄로 묶어놓고 포크로 목을 받치고 움직이지 못하게 하기도 하고, 방에 가두어놓고 집 밖에 못 나가게 하기도 했습니다. 옷을 벗겨 채찍질도 하고 집 안에 있던 물건이나 쇠로 된 옷걸이 등으로 때리기도 했는데, 이때 성기도 많이 때렸습니다. 당시 너무나 무서워 죽을 것 같았는데도 꼼짝을 할 수 없었습니다. 꼭 지옥에 있는 것 같았습니다. 그때 일을 생각하면 지금도 무섭습니다. 이 사실을 어머니는 전혀 모르셨습니다. 어머니는 늘 새벽 1~2시에 들어왔기 때문에 얘기할 수도 없었습니다. 어머니는 집에 형광등이 깨져 있고 물건이 부서져 있어도 눈치를 채지 못했습니다. 새아버지는 어머니와 결별하는 과정에 1년가량 집으로 찾아와 행패를 부리기도 하였습니다."

— 어머니는 어떠셨어?

"어머니도 중학교 때 저를 많이 때렸습니다. 어머니가 술을 마신 날에는 밤이 되면 저는 늘 걱정을 하지 않을 수가 없었습니다. 또 맞을까 봐서요. 그때는 우리 어머니가 아닌 것 같았습니다. 고등학교 2학년 때는 견디다 못해 집을 나가 가출청소년 쉼터에서 생활한 적도 있었습니다."

— 그 외에도 폭행을 당한 적이 있니?

"모르는 형님한테 끌려가 맞은 적이 있습니다. 길 가는 저를 붙들고 산으로 끌고 가서 옷을 벗긴 다음 막대기로 온몸을 때렸습니다. 성기를 집중적으로 때렸습니다. 한참 동안 정신없이 때리더니 사라졌습니다. 겁에 질려 움직일 수 없어 산에서 바로 내려오지 못하고 한참 뒤에야 내려올 수 있었습니다. 그 일도 아무한테도 말하지 않았습니다."

— 학교생활은 어땠어?

"초등학교 4학년 때 과학(물로켓) 경연대회에서 전교 1등을 하여 학교 대표로 나가게 되었습니다. 그런데 제가 손을 다쳤다는 이유로 선생님께서 6학년에게 양보하라고 하였습니다. 외압으로 자리를 뺏겼다는 생각에 크게 상심하여 2주 동안 밥도 먹지 않았습니다. 그 뒤로 과학 공부는 아예 안 합니다. 학교에 다닐 때 친구들로부터 괴롭힘을 당한 적이 많습니다. 친구들에게 돈을 뺏기기도 하고, 무시당하며 맞기도 하였습니다. 어느 날 아이들을 피해 집으로 도망쳐 문을 잠그고 있었는데 아이들이 가스관을 타고 방으로 들어와서 때리고 돈을 빼앗아갔습니다. 엄마나 누구한테도 말을 할 수가 없었습니다. 어느 날은 집에 아이들이 찾아와 밖으로 끌고 나가더니 집단 구타를 하였습니다. 피투성이가 되어서 집으로 가니 어머니께서 엄마를 봐서라도 참으라고 하였습니다. 그 일에 대해서는 아직도 어머니를 원망합니다. 중학교 시절부터 고등학교에 이르기까지 계속 왕따를 당하고, 무시당하고 맞고 괴롭힘을 당했습니다. 이번 사건이 있기 직전에도 학교 시험기간 중에 친구가 제 컴퓨터를 망가뜨리고는 발뺌하며 오히려 더 큰소리를 쳤습니다. 제 인생에 행복했던 시절은 한 번도 없었습니다. 왜 그렇게 맞아야 했는지, 내가 뭘 잘못했는지 생각하면 지금도 불끈불끈 화가 납니다. 억울하고 분합니다."

– 이런 상황에서도 학교생활은 성실하게 하였구나?

"중 · 고등학교 시절 동안 결석이나 지각을 한 적은 거의 없습니다. 고등학교에서는 전교 석차 7등 정도의 성적을 유지해왔고, 3년 내내 장학금도 받았습니다. 졸업하면 해외에 인턴십을 가기로 되어 있었습니다. 공부는 제가 마지막까지 붙들고 있어야 할 끈이었고, 공부만이 살길이었습니다. 다른 길은 없었습니다."

– 가출한 적이 있다고 하던데, 그땐 왜 그랬니?

"1~2학년 때 담임 선생님께서는 저를 믿고 격려해주셨습니다. 그래도 선생님이 말을 시켜주니까 좋았습니다. 그런데 3학년 때 선생님이 상처되는 말을 하신 데다가 친구들도 나를 물로 보고 해서 학교에 가기 싫어 가출을 하게 되었습니다."

— 왕따를 당할 때의 심정은 어땠어?

"초등학교 시절 왕따를 당했을 때 그림자처럼, 마치 투명인간처럼 살았습니다. 학교에 가기가 너무도 싫었습니다. 누구라도 말 걸어주는 사람이 있으면 그저 고맙고 좋았습니다. 그런데 그렇게 말을 걸어온 친구가 다음 날이 되면 다시 왕따를 시켰습니다. 저는 친구들 부탁을 잘 거절하지 못합니다. 친구가 불러주면 그냥 좋고 친구 사이가 멀어질까 봐 두려워하였습니다. 친구는 나의 전부입니다. 늘 내가 따라다녔고 먼저 손을 내밀었습니다. 현수도 내가 더 좋아했어요. 난 친구한테 모든 걸, 간이라도 내줄 수 있는데 다들 비웃고 흉보고 나한테 화풀이하고 떠나갔습니다. 누군가 떠나려고 하면 괴롭고 불안하고 슬펐습니다. 죽을 만큼 기를 쓰고 친구와 가까워지려 노력하는데, 잘 해보려고 하는데, 결국에는 상처와 배신만 돌아왔습니다. 유혹해놓고는, 싸늘해지고 떠나가버린다 생각하니 비참하고 절망적이었습니다. 중학교 때에는 매일 죽고 싶었어요. 이렇게 살면 뭐 하나. 어머니도 나보고 죽으라고 말하기도 하고 친아버지 따라가 버리라고 말하기도 하고……. 너무 힘들었어요."

— 영식이는 자신에 대해서 어떻게 생각해?

"외골수적인 성격이 있고 집착도 강합니다. 중학교 때 예고에 진학하겠다고 2주간 먹지도 마시지도 않다가 미국에 있는 이모가 전화해 타이르는 바람에 멈추었습니다. 저는 여러 사람 앞에서는 것을 힘들어 하는 편입니다. 여가 시간에는 주로 인터넷 게임이나 인터넷 검색을 하며 노는 시간이 많았습니다. 또 다른 사람과 싸우는 것을 싫어합니다. 이번 사건 이전에는 싸운 적이 없습니다. 저 자신이 매력 없고 바보 같고 무기력하고 용기가 없다고 생각됩니다."

— 평소의 감정 상태는 어때?

"행복했던 적이 한 번도 없었던 것 같습니다. 친구와 같이 있을 때가 좋았는데 그 애들은 나를 비웃고 떠나갔습니다. 제게는 불행만 계속 있었고 어둡고 우울한 기억만 있습니다. 평소 감정적, 충동적으로 화가 치밀어오르는 경우가 있습니다. 지난 4~5월에는 엄마한테 화풀이를 자주 했습니다. 그냥 엄마한테 화가 나고, 엄마 얼굴도 이상한 거 같고 미워서 그랬습니다. 머리가 무척 아파서 정신과에서 진료를 받고 4일 정도 약을 먹기도 했습니다. 그러한 화풀이가 이번엔 현수에게 이루어진 것 같습니다."

— 현수는 영식이에게 어떤 친구였니?

"현수는 저의 반쪽이었고 평생 친구라고 생각했습니다. 현수만 있으면 굶어도 좋다고 생각했습니다. 그만큼 많이 의지했고, 현수가 하자는 대로 다 했습니다. 현수가 부르면 어디든지 갔고, 새벽에도 부르면 달려 나갔습니다. 고등학교에 와서 유일하게 마음을 나눈 친구였는데, 지금까지 살아오면서 가장 슬프고 우울한 사건이 현수를 잃는 것입니다."

— 그런데 왜 그렇게 심하게 현수를 때렸어?

"집이 싫어서 가출했었는데 현수가 점점 더 크게 일을 만들고, 나쁜 일을 자꾸 하게 되어 죄책감, 불안함에 안절부절못했습니다. 더 빨리 멈췄어야 했는데, 그러면 안 되는 건데, 못할 짓을 했습니다. 잘못된 행동에는 책임을 져야 된다고 생각합니다. 저희들이 저지른 일에 현수 아버지가 단단히 화가 나셔서 고소한다고 하셨습니다. 그런데 현수는 모든 일이 제가 시켜서 그렇게 된 것이라고 하였습니다. 제일 의지했던 친구가 그런 말을 하니 순간적으로 화가 나서 현수를 때리기 시작했습니다. 현수 때문에 모든 걸 망친 것 같기도 하고, 그냥 밉기도 하고, 가만히 있는 게 꼴 보기 싫어서 때렸던 것 같습니다.(오열) 때리다 보니 더 화가 나서 정신없이 때렸습니다. 앞에 아무것도 안 보였습니다. 새아버지와 형들과 애들이 괴롭힌 그대로 했습니다. 지금은 어떻게 때렸는지조차도 생각나지 않습니다. 왜 그렇게 심하게 때렸는지도 모르겠습니다. 친구한테 미안하고……. 평생 씻을 수 없는 죄를 지었습니다. 친구를 잃었습니다.(오열)"

— 학교는 어떻게 되었니?

"판사님께서 4일 동안 시간을 주셔서 시험을 치르기 위해 학교에 찾아갔습니다. 학교는 계속 다니고 싶었기 때문입니다. 그런데 시험도 못 치르고 쫓겨났습니다. 자퇴서도 써놓고 나왔어요. 암울했습니다. 평소 못 느꼈었는데 판사님의 특별한 배려로 4일간 사회에 있어 보니 학교가 너무 좋았습니다."

— 지금 어머니에 대한 생각은 어때?

"구금 생활 동안 제일 생각난 분이 어머니였습니다. 돈 한 푼 더 벌어보겠다고 고생하셨는데 너무 죄송합니다.(울음) 어머니가 이렇게까지 나를 사랑한다는 걸 이번에 뼈저리게 느꼈습니다. 어머니가 없으면 저도 없습니다."

— 영식이 어머니 하실 말씀이 있으신지요?

"제가 영식이를 때리고 한 거 맞습니다. 지금도 아이한테 미안하고, 용서를 빕니다. 사는 게 힘들어 죽고 싶을 때도 많았습니다. 그래도 남한테 몹쓸 짓 안 하고 아들 하나 보고 살았는데, 부지런히 살았는데, 흑흑……. 영식이가 4일간 집으로 왔을 때 불안해서 미치는 것 같았습니다. 영식이가 현수 집 앞에 갔다고 했을 때는 간이 철렁 내려앉는 줄 알았습니다. 미안해서, 너무 잘못해서 근처에라도 갔던 거라고 얘기하던데 그래도 불안했습니다. 고집이 세서 걱정인데 혹시 완전히 엇나갈까 봐 불안하기도 합니다. 하지만 영식이를 믿습니다."

결정전조사서를 통해 영식이의 상황을 파악한 뒤 국선보조인에게도 의견을 물었다. 국선보조인은 다음과 같이 의견을 진술하였다.

> 영식이는 생업에 바빠 보호지도력 부족인 어머니, 소통과 공감, 지지를 얻지 못하는 가정환경에다 어린 시절 당한 폭력과 학대, 가혹 행위 외에 왕따 등과 같은 학교폭력으로 인하여 정신 심리적 트라우마가 심한 아이입니다. 이번 사건은 이러한 영식이의 트라우마와 가장 의지했던

친구로부터 배신, 이용당하였다는 생각에 대한 울분, 분노가 한꺼번에 표출되어 일어난 것으로 보입니다. 무수한 폭력을 당하면서도 꼼짝할 수 없었던 자신에 대한 공격 성향이 비슷한 태도를 보인 친구에게 표출된 듯합니다. 강한 모성과 생활력이 있는 영식이 어머니는 아들에 대한 정성과 끈끈한 애정이 지극합니다. 지치지 않았고 아이를 지지하는 힘이 있어 보입니다. 영식이 어머니는 피해자와 그 부모를 찾아가 백배사죄하고 용서를 받아왔습니다. 합의금은 할부로 갚아 나가기로 하였습니다. 현수에게 전화를 걸었더니 현수는 아직 마음의 문을 열지 않고 있습니다. 현수는 처음에는 영식이를 죽이고 싶은 생각까지 들었다고 했습니다. 현재 현수의 몸 상태는 많이 나아진 것으로 보입니다. 걷는 데는 지장이 없고 병원에 마지막 진료 예약까지 해둔 상태라고 합니다. 또한 사건 이후 악몽을 자주 꿨는데 최근에는 꾸지 않는다고 합니다. 현수 아버지에게 전화를 드리니 처벌은 법이 허용하는 선에서 최대한 관대한 처벌을 내리기를 원한다고 하였습니다. 영식이가 학교 시험 불참으로 졸업 못할 거 같다는 소식에 안타까워하였습니다. 존경하는 재판장님의 현명하고 너그러운 판단을 부탁드립니다.

국선보조인의 의견을 모두 들은 다음 나는 영식이 어머니에게 말했다.

"어머니, 영식이에게 '영식아, 엄마가 네 마음 이해 못한 것 용서해라.' 열 번 해보세요."

영식이 어머니는 차가운 법정 바닥에 꿇어앉아 나직하게 말을 이어 나갔다.

"영식아, 엄마가 네 마음 이해 못해서 미안해. 용서해줄래, 응?"

절절한 외침이 끝난 뒤 영식이 어머니는 눈물로 나에게 호소하였다.

"판사님, 이 아이 제가 잘 책임질 테니까 한 번만 더 선처해주세요. 재가 이렇게 깊은 상처를 가지고 있는 줄은 정말로 몰랐습니다."

영식이 어머니의 눈물 섞인 호소에는 깊은 후회와 함께 진심 어린 반성이 담겨 있었다. 삶에 지친 나머지 어린 아들에게 못할 짓을 했던 어머니의 통한이 서러운 울음이 되어 법정 안에 울려 퍼졌다.

영식이도 법정에 꿇어앉아 통곡하며 어머니를 향해 외쳤다.

"어머니 사랑합니다."

"어머니 사랑합니다."

법정 안에 잔잔히 울려 퍼지는 영식이의 애절한 외침은 깊은 여운을 남겼다. '어머니 사랑합니다.'라는 그 짧은 외침 속에 참으로 많은 말들이 숨어 있는 것 같았다. 잘못해서 미안하다는 말, 곁에 있어줘서 고맙다는 말, 앞으로 잘 해내겠다는 의지가 담긴 말이기도 했다. 우후지실(雨後地實)이라는 말이 있다. 비 온 뒤에 땅이 굳는다는 뜻이다. 나는 두 모자가 이번 위기를 기회로 삼아 앞날을 잘 헤쳐 나가길 바라는 마음으로 영식이에 대해 소년원에 6개월간 보내는 9호처분을 내렸다.

영식이 사건은 아버지를 비롯한 남성들의 폭력이 한 소년을 어떻게 망가뜨리는지 충분히 알 수 있게 한 사건이었다. 그런데 지난 6년간 소년보호사건을 처리하면서 느끼는 바는 한국 사회에서 아동폭력이 좀처럼 수그러들 기미가 보이지 않는다는 것이다. 이는 어딘가에서 공포에 떨며 울고 있는 아이들이 많다는 것을 의미한다. 그래서 오늘도 나의 기도는 끝나지 않는다.

'이 아이들의 울음소리가 들리지 않습니까? 들린다면 응답해 주십시오. 이 난제를 어떻게 해결하면 되는지를…….'

아빠가 우시는데요

소년보호재판을 받는 소년들 중에는 지적장애 소년들이 꽤 있다. 그들 중에는 장애 판정을 받은 소년들이 있는가 하면, 부모의 무지나 무관심 등으로 인해 장애 판정은 받지 못했지만 보통의 아이들에 비해 인지능력이나 관계 능력이 현저히 떨어지는 경계선 지적 기능의 소년들도 있다. 이러한 경계선 지적 기능의 소년들은 보건복지부에서 지적장애 3급 판정을 받은 소년들과 비교해 큰 차이를 보이지 않는다.

참고로, 보건복지부에서는 지적장애 정도에 따라 1, 2, 3급으로 등급을 매긴다. '지적장애 1급자'는 지능지수와 사회성숙지수가 34 이하인 사람으로 일상생활과 사회생활의 적응이 현저하게 곤란하여 일생 동안 타인의 보호가 필요한 사람이고, '지적장애 2급자'는 지능지수와 사회성숙지수가 35 이상 49 이하인 사람으로 일상생활의 단순한 행동을 훈련시킬 수 있고, 어느 정도의 감독과 도움을 받으면 복잡하지 아니하고 특수기술을 요하지 아니하는 직업을 가질 수 있는 사람이며, '지적장애 3급자'는 지능지수와 사회성숙지수가 50 이상 70 이하인 사람으로 교육을 통한 사회적·직업적 재활이 가능한 사람이다.

소년보호처분을 함에 있어 처우를 결정하기가 누구보다 어려운 소년들이 바로 경계선 지적 기능의 소년들을 포함한 지적장애 소년들이다. 지적장애 3급의 소년이 1년 사이에 전과 6범이 되었다는 최근의 보도에서도 보듯이 지적장애 소년들의 재비행 가능성은 매우 높다. 하지만 낮은 인지능력 등으로 인해 이들에게는 훈육을 통한 재비행 예방 효과를 기대할 수가 없다. 그보다는 24시간 밀착 감호나 격리가 더욱 효과적인 재비행 예방 수단이 되고 있다. 그런데 우리 교정 제도상 밀착 감호는 거의 불가능한 실정이고, 격리는 임시방편의 수단밖에 되지 않는다.

먼저 밀착 감호에 관해서 알아보자.

현재 우리 교정 제도상 24시간 밀착 감호는 보호관찰소의 도움을 일부 받기도 하지만 거의 보호자들의 몫으로 되어 있다. 하지만 보호자들의 힘만으로는 비행성이 있는 소년들을 24시간 쫓아다니며 관리하기가 어려울 뿐만 아니라, 할 수 있다고 해도 그런 문제를 보호자들에게만 떠맡기는 것은 너무 가혹한 일이다. 게다가 보호자들은 사회의 도움을 선불리 요청하기가 어렵다. 왜냐하면 비행을 저지른 지적장애 소년들에 대한 사회의 시선이 곱지 않기 때문이다. 지적장애 소년들을 사법형그룹홈인 청소년회복센터에 위탁하는 것도 고려해볼 수 있다. 하지만 이들은 인지능력이나 관계 능력이 떨어지기 때문에 보통의 비행소년들과 함께 공동생활을 하게 하는 것은 적절하지 않다. 더구나 이 아이들을 돌보려면 지금보다 더욱 많은 손길이 필요하기에 현재로서는 보통의 소년들을 예상하고 설립된 사법형그룹홈에 그들을 위탁하기도 어려운 실정이다.

다음으로 격리에 관해서 살펴보자.

지적장애 소년들의 재비행을 가장 확실하게 막을 수 있는 방법은 격리다. 먼저 생각해볼 수 있는 것이 전문 병원이다. 하지만 대부분의 보호자들은 형편상 전문적인 병원이나 시설에 소년들을 보내지 못하고 있고, 그나마 형편이 나은 보호자들도 만만치 않은 비용으로 인해 오랫동안 맡겨두기가 어려운 실정이다. 의료소년원이 있으나 이곳은 지적장애 소년들을 위한 전문적인 시설이 아니다 보니 '6개월간의 격리' 이상의 효과를 기대하기가 어렵다. 부득이한 경우에는 지적장애 소년들을 일반 소년원이나 교도소에 보내기도 하나 이들도 단순 격리 이상의 교정 효과를 기대하기가 어렵다. 게다가 무기한으로 격리할 수가 없기 때문에 격리 효과 또한 일시적일 수밖에 없다. 격리 기간이 끝나고 나면 다시 보호자들에게 돌려보낼 수밖에 없고, 결국 재비행의 염려는 다시 시작되기 때문이다.

사정이 그러하기에 지적장애 소년들에 대해서는 사회로 돌려보내든 격리 시설에 보내든, 그들이 언젠가는 다시 법정에 서게 될 것을 염려하지 않을 수가 없다. 그 결과 소년보호처분을 내리는 판사로서는 자신의 처분이 근원적인 처방이 될 수 없다는 생각에 무력감을 느끼지 않을 수가 없다. 범죄자로 전락해갈 것을 예상하면서도 별다른 도움을 줄 수 없다는 생각에 자괴감마저 찾아온다.

2014년 1월 지적장애 소년인 열일곱 살의 우진이에 대한 재판이 있었다.

우진이는 마트 화장실에서 볼일을 보고 나오는 여성의 시선을 분산시킨 다음 그 여성의 얼굴을 만지려고 하였으나 뜻대로 되지 않자 호주머니에 있던 커터 칼을 꺼내어 여러 차례 찌르려 하다가 그 여성의 반항으로 뜻을 이루지 못하였다. 이로 인해 우진이는 '성폭력범죄의 처벌 등에 관한 특례법 위반(특수강제추행)'이라는 죄명으로 소년보호재판을 받게 되었다.

우진이는 지적장애 3급인 데다 충동 조절 및 적응 장애를 앓고 있다. 더구나 우진이는 2010년에도 성폭력범죄의 처벌 등에 관한 특례법 위반으로 6개월간 의료소년원에 보내는 7호처분을 받았고, 2011년에도 같은 법 위반으로 7호처분을 받았었다. 그럼에도 동종 비행을 저질러 또다시 재판을 받게 된 것이다.

우진이가 저지른 비행은 그 정도가 중하고, 동종 비행 전력에 비추어볼 때 형사처벌을 받아도 크게 이의를 제기할 수 없는 처지였으나, 다행히도 나이와 지적장애가 참작되어 소년보호재판을 받게 되었다.

우진이의 지적장애는 개선이 어려워 보이고, 충동 조절 및 적응 장애까지 겪고 있는 데다 동종 비행을 반복적으로 저지르는 성향으로 미루어볼 때 우진이가 또다시 비행을 저지를 가능성은 매우 높다고 판단되었다. 그래서 사회로 돌려보내는 것보다는 일시적이라도 사회와 격리해야겠다고 마음을 먹었다.

격리 기간에 대해서는 장기간 소년원에 보내는 것도 고려해보았지만 우진이의 지적장애 정도에 비추어볼 때 일반 소년들과 섞여 생활하는 것은 무리라는 판단에 우진이에 대하여 종전과 마찬가지로 6개월간 의료소년원에 보내는 7호처분을 내리지 않을 수가 없었다.

우진이의 처우와 관련해 국선보조인과 의견을 나누는 동안 우진이 아버지는 단 한 마디의 말도 하지 않은 채 단정한 자세로 보호자석에 앉아 있었다. 차림새로 보아 우진이 아버지는 넉넉한 살림살이가 아닌 듯했다. 우진이 아버지는 우진이가 다섯 살 때 아내와 헤어진 뒤 홀로 우진이를 키워왔다. 또한 우진이가 이미 두 번이나 의료소년원에 다녀왔음에도 여전히 아들을 포기하지 않고 있었다.

심리를 마치면서 우진이에게 소년원에 가기 전에 아버지에게 사랑한다는 말을 해드리라고 했다. 하얗고 조그만 얼굴에 유난히 검은 눈망울이 두드러지는 우진이는 꿇어앉아 "아버지 사랑합니다."라고 외쳤다. 그러나 우진이의 외침에는 아무런 감정도 담겨 있지 않았다. 그런데 그처럼 단조로운 외침을 반복하던 우진이가 어느 순간 갑자기 말을 멈추었다. 보호자석에 앉아 하염없이 눈물을 흘리고 있는 아버지를 본 것이다. 우진이에게는 아버지가 우는 모습이 아주 낯선 장면이었던 것 같다. 그래서인지 어찌할 바를 몰라 하면서 내 쪽으로 고개를 돌린 다음 이렇게 말했다.

"아빠가 우시는데요?"

우진이의 말에 가슴이 아려왔다. 보통 사람들에 비해 의사소통 능력이 떨어지는 우진이가 낯선 아버지의 눈물을 보고 할 수 있는 말이라고는 그 말밖에 없었던 것이다. 이 말을 들은 우진이

아버지의 마음은 나보다 더 아팠을 것이다.

우진이가 말하고자 하는 바는 짐작이 가고도 남았으나, 나는 우진이에게 '아버지 사랑합니다.'를 계속 외치라고 했다. 내 말에 우진이는 다시 "아버지 사랑합니다."를 외쳤다. 아버지의 눈물을 본 탓인지 어느 틈엔가 우진이의 눈에서도 눈물이 흘러내리고 있었다. 그러자 우진이 아버지는 더 이상 참을 수가 없었던지 우진이에게 달려와 아들을 일으켜 세웠다. 그러고는 들고 있던 모자로 우진이의 눈에서 흐르는 눈물을 닦아주며 함께 울었다.

그렇게 흐느끼며 서 있는 부자를 보자 안타까운 마음과 함께 가슴이 먹먹했다. 하지만 짐짓 모른 체하고 우진이에게 아버지와 안아보라고 한 다음 소년원에서 생활을 잘하고 오라고 말했다. 그런데 그제야 사태를 파악했는지 우진이가 어눌한 말투로 이렇게 말했다.

"소년분류심사원에서 매일 반성도 했는데 또 6개월 있어야 됩니까?"

그러고는 아버지와 같이 집으로 가겠다며, 소년원에 가지 않겠다며 떼를 썼다. 법정 경위가 우진이를 겨우 달래서 법정 밖 대기실로 데려갔지만 문이 닫히고 난 뒤에도 어린아이 같은 우진이의 울음소리가 한동안 법정 안을 맴돌아 여러 사람의 마음을 아프게 했다.

의료소년원에 보내도 특별한 개선을 기대할 수가 없기 때문에 우진이에 대한 처분을 내리고 나서도 마음이 편치 못했다. 내 마음이 이럴진대 우진이 아버지의 마음은 오죽할까? 평생의 짐이 될지도 모르는 아들임에도 끝까지 포기하지 않고 묵묵히 아버지 노릇을 하는 우진이 아버지를 보며 가슴 한구석이 묵직해져 왔다. 우진이 아버지의 모습이야말로 우리 시대가 잃어버린 진정한 아버지의 모습이 아닐까 하는 생각마저 들었다.

하지만 지금 그의 어깨 위에 지워져 있는 짐은 너무도 무겁다. 벗을 수 없는 짐을 지고 고독하게 싸워 나가고 있는 그의 모습이 같은 아버지로서 말할 수 없이 애처로웠다. 자식을 둔 아버지로서 당연히 해야 할 의무라고 간단히 넘길 수도 있지만 그렇게 말해버리는 것은 우진이 아버지에게는 너무도 야속한 일이 될 것이다. 우진이 아버지에게 자식 관리를 제대로 하지 못하였다고 손가락질만 할 것이 아니라 그의 어깨 위에 놓인 짐을 함께 나누어 질 수 있는 길을 모색해야 한다.

우진이 아버지와 같은 사람들의 형편을 알고 이들을 돕기 위해 작은 나눔의 손길을 펼치고 있는 분들이 있다. 도예가인 이재필 동부산대학교 교수도 그런 사람들 중 하나이다. 이 교수는 지적장애인들의 어려움을 조금이라도 나누고, 또 그들에게 자립의 길을 찾아주고자 난관을 무릎쓰고 5년째 지적장애인들을 위한 생활도예과 복지 도예 전공반을 개설하여 운영하고 있다. 이 반에서는 지적장애인들을 위한 예술통합치료 프로그램과 직업교육이 실시되고 있으며, 분기별로 그들의 부모를 위한 치유 프로그램도 병행해서 운영하고 있다. 장애 학생의 부모들은 자녀들이 학교에서 있는 시간 동안만이라도 휴식을 취할 수 있어서 좋고, 또 학교에서 자신들에 대한 회복과 치유 프로그램까지 운영해주니 많은 위로가 된다고 한다. 이들을 가르치고 있는 교수들은 장애인들의 심성이 착하고 너무도 순수해서 가르치는 자신들이 오히려 배울 게 많을 뿐만 아니라 힐링마저 된다며 자랑이다. 참 보기 좋은 모습이 아닐 수 없다.

키 낮은 풀들이 서로 손잡고 바람을 이겨내듯 그들에게 작은 손 하나라도 내미는 사람이 더욱 많아졌으면 좋겠다. 기쁨은 나눌수록 커지고 슬픔은 나눌수록 가벼워진다고 하지 않는가. 그래야 우리 사회가 공정하고 따듯한 사회라고 내세워도 부끄럽지 않을 것이다.

아버지의 등

하청호

아버지의 등에서는
늘 땀 냄새가 났다
내가 아플 때도
할머니가 돌아가셨을 때도
어머니는 눈물을 흘렸지만
아버지는 울지 않고
등에서는 땀 냄새만 났다
나는 이제야 알았다
힘들고 슬픈 일이 있어도
아버지는 속으로 운다는 것을
그 속울음이
아버지 등의 땀인 것을
땀 냄새가 속울음인 것을.

『다비 노을』, 문학의전당

아름다운 황혼을 소망하며

생로병사는 사람이라면 누구도 피해갈 수 없는 자연의 순리이다. 열정과 패기로 지칠 줄 몰랐던 젊음은 어느덧 사라지고 늦가을 산책로처럼 쓸쓸한 황혼이 찾아오기 마련이다. 생의 마지막 계절이라고 할 수 있는 황혼기는 지나온 삶의 열매를 거두어들이는 시기이기도 하다. 인생의 대차대조표가 눈앞에 훤히 드러나는 시기라는 뜻이다. 어디에 가치를 두고 어떻게 살아왔느냐에 따라 축복받는 노년을 맞이할 수도 있고 쓸쓸하고 비참한 노년을 맞이할 수도 있다.

지금 우리 사회는 '고령화 사회'와 '고령 사회'의 문턱을 넘어 '초고령화 사회'로 진입하고 있다. 2014년 11월 기준으로 우리나라의 65세 이상 노인 인구는 640만 명으로 전문가들은 2026년엔 전체 인구의 20%가 넘는 초고령화 사회가 될 것으로 예측한다. 우리 사회의 고령화가 심화되어가면서 행복한 노년을 맞이하기 위해 준비하는 사람들 또한 점점 늘고 있다. 그런데 행복한 노년의 조건을 '건강'과 '재정'에만 초점을 맞춰 설계하는 경우가 많은 것 같다. 물론 이 두 가지 항목이 건강한 노후 생활을 위한 필수조건인 것은 맞다. 그러나 그것만으로 노후가 행복하다고 말할 수 있을까? 보다 풍요롭고 아름다운 노년을 맞이하기 위해서는 무엇보다 인간관계가 탄탄해야 한다는 게 요즘 나의 생각이다.

그중에서도 좋은 가족 관계야말로 가장 든든한 노후의 초석이라고 할 수 있다.

80줄에 들어선 나이임에도 '나이듦과 죽음'이라는 주제로 꾸준히 책을 펴내고 있는 일본 작가 소노 아야코(曽野綾子)는 자신의 책 『나이듦의 지혜』에서 행복한 노후를 위한 일곱 가지 조건을 다음과 같이 말하고 있다. '자립할 것, 죽을 때까지 일을 가질 것, 늙어서도 배우자 · 자녀와 잘 지낼 것, 돈에 얽매이지 않는 정신을 가질 것, 고독과 사귀며 인생을 즐길 것, 늙음 · 질병 · 죽음과 친해질 것, 신의 잣대로 인생을 볼 것' 등이 바로 그것이다. 항목은 여러 개지만 내용을 요약하면 경제적 자립과 정신적 독립, 그리고 가족들과 좋은 관계를 유지하는 게 행복한 노후의 조건인 셈이다. 이는 행복한 노년을 준비하는 많은 사람들에게 중요한 시사점이 될 만한 이야기다.

언론 보도에 따르면 한국인들은 인생 마지막 10년 중 절반을 앓다가 삶을 마감하게 되는데, 그 시기의 의료비가 무자비한 폭탄처럼 감당하기 어려운 수준이라고 한다. 그 때문인지 한국 사회는 죽음의 질이 OECD 가입국 중 32위로 최하위 수준에 머물고 있는 형편이다. 이제 우리 사회도 바야흐로 100세 시대로 접어들고 있다. 장수는 조선 시대 행복 지표라고 할 수 있는 오복(五福) 중에서도 늘 맨 앞자리를 차지하던 덕목이다. 100세 시대가 되었다는 것은 그런 축복을 누리는 사람이 많아졌다는 이야기니 그만큼 시대가 좋아졌다는 뜻이기도 하다. 그러나 그것이 자식들의 부양을 전제로 할 경우에는 이야기가 달라진다.

배석판사 시절 처리한 부양료청구 사건 하나를 소개한다.

한 아버지가 있었다. 59세인 그는 경찰공무원을 퇴직한 자로서 특별한 재산이 없고, 만성 신장염을 앓고 있기 때문에 건강상 직장을 가질 수도 없었으며, 신장이식수술을 받지 않는 한 생명을 연장시키기 위해 매주 3회씩 혈액투석 및 기타 치료를 받아야만 하였다. 그에게는 처와 4명의 아들이 있었으나 아무도 그를 부양하려고 하지 않았기에 그는 혼자서 외롭게 생활하고 있었고, 게다가 부양 능력이 인정되는 자녀가 있는 사람은 기초생활수급대상자에서 제외되기 때문에 복지 혜택도 제대로 받지 못하고 있었다. 부득이 그는 생명 연장을 위해 29세인 장남과 27세인 차남을 상대로 부양료 청구 소송을 제기하였다. 처와 3남, 4남과는 연락이 두절된 관계로 그들에 대해서는 소송을 제기하지 않았다.

아버지로부터 소송을 당한 두 아들은 분노의 심정으로 써내려간 답변서를 제출하였다. 그들은 "우리 아버지는 혼인 생활 내내 폭력과 외도를 일삼았고, 그로 인해 어머니와 우리들은 크나큰 상처를 받았다. 우리들에게는 아버지가 없었다고 해도 과언이 아니다. 그런 아버지가 이제 와서 병을 이유로 부양료를 청구하나 우리들은 그것을 줄 수가 없을 뿐만 아니라 가정 형편상 주기도 어렵다. 우리들에게도 부양해야 할 가족들이 있는데 고액의 치료비를 죽을 때까지 지급하게 되면 우리 가족들도 제대로 살아갈 수가 없다. 우리도 먹고살아야 한다."라며 강하게 반발하였다.

재판 도중에 화해를 꾀해보기도 하였으나 아버지와 두 아들은 서로 한 치의 양보도 하지 않았다. 두 아들이 아버지에게 지닌 마음의 응어리는 쉽게 풀릴 수 있는 것이 아니었다. 그 때문인지 두 아들은 아버지가 무슨 염치로 이런 청구를 하는지 모르겠다는 투의 말까지도 서슴지 않았다. 그러나 아버지 입장에서도 자신의 생명이 걸려 있는 문제였기 때문에 쉽사리 물러날 뜻을 보이지 않았고 선임된 변호사를 통해 끝까지 부양료를 받아야만 한다고 주장하였다.

이런 상황에서 부득이하게 판결을 선고하지 않을 수가 없었다. 자식의 부양 의무는 천륜인 효에 근거한 것이라 부모가 아무리 패륜적인 삶을 살았다고 하더라도 면제될 수 없는 것이기에 두 아들로 하여금 그 아버지에게 매월 일정 액수의 돈을 아버지가 사망할 때까지 지급하라는 판결을 내렸다. 다만 아들들의 형편 등 여러 가지 사정을 참작하여 지급해야 할 돈은 아버지가 두 아들에게 청구한 금액의 80% 정도로 정하였다. 그 돈은 그 아버지의 생명 연장을 위한 최소한의 치료비 수준에 불과하였다.

2002년에 68건에 불과하였던 부양료청구 사건 수가 2011년에는 4배에 가까운 238건에 이르렀다. 이런 추세라면 고령화가 심화되어갈수록 부양료청구 사건 수는 급증하게 될지도 모른다. 부모가 자녀를 상대로 부양료를 청구하는 것은 대부분의 경우 자녀가 자발적으로 부양료를 주지 않기 때문일 것이다. 자발적으로 부양료를 지급하지 않는다는 것은 물론 경제적인 이유도 있겠으나 부모와 자녀 사이의 불화 등 가족 관계에 문제가 있는 경우도 적지 않다. 그리고 대부분 부모 쪽에 그 원인이 있다.

서로 이해하고 소통하려고 노력하지 않는 한 가족은 또 하나의 권력 기구에 불과하다. 때문에 지금 힘이 있고 경제력을 쥐고 있다고 해서 자녀와 가족들에게 상처를 주어서는 안 된다. 성경 중에 "아비들아 너희 자녀를 노엽게 하지 말고"라는 구절이 있다. 이 말씀은 단순히 화를 돋우지 말라는 의미는 아닐 것이다. 달리 해석하면 자녀에게 상처를 주어 마음속에 부모에 대한 증오를 쌓게 만들지 말라는 의미로 풀이할 수도 있다. 힘으로 누른 자녀의 마음에 싹튼 증오가 언젠가는 아버지를 겨누는 칼날이 되어 돌아올지도 모르기 때문이다.

지금은 자녀를 물리적인 힘으로 누르거나 금전적으로 압박하며 누를 수도 있겠지만 화무십일홍(花無十日紅)이라는 말처럼 그 힘이 다하는 날이 곧 찾아오기 마련이다. 강건한 아버지도 노년이 되면 쇠약해지는 반면 연약했던 아이들은 빠르게 성장하여 건장한 청년이 되어간다. 또 언젠가는 자녀가 부모로부터 독립을 선언하는 시기가 올 뿐만 아니라 부모가 자녀에게 신세를 져야 할 때도 온다. 아이들에게 힘과 경제력을 자랑하며 억누르려고 했다가는 황혼에 이르러 어떤 봉변을 당할지 모른다. 그때 땅을 치고 통곡해봐야 아무런 소용이 없을 것이다.

때 이른 걱정이긴 하지만 이런 아버지들의 황혼을 생각할 때면 비행청소년들의 장래가 더불어 걱정되지 않을 수가 없다. 비행소년들의 가정환경은 매우 열악하다. 비행성이 심화되어 있는 비행소년들의 가정은 거의 대부분이 결손가정이거나 그렇지 않다고 하더라도 아버지가 그 역할을 제대로 하지 못하는 가정이 대부분이다. 또한 폭력성이 매우 높거나 알코올의존증으로 가족들을 힘들게 만드는 '철없는' 아버지들도 많다. 그러한 아버지 밑에서 숨죽이며 자란 소년들 중에는 강한 적개심과 우울, 공격성을 보이는 경우가 적지 않다. 아버지에 대한 극도의 증오감으로 "아버지를 죽이고 교도소에 가고 싶다."라고 하는 소년마저 있을 정도다.

부모 자식의 인연을 두고 흔히 천륜이라고들 한다. 사람의 힘으로 끊을 수 없는 사이라는 말이다. 그럼에도 인생의 대차대조표는 부모 자식 사이에도 냉정하게 적용된다. 인생의 황혼기에 내가 자녀에게서 무엇을 받기를 원하는지 생각해보자. 몇 푼의 용돈인지, 서로에게 힘과 의지가 되어주는 따듯한 관계인지 천천히 따져본 뒤 그때 내가 받고 싶은 것을 지금 아이들에게 먼저 줘야 한다.

저물수록 빛나는 황혼도 있지만 누구에게서도 환영받지 못하는 비루한 황혼도 있는 법이다. 가을날의 다디단 열매가 그냥 얻어지는 게 아니듯이 아름다운 황혼 또한 그냥 얻어지는 것은 아닐 것이다. 황혼을 아름답게 보낼 수 있도록 지금부터 준비하도록 하자. 그래야만 가진 것이 없더라도 품격 있는 죽음을 맞을 수가 있다. 건강관리를 할 시간도 재정적 여유도 넉넉하지 않다면 더더욱 가족들과의 유대 관계에 신경을 써야 할 것이다. 노후에 가장 먼저 신세를 져야 할 대상은 가족이기 때문이다. 쓸쓸한 황혼기에 가족에게마저 천덕꾸러기가 된다면 그 서글픔과 비참함은 누구에게도 하소연하기가 어려울 것이다. "오늘 그늘에서

쉴 수 있는 것은 오래전에 나무를 심어놓았기 때문이다."라는 워렌 버핏의 말을 마음에 새겨 가족 안에 사랑이라는 나무를 심어두자.

다시 말하지만 좋은 아버지가 되는 것은 황혼에 대한 가장 효과적인 대비책이다. 물론 좋은 아버지가 되기를 바란다고 하여 누구나 그런 아버지가 될 수는 없다. 이는 자녀가 결정하는 것이지 내가 어쩔 수 있는 일이 아니기 때문이다. 하지만 감히 꿈꿔보건대 자녀로부터 마음에서 우러나오는 존중을 받는다면 그게 바로 좋은 아버지가 아닐까 싶다. 가끔 이 땅의 아버지 중 한 사람으로서 황혼에 내 아이들로부터 존중받는 아버지가 될 수 있을지 은근히 걱정이 될 때가 많다. 얼마 전에는 박영신 교수의 『아버지가 딸에게 들려주는 이야기들』이라는 책을 읽고 나서 한동안 두렵고 떨리는 마음을 감출 수가 없었다. 나도 그 책의 주인공처럼 내 딸에게 존경 어린 평가를 받을 수 있을까? 다시 출발선에 선 심정으로 황혼을 계획해야겠다.

/2부/

아버지의 마음

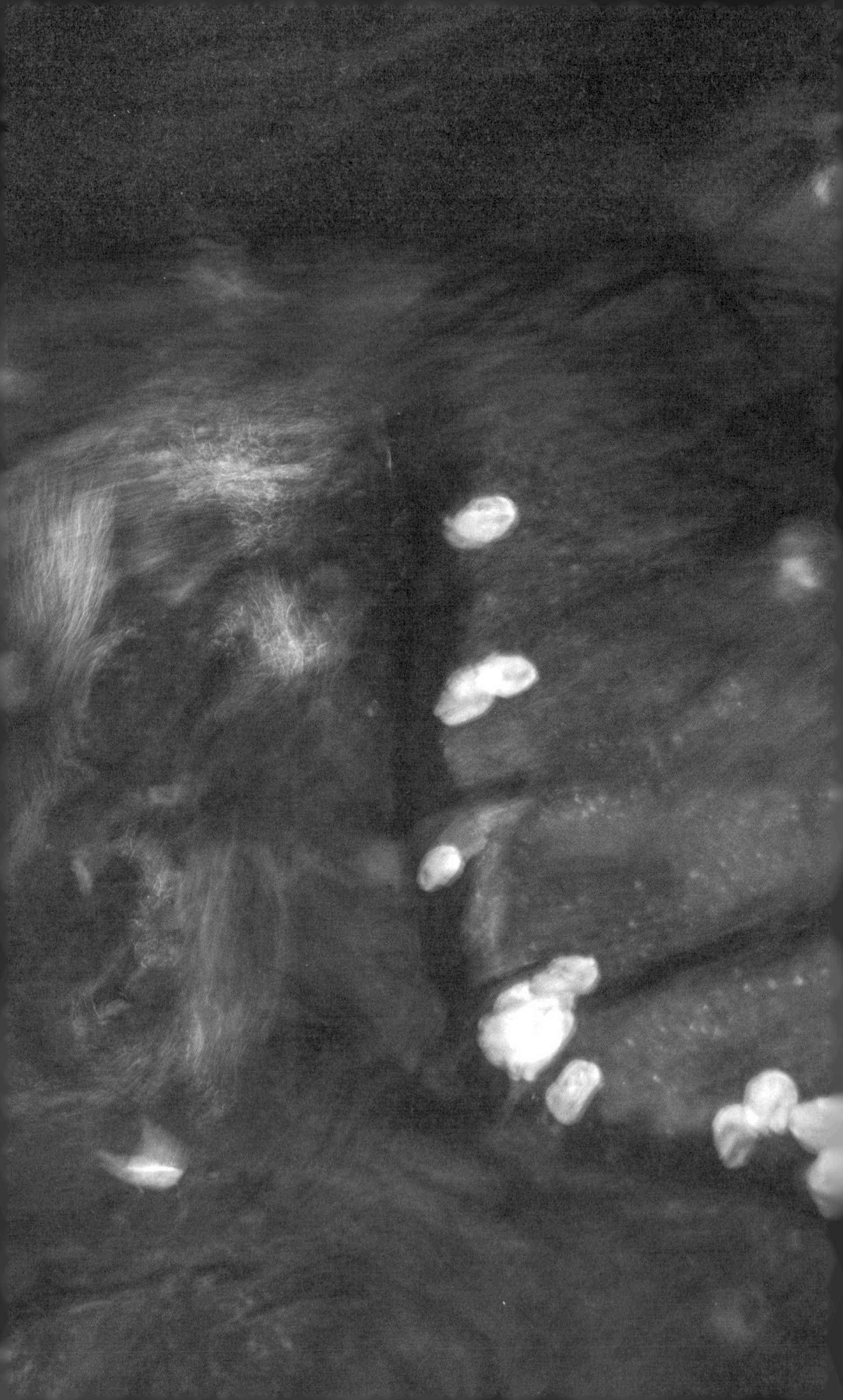

저도 아빠 없이 자랐어요

가출청소년 문제가 청소년 문제의 화두로 떠오르고 있다. 최근 어느 신문 보도에 따르면 우리나라 가출청소년의 수는 약 22만 명가량에 이른다고 한다. 이는 전체 청소년의 약 2%에 해당하고, 700만 명의 초·중·고생 수를 기준으로 하면 약 3%에 해당하는 규모로 결코 적은 수치가 아니다. 더 큰 문제는 가출한 청소년들이 무리를 지어 이른바 '가출팸'을 형성한다는 것이다.

가출팸이란 집을 나온 청소년들이 원룸, 고시원, 모텔 등에서 무리 지어 생활하는 '가출패밀리'의 줄임말로, 주로 청소년들 사이에서 사용되던 은어이다. 집을 나온 청소년들이 자기들끼리 아는 특정 장소나 인터넷 채팅 사이트 등을 통해 무리, 즉 '팸'을 형성하는 것이다. 그런데 이들이 외로움 해소와 보호를 위해 선택한 가출팸이 절도, 강도, 폭력, 성매매 등 각종 범죄와 연루되면서 사회적으로 큰 우려를 낳고 있다. 특히, 소녀들의 경우에는 더 위험하다. 숙식비와 유흥비를 마련하기 위해 여자아이들에게 성매매를 강요하는 경우가 많기 때문이다. 또한 남녀 혼숙을 하는 과정에서 또래 남자아이들과 자연스럽게 성관계를 갖거나 성폭행을 당하는 일이 벌어지기도 하는데, 이로 인해 원치 않는 임신을 하는 등 가출로 인해 삶이 나락으로 떨어지는 소녀들이 많다.

2013년 8월, 은아에 대한 심리가 열렸다. 은아의 비행 내용은 은아가 가출팸에서 함께 생활하던 여자아이에게 성매매를 강요했다는 것이었다. 은아의 사건은 2011년 9월에 부산가정법원으로 송치되었지만 은아가 법원에 출석하지 않아 미결 사건으로 공전되고 있었다. 그러던 중 사건이 송치된 지 2년 만에 은아가 법정에 출석해 재판을 하게 된 것이다. 한편, 은아가 비행을 저지르게 된 사정은 그 아이가 제출한 편지에 잘 나타나 있었다.

저는 어쩔 수 없이 가출청소년쉼터에서 지내게 되었습니다. 쉼터에서 만난 언니는 제 옆에서 위로를 해주었고, 저는 그럴 때마다 믿고 잘 따랐습니다. 그러는 도중 언니가 강제 퇴소를 당하게 됐고, 저는 더 이상 쉼터에서 지내고 싶지 않아 계속 사고를 쳤고 강제 퇴소되었습니다. 강제 퇴소를 당한 뒤 언니와 연락을 하여 만나게 되었고, 처음으로 성매매를 하고 있다는 이야기를 들었습니다.
그 뒤 할머니 집에서 지내다가 언니에게 연락을 했고, 만나기로 했습니다. 만나서 놀다가 집에 가려고 하니 언니가 자기랑 같이 지내면 안 되냐고 제안을 했고, 저는 그 당시 밖에서 노는 게 즐거워 알겠다 하고 할머니 집에서 나와 언니와 지내게 되었습니다. 엄마가 걱정할까 봐 병원에 전화하여 엄마에게 연락되는 전화번호를 전해주고 저는 또 언니와 지내게 되었습니다.
그러던 중 저보고 같이 놀 남자아이들을 부르라 하여

불렀는데, 거기에는 한 명의 여자아이가 있었습니다. 걔네들도 다 가출한 상태여서 기왕 지낼 거 같이 지내자고 언니가 제안을 했고 다들 그렇게 지냈습니다. 그러던 중 언니가 저에게 "저 여자애 일 시키면 안 되나?"라고 물어봤고, 저와는 친한 사이도 아니어서 "몰라, 언니 알아서 해." 이러고는 남자아이들과 놀았습니다. 그런데 그 여자아이는 무슨 일인지 일을 했고, 저는 그냥 넘겼습니다. 알고 보니 언니가 정말 일을 시켰던 거였고, 그 여자아이는 그래도 억울했는지 신고를 하였고 다 같이 조사를 받았습니다.

은아에 대한 기본적인 조사가 이루어져 있지 않았기에 소년분류심사원에 임시위탁이라도 시켜 조사를 더 할까 하는 생각도 있었으나 출산일이 임박한 은아를 보니 차마 그럴 수가 없었다.

그동안 소년재판을 처리하면서 임신한 경험이 있는 소녀들을 꽤 보았다. 임신한 소녀를 돌봐줄 전담 인력이 없는 소년원 여건상 임신한 소녀들의 경우에는 특별한 사정이 없는 한 대부분 사회로 돌려보낼 수밖에 없다. 이런 이유로 소녀들 사이에는 임신을 하면 아무리 큰 비행을 저질러도 소년원에 가지 않는다는 소문까지 나 있는 형편이었다. 이러한 점으로 미루어볼 때 은아가 법정에 설 의지를 가질 수 있었던 것 또한 임신 때문이 아닌가 하는 생각을 떨쳐버릴 수가 없었다. 그래서 비행 사실에 대한 심문을 마친 다음 은아에게 물었다.

"아이는 어떻게 할 거니?"

그런데 뜻밖에도 은아가 "낳아서 기를 겁니다."라고 말해서 내심 놀랐다. 대개의 경우, 재판을 받고 집으로 돌아간 뒤 아이를 낙태하는 게 일반적인 수순이었기 때문이다.

"그럼, 태어날 아이의 아빠는 누구인지 아느냐?" 하고 물으니, 은아는 "또래의 남자 친구입니다."라고 짧게 대답하였다. 내가 다시 "그 친구는 아이를 낳는다는 사실을 알고는 있느냐?"라고 묻자 표정이 어두워졌으나, 은아는 이내 "모를 겁니다. 연락도 안 됩니다."라고 담담하게 대꾸하였다.

'도대체 이 아이는 아이를 키운다는 게 어떤 건지 알고 이러는 것인가.'

은아의 거침없는 대답에 오히려 내가 더 좌불안석이 되었다.

"그럼, 아빠도 없이 애를 낳아 키운단 말이냐? 대체 어떻게 하려고 그래?"

그러자 은아는 이번에도 주저하지 않고 바로 대답하였다.

"걱정하지 마세요. 저도 아빠 없이 자랐습니다."

'저도 아빠 없이 자랐습니다.'라고 당당하게 말하는 은아의 모습은 내게 적잖은 충격으로 다가왔다.

1997년생인 은아는 부모님이 이혼한 세 살 때부터 어머니와 힘겨운 삶을 살아왔다. 은아는 중학교조차 마치지 못한 상태였고, 어린 나이에 우울증에 걸린 어머니까지 보살펴야 하는 처지였다. 2011년에 가까스로 연락이 된 아버지와 함께 생활한 적도 있었으나 그것도 잠시뿐이었고, 오히려 새어머니와의 마찰로 인해 집을 나와 가출팸들과 생활하다가 임신까지 하게 된 것이다. 그러한 은아가 장차 태어날 아이를 입양시키지 않고 기르겠다고 하니 한편으로는 기특하고, 한편으로는 애처로워 안타까운 마음을 금할 길이 없었다. 은아는 편지에서도 자신의 의지를 확고하게 밝히고 있었다.

존경하는 재판장님. 저는 한 달 후인 9월 7일에 한 생명의 엄마가 됩니다. 이 작고 작은 아이를 지우려고 마음을 먹은 적이 있습니다. 하지만 얼마 지나지 않아 저는 생각을 바꿨습니다. 아직 핏덩어리인 이 아이는 제 배 속에 있으면서 엄마 만날 생각을 하고 있을 거라는 생각이 들면서 제 자신 또한 책임감을 가지게 되었습니다.
존경하는 재판장님. 저에게 한 번의 기회를 주세요. 행복이에게 좋은 엄마, 부끄럽지 않은 엄마가 되고 싶습니다. 아직 품에 안아보지 못하였고 같이 손잡고 놀러 한번 가지 못했습니다. 제 아이 행복이에게 아직 해준 거 하나 없습니다. 이제 뭔가를 해줄 시간에 이렇게 죄를 지어 재판을 받게 되어 아이에게 너무 미안하고 또 미안합니다. 제발 한 번만 기회를 주세요. 정말 간절합니다. 또한 우울증 치료 중인 엄마를 혼자 놔둘 수 없습니다. 저에게 가족이라곤 곧 태어날 행복이와 엄마뿐입니다. 행복이와 엄마와 함께 행복하게 살고 싶습니다.

편지를 읽고 나니 은아 어머니의 모습이 눈에 들어왔다.

40대 초반인 은아의 어머니는 은아와 나의 대화 중에 불쑥불쑥 끼어들어 무언가 말을 하려고 했으나 은아가 인상을 쓰며 막는 바람에 아무런 말도 하지 못한 채 앉아 있었다. 은아가 어머니를 그렇게 막은 것은 우울증을 앓고 있는 어머니가 혹시라도 말실수를 할까 봐 염려가 되었기 때문이다.

아이를 낳아 기르겠다고 하고 출산일도 임박하였기에 은아에 대해서는 그날 바로 처분할 수밖에 없었다. 그래서 위탁보호위원에게 은아를 잘 보살펴줄 것을 부탁하면서 2년간의 보호관찰을 조건으로 은아를 어머니에게로 돌려보냈다. 재판이 끝날 무렵 미리 준비해온 배냇저고리를 은아에게 건네주었다. 그런데 심리를 받는 내내 어두운 표정으로 답변을 하며 어머니에게는 성난 표정까지도 서슴지 않던 은아가 배냇저고리를 받아들자마자 마치 세상에서 가장 귀한 선물이라도 받은 듯 환하게 웃었다. 그 미소가 어찌나 눈부시고 싱그럽던지 보는 내 마음이 다 깨끗해지는 느낌이었다. 내가 지금껏 법정에서 본 모습 가운데 가장 벅찬 순간이자 보호받아야 할 소녀 본연의 모습이 드러나는 순간이었다.

그 후 은아는 예쁜 여자아이를 낳았다. 아버지의 사랑을 받지 못하며 자란 은아가 '행복이'를 또다시 아버지 없이 키워 나갈 것을 생각하면 이 땅의 아버지 중 한 사람으로서 가슴이 저려와 참기가 힘들다. 다른 조건이 모두 갖춰져 있어도 미혼모로 살기가 쉽지 않은 마당에 아직 어린 은아가 이런 팍팍한 현실을 감내하고 아이를 잘 키울 수 있을까? 나로서는 알 수가 없다. 다만 내가 믿고 싶은 것은 배냇저고리를 받아들 때의 그 환한 미소다. 세상에서 가장 깨끗한 것을 손에 쥔 양 맑고 싱그럽던 은아의 미소가 등불이 되어 모쪼록 두 어린 모녀의 앞길을 비춰주기를 바랄 뿐이다. 그와 함께 하늘 아버지께서 두 어린아이들에게 '난로에 불을 피우고 그네에 못을 박아주는 아버지, 저녁 바람에 문을 닫고 낙엽을 주워주는 아버지, 바깥은 요란해도 울타리가 되어주는 아버지'가 되어주시기를 간절히 소망할 따름이다.

아버지의 마음

김현승

바쁜 사람들도
굳센 사람들도
바람과 같던 사람들도
집에 돌아오면 아버지가 된다.

어린것들을 위하여
난로에 불을 피우고
그네에 작은 못을 박는 아버지가 된다.

저녁 바람에 문을 닫고
낙엽을 줍는 아버지가 된다.

바깥은 요란해도
아버지는 어린것들에게는 울타리가 된다.
양심良心을 지키라고 낮은 음성으로 가르친다.

아버지의 눈에는 눈물이 보이지 않으나,
아버지가 마시는 술에는 눈물이 절반이다.

아버지는 가장 외로운 사람들이다.

가장 화려한 사람들은

그 화려함으로 외로움을 배우게 된다.

『절대고독』, 자유문학사

법정에서 비보이 댄스를

2013년 10월 18일 오후 4시, 부산가정법원 255호 소년법정은 때아닌 열기로 가득 차 있었다. 나의 제안으로 한 소년의 즉석 공연이 펼쳐졌기 때문이다. 재준이라는 이름의 이 소년은 뜻밖의 제안에 당황하는 듯했으나 곧 멋진 춤사위를 선보였고, 보기 드문 광경에 법정 관계자와 방청객들 모두 숨을 죽인 채 흐뭇한 눈길로 재준이의 춤을 지켜보았다. 반주 없이 하는 짧은 공연이었음에도 재준이의 몸놀림은 전문가가 아닌 내가 보기에도 예사 몸짓이 아니었고, 옷은 금세 땀으로 흠뻑 젖어들었다. 이윽고 재준이의 공연이 끝나자 우리 모두는 환호성을 터뜨리며 그 아이의 놀라운 재능에 박수를 보냈다.

열아홉 살의 재준이는 이날 소년보호재판을 받기 위해 법정에 선 참이었다. 2013년 6월 중순 새벽 2시경 길을 지나다가 우연히 아는 후배를 만난 재준이는 시간이 늦었으니 빨리 귀가하라고 했다. 그런데 그 후배 옆에 있던 피해자가 이를 비아냥거리자 화를 참지 못하고 폭력을 행사하는 바람에 지금 이 자리에 서게 된 것이다. 피해자는 2주간의 치료를 요하는 상해를 입은 상태였는데, 보호관찰소의 결정전조사서에 따르면 피해자 측에서 합의금으로 300만 원을 요구하였으나 재준이 측에서 150만 원 이상은 줄 수가 없다고 하여 합의가 성사되지 않았다고 한다. 저간의 사정이 대강 짐작은 되었으나 재준이의 장래가 걱정되지 않을 수 없었다. 그래서 재준이 아버지에게 먼저 물었다.

"조금씩 양보하여 합의를 하는 것이 좋지 않겠습니까?"

그러자 재준이 아버지는 마뜩치 않은 표정으로 이렇게 대답했다.

"피해자가 합의금을 노리고 폭행을 부추겼기에 더 이상의 돈을 줄 수가 없습니다."

재준이 아버지는 단단히 화가 나 있는 것 같았다. 그러나 아들의 장래를 생각한다면 감정적으로 해결할 문제가 아니었기에 어떻게 처리하는 것이 좋을지 고민이 되었다. 그때 문득 결정전조사서에 재준이의 꿈이 비보이 댄서라고 되어 있었던 것이 떠올랐다. 그래서 잠시 뜸을 들이다가 재준이에게 물었다.

"비보이가 꿈이라고?"

"예."

대수롭지 않은 일로 법정에 서게 되었다는 듯이 퉁명스러운 목소리로 재준이가 말했다.

"그럼, 판사님 앞에서 춤 한번 춰보지 않을래?"

느닷없이 춤을 춰보라고 하자 재준이의 얼굴에는 당황한 기색이 역력했다. 뜻밖의 제안에 재준이는 얼떨떨한 표정으로 한동안 머뭇거렸고, 재준이 아버지도 굳은 얼굴로 어쩔 줄 몰라 하고 있었다. 법정에서 춤을 추라니……. 그럴 만도 했다.

두 부자의 반응에 슬그머니 웃음이 나기도 했지만 짐짓 모른

체하고 다시 한 번 부드럽게 말했다.

"한번 해봐라. 잘 추는지 보게."

내가 춤을 춰보라며 다시 한 번 부추기자 잠시 망설이던 재준이는 곧 쑥스러운 미소와 함께 춤을 추기 시작했다. 그리고 짧은 시간이었음에도 자신의 기량을 유감없이 선보였다.

재준이의 춤을 보면서 오래전 부산지방법원 동부지원에 근무할 때 재판을 받았던 한 소년의 모습이 떠올랐다. 당시 중학생이었던 그 소년은 2002년에 9건의 일명 '퍽치기' 강도상해죄를 저질러 내가 배석판사로 속해 있던 재판부에서 형사재판을 받게 되었다. 야구에 남다른 재능이 있었던 그는 강도 사건의 피해자들과 모두 합의를 한 상태였으며 부모, 특히 힘겨운 청소년기를 거쳐온 아버지가 아들만큼은 자신의 전철을 밟지 못하게 하겠다며 희망을 버리지 않고 있었기 때문에 소년부에 송치하는 것도 나름 의미가 있었다. 하지만 그러기엔 그의 죄질이 너무 무거웠기에 형의 집행을 유예하는 판결을 내리는 것으로 사건을 종결시켰다. 하지만 뜻을 굽히지 않은 소년의 아버지는 부산고등법원에 항소를 하는 등 끝까지 포기하지 않고 아들의 선처를 위해 사방팔방으로 뛰어다녔고, 그 결과 항소심의 선처로 소년부로 송치되어 소년보호처분을 받고 사회로 복귀하였다.

방황하며 재판을 받았던 1년간의 공백이 있었지만 그 소년은 그 후 절치부심하여 야구에만 전념하였고, 고교 시절 전국대회 28이닝 연속 무실점 기록을 세우는 등 괄목할 만한 성장을 하였다. 국내외 야구 스카우터들의 눈길을 사로잡은 그는 2007년 프로야구 신인 드래프트로 유명 구단에 입단해 시범 경기에서 호투를 펼쳤고, 그 결과 이름이 언론에 오르내리는 등 유명세를 타기 시작하였다.

그런데 그가 막 자신의 꿈을 펼치려던 찰나에 누군가가 그의 범죄 전력을 인터넷에 올렸고, 그로 인해 묻혀 있던 어두운 그의 과거가 인터넷을 타고 퍼져 나가기 시작했다. 한국야구위원회(KBO) 홈페이지와 소속 구단 홈페이지는 순식간에 '퍽치기 전과자 투수'라며 그를 비난하는 글로 뒤덮였고, 상심한 그는 결국 1군 마운드에도 오르지 못한 채 2007년 4월, 구단에 유니폼을 반납하고 야구장을 떠났다. "너희 중에 죄 없는 자가 먼저 돌로 쳐라."라는 예수의 말씀이 땅에 떨어지는 순간이었다.

이후 그는 군에 입대하여 군 복무를 무사히 마쳤으나 제대 이후 야구장이 아니라 이른바 뒷골목으로 돌아갔다. 그러다 결국 부산의 유명한 폭력 조직의 일원이 되었고, 그로부터 4년 반이 지난 2011년 11월 중순경 그는 부산의 어느 경찰서에서 수갑을 찬 채 고개를 숙이고 있었다.

그 불운한 청년의 얘기를 떠올렸던 것은 피해자한테서 용서를 받지 않을 경우, 재준이 또한 자칫 그와 같은 일을 겪을 수도 있다는 생각이 들었기 때문이다. 지금 우리 사회에는 자기 자신에게는 관대하면서 다른 사람들에게만 엄격한 정의의 잣대를 들이미는 사람들이 많은 것 같다. 비록 그의 죄질이 무거웠다고는 하나 지나간 일로 그를 비난하는 대신 마운드를 내주었더라면 우리는 한 사람의 뛰어난 야구 선수를 얻었을지도 모른다. 그 또한 자신에게 관용을 베푼 사회에 보답하는 마음으로 더욱더 열심히 운동에 전념하고, 선량한 시민이 되어 살았을지 모른다. 그러나 다른 사람을 비난하기에 바쁜 사람들은 그에게 단 한 번의 기회조차 주지 않았고, 결국 그의 삶은 나락으로 곤두박질치고 말았다. 이는 우리 사회가 비행청소년을 바라보는 눈길과도 비슷한 지점이 있다. 누구나 실수를 하고 잘못된 길로 빠져들 수 있다. 자신의 잘못에 대한 대가는 치러야 하겠지만 그렇다고 하여 아직 미숙한 청소년들에게 스스로 반성할 수 있는 단 한 번의 기회조차 박탈하는 것은 너무 가혹한 처사가 아닐까?

노파심일지도 모르나 또 한 소년으로 하여금 그와 같은 좌절을 겪게 해서는 안 된다는 생각이 들었다. 재준이의 경우, 다행히 저지른 비행의 피해 정도가 그리 무겁지 않은 편이었고, 비행 전력도 본건 외에 기소유예처분을 1회 받은 것 외에는 전혀 없었기에 무시하고 그냥 처분을 내릴 수도 있었다. 하지만 돌다리도 두들겨보고 건너라고, 춤 실력으로 이미 대학 진학까지 결정된 재능 있는 소년의 앞길에 조그만 장애라도 될 만한 게 있다면 미리 제거해두는 것이 좋으리란 생각이 들었다. 또한 피해를 입은 피해자에게 사죄하고 용서를 받는 것은 재준이의 앞날을 위해서도 꼭 필요한 일이었다. 그래서 재준이에게 그 청년의 이야기를 들려주며 다음과 같이 말했다.

"지금으로서는 300만 원이라는 돈이 크게 느껴지겠지만 앞으로 네가 성공하였을 때에는 그다지 큰돈이 아닐 수도 있다. 그러한 것으로 인해 그 청년과 같이 인생의 좌절을 겪어서는 안 되지 않느냐. 너의 재능이 아까워서 그러니 어서 피해자와 합의를 하고 오너라."

나의 말을 이해한 재준이와 재준이 아버지는 합의할 시간을 달라고 했고, 재판은 2주 뒤로 연기되었다.

그로부터 정확히 2주 뒤인 2013년 11월 1일 오후 4시, 재준이가 법정에서 다시 공연을 펼쳤다. 나와 참여관, 실무관 등의 열화와 같은 성원으로 다시 춤을 추게 된 것이었다.

비보이를 꿈꾸는 소년은 엄숙하고 조용한 법정에서 훅훅 거칠게 숨을 내쉬며 몸을 놀렸다. 피해자에게 처벌을 원하지 않는다는 합의서를 받아왔기 때문인지 지난번과는 달리 마음의 부담을 느끼지 않고 마음껏 춤을 추었다. 1분도 채 되지 않은 공연이었지만 감동을 주기에는 충분한 시간이었고, 나의 입가에서는 내내 미소가 떠나지 않았다. 공연이 끝나자 나를 비롯하여 법정에 있던 모든 이들은 이곳이 법정이라는 것을 잊은 채 마치 아이돌 스타에 열광하는 소녀 팬들처럼 박수를 치며 열렬하게 환호했다. 힘들게 공연을 마친 재준이의 얼굴에서는 뿌듯함 같은 것이 배어 나왔고, 재준이 아버지 또한 굳었던 얼굴을 펴고 활짝 웃었다.

나는 소년법에 근거해 재준이를 불처분하기로 결정했다. 그리고 이렇게 당부했다.

"열심히 해서 훌륭한 댄서가 되거라. 그리고 청년의 이야기를 항상 마음속에 간직하고 살아가거라."

재판을 마치고 돌아서는 재준이와 그 아버지의 몸짓에서 기쁨과 함께 묘한 흥분감이 배어 나오는 것을 느낄 수 있었다. 그러한 아버지와 아들을 보고 있노라니 교회 유년주일학교에서 신나게 불렀던 노래가 떠올랐다.

이 세상이 창조되던 그 아침에 나는 아버지와 함께 춤을
추었다.
내가 베들레헴에 태어날 때에도 하늘의 춤을 추었다.
춤춰라 어디서든지 힘차게 멋있게 춤춰라.
나는 춤의 왕. 너 어디 있든지 나는 춤 속에 너 인도하련다.

도대체 어떤 내용이기에

소녀들의 비행은 소년들보다 심각하다. 남자아이들이 폭행, 절도 등의 단계를 거쳐 비행이 점점 심화되는 데 비해 여자아이들은 비행세계에 발을 들여놓는 순간 원조교제나 성매매 등 곧장 강도 높은 비행으로 빠져들 위험성이 더 크기 때문이다. 그럼에도 성매매 청소년들의 수는 해마다 증가하고 있으며, 그 연령대 또한 점점 낮아지고 있어 큰 충격을 주고 있다.

꽃다운 나이에 성을 팔아 돈벌이를 하는 청소년들이 늘어나는 이유는 무엇일까? 이는 장기화된 경기 침체와 가정 파탄, 그로 인한 가출청소년의 증가와 관련이 깊다. 불황의 깊은 그늘이 밝고 건강하게 자라야 할 청소년들마저 집 밖으로 내몰고 있는 것이다.

경찰청에 '가출 신고가 접수'된 '십대' 청소년의 수는 2012년 기준 2만 8,996명인데, 이 중 가출소녀의 수는 1만 6,945명으로 소년들보다 약 1.5배가 많다고 한다. 문제는 이들이 성매매의 유혹에 노출될 위험이 너무 크다는 데 있다. 당장 잠잘 곳조차 없는 상황에서 아이들이 돈벌이를 위해 할 수 있는 일이란 절도 아니면 성매매밖에 없기 때문이다. 잠자리와 먹을 것을 마련하기 위해 어쩔 수 없이 성매매를 선택한 소녀들은 자신들이 무얼 하는지도 모르는 채 어두운 비행세계에 발을 담그게 되고, 그 속에서 빠져 나오지 못한 채 시들어간다. 내일을 꿈꿔야 할 아이들이 오늘의 밥과 잠자리를 위해 하루살이 같은 삶을 살고 있는 것이다.

이는 전적으로 우리 사회와 어른들이 해결해야 할 과제이다. 우리 사회의 물질만능주의와 몰상식한 어른들의 비뚤어진 욕망이 아이들을 밤거리로 불러들이고 있기 때문이다. 이들은 자신들의 이득을 위해 아이들을 이용하거나 물정 모르는 어린 소녀들을 주점이나 티켓다방, 보도방 등 성인 업소의 유흥 접대부로 고용하여 성매매를 하게 만들고, 인터넷사이트의 '조건 만남'(일명 '원조교제') 등을 통해 성매매 행위로 손쉽게 돈을 벌 수 있다며 유인한다. 이는 아이들의 삶을 돌이킬 수 없는 나락으로 떨어뜨릴 뿐만 아니라 다음 세대에 우리 사회를 이끌어가야 할 청소년들에게 정직하게 땀을 흘린 만큼 돈을 번다는 사회의 기본 원칙을 습득하지 못하게 한다는 점에서도 큰 해악이 아닐 수 없다.

소녀들을 유린하는 것은 어른들뿐만이 아니다. 비행소년들 중에는 유흥비를 마련하기 위해 여자아이들에게 성매매를 강요하여 돈을 받아 편취하기도 하고, 30만 원짜리 붙임머리 살 돈을 마련하기 위해 여중생을 납치하여 여관에서 성매매를 시킨 무서운 소녀들도 있었다.

어른들의 몰상식한 이기심과 부도덕이 그대로 비행소년들에게로 이어지고 있는 것이다. 이 먹이사슬에서 가장 큰 피해를 보는 이는 다름 아닌 소녀들이다. 사회와 가정의 보호 아래 성장해야 할 어린 소녀들이 삶의 가장 어두운 밑바닥에서 보아서는 안 될 것들을 보고, 해서는 안 될 경험들을 하고 있는 것이다.

1995년생인 수희는 특수절도죄로 2010년 3월 기소유예처분을 받은 것 외에는 다른 비행 내용으로 처분받은 기록이 전혀 없었는데, 마트에서 여성 의류를 절취하다 소년부로 송치되었다. 비행 내용이 경미하여 보호관찰을 조건으로 보호자에게 위탁하는 처분을 내려야 했지만 청소년비행예방센터의 상담조사서에는 어머니가 수희를 장기간(2년간) 소년원에 송치해주기를 원한다고 되어 있었다.

2011년 6월, 수희에 대한 심리가 진행되었다.

머리를 노랗게 염색하고 귀에 서너 개의 귀걸이 자국이 남아 있지만 아직도 볼살이 앳된 얼굴의 수희가 어머니와 함께 법정으로 들어왔다.

억장이 무너질 듯한 표정을 하고 있는 수희 어머니께 내가 물었다.

"어머니, 수희를 정말 소년원에 보내길 원하십니까?"

수희 어머니는 대답을 못하고 머뭇거렸다.

"어머니께서는 수희의 장래를 생각해서 잘못된 생활 태도를 개선시키기 위해 소년원에 보내기를 원하신다고는 하지만 수희가 스스로 잘못된 생활을 청산할 수 있다면 굳이 소년원에 보내지 않아도 됩니다. 소년원에서 아이들에게 검정고시나 기술 지도를 하여 자격증 취득을 유도하는 것은 맞습니다만, 본인이 원하지 않는데 갇힌 상태에서 강제적으로 공부를 가르쳤을 때의 효과는 미지수입니다. 또한 아직까지도 우리 사회는 전과자나 소년원 출신에 대한 시각이 좋지 않습니다. 소년원 출신이라는 꼬리표는 평생 숨겨야 할 비밀이 됩니다."

내 말을 듣고 나서도 수희 어머니는 아무 말도 못한 채 한숨만 내쉬었다. 그래서 이렇게 말한 뒤 재판을 연기했다.

"어머니께 생각할 시간을 드리겠습니다. 그리고 저희도 다른 대안을 좀 더 찾아보겠습니다. 일단 수희를 소년분류심사원에 위탁시키고, 3주 뒤 심리를 속행하겠습니다."

수희 어머니는 불만에 차서 쿵쿵거리며 걸어가는 수희 뒤를 따라 힘없이 법정을 나갔다.

한편, 국선보조인은 다음 심리가 열릴 때까지 딸을 포기해선 안 된다며 수희 어머니를 설득하였고, 마침내 어머니는 수희를 집으로 데려가기로 마음먹게 되었다. 그런데 3주 뒤 심리가 열렸을 때는 다시 수희를 소년원에 보내달라고 하는 것이 아닌가.

"굳이 수희를 소년원에 보내야겠다는 이유가 무엇입니까?"

내 물음에 수희 어머니는 길게 한숨을 쉬더니 힘없는 목소리로 다음과 같이 말하였다.

"수희 아버지는 수희가 네 살 되던 해에 집을 나가 여태껏 연락이 없고, 저는 식당 종업원 일을 하며 어렵게 생계를 꾸려가고 있습니다. 힘들지만 그래도 수희 하나 믿고 의지하며 살아왔는데, 수희가 중학교 2학년 때 갑자기 학교를 그만두고 가출을 해버리고 말았습니다. 그런데……."

수희 어머니는 차마 말을 잇지 못하고 머뭇거렸다. 그렇게 말을 할 듯하다 그만두고 다시 할 듯하다 그만두기를 몇 차례 반복하더니 마침내 한숨을 몰아쉬고는 말을 꺼냈다.

"얼마 전 경찰관이 수희를 데리고 집에 왔더라구요. 보도방을 불시에 단속했는데 미성년자인 수희가 적발되어 강제 귀가된 것이지요. 하늘이 무너지는 것 같았습니다. 아이가 집을 나간 후 원조교제와 성매매를 하고 살았다니……. 저것 하나만 믿고 살아왔는데……."

끊어질 듯 이어지는 수희 어머니의 말 속에서 그간의 신산스러운 삶과 마음고생이 눈물처럼 묻어나왔다.

"그런데 아이가 또 절도를 저지르는 것을 보고 이참에 버릇을 고쳐야겠다는 생각으로 지난번 재판에서 소년원에 보내주십사 하고 요청을 드렸던 것입니다. 하지만 판사님 말씀도 있고, 국선보조인께서도 설득을 하셔서 아이를 집으로 데려와 바르게 키워야겠다고 생각했는데……."

수희 어머니는 수희를 데려오기 전 아이가 건전하게 생활할 수 있는 환경을 만들고자 이것저것 노력을 했다고 한다. 그리고 각종 매체에서 본 정보를 통해 SNS가 윤락의 매개가 된다는 것을 알고 수희가 가입한 SNS를 해지하기로 했다. 그런데 해지하는 과정에서 우연히 딸의 휴대전화에 남겨진 채팅 기록들을 보게 된 수희 어머니는 까무러칠 정도로 놀라고 말았다. 대화 내용들이 16세 소녀의 것이라고 하기에는 너무도 선정적이고 노골적이었기 때문이었다. 어린 딸이 바닥까지 망가졌다는 것을 알게 된 어머니의 충격은 이루 말할 수 없었다. 그래서 수희를 순순히 집으로 데려왔다가는 다시 또 윤락의 길로 빠질 우려가 있다며 종전보다 더욱 강하게 소년원에 송치되기를 바라게 된 것이다. 도대체 어떤 내용이기에 어머니가 그토록 놀랐는지 알 수는 없었지만 대화 상대가 성 매수자인 것을 감안하면 짐작이 되고도 남았다.

나는 수희의 장래를 생각해서 부득불 보호처분 중에서 가장 무거운 10호처분을 내렸다. 처분이 내려지자 수희 어머니는 딸을 붙들고 한참을 울었다. 딸을 구할 수 있는 길이 소년원에 보내는 방법밖에 없다는 것이 어머니로서 얼마나 마음 아픈 선택이었을지 생각하니 가슴이 아려왔다.

"수희야, 어머니는 너를 미워하시는 게 아니야. 진정으로 너를 사랑해서 이러시는 거다. 그 마음을 알겠어?"

수희는 울면서 고개를 끄덕였다.

"소년원에 있으면서 열심히 공부하고 기술을 익혀라. 조금 갑갑하더라도 어머니의 눈물을 생각하면서 잘 견뎌야 해. 그리고 다시는 그런 짓을 하면 안 된다. 넌 앞으로 예쁜 아가씨가 되어 사랑하는 사람을 만나 결혼을 하고 예쁜 아기도 낳아야 할 소중한 사람이야."

어머니의 애달픈 사랑을 깊이 헤아릴 수 있었는지는 몰라도 수희는 순순히 10호처분을 받아들였다.

지금쯤 소년원에서 나왔을 수희를 생각하면 아직도 안타까운 마음을 금할 수 없다. 수희를 그토록 망가뜨린 것은 수희 본인의 잘못도 일부 있겠지만 어린 소녀를 성적 대상으로 이용한 추악한 어른들의 죄가 없다고 말할 수 있을까?

오늘도 유흥가는 휘황한 불을 밝히고 아이들을 밤거리로 유혹하고 있다. 저 불빛 안에 어린 소년 소녀들이 또 얼마나 있을지, 그들을 어떻게 하면 나이에 맞게 건전하고 밝은 생활로 돌려보낼 수 있을지 답 없는 숙제를 잔뜩 껴안고 있는 기분이다.

이 땅의 아버지들에게, 그리고 아버지가 될 분들에게 감히 부탁드린다. 수희 같은 어린 소녀들을 보면 단 한 번만이라도 내 딸, 내 여동생이라고 생각해보시도록. 또 그들이 장차 어머니가 되어 이 땅에서 태어날 아이들을 낳고 양육하게 될 미래의 어머니라는 것을 잊지 마시기를.

무엇이든 최고가 되어라

더글러스 맬록

언덕 위의 소나무가 될 수 없다면
골짜기의 관목이 되어라. 그러나
시냇가의 제일 좋은 관목이 되어라.
나무가 될 수 없다면 덤불이 되어라.

덤불이 될 수 없다면 한 포기 풀이 되어라.
그래서 어떤 고속도로를 더욱 즐겁게 만들어라.
모두가 다 선장이 될 수는 없는 법, 선원도 있어야 한다.
누구에게나 여기서 할 일은 있다.

고속도로가 될 수 없다면 오솔길이 되어라.
태양이 될 수 없다면 별이 되어라.
네가 이기고 지는 것은 크기에 달려 있지 않다.
무엇이든 최고가 되어라!

『축복』, 장영희 역, 비채

친구야, 힘내라

올해 들어 판사 생활을 한 지 어언 19년 차에 들어선다. 법정에서다 보면 다양한 사람들을 만나기 마련이지만 동창생이나 내가 자란 마을 사람들처럼 특별한 관계가 있는 사람들과 마주할 때면 어쩔 수 없이 곤혹스러운 기분을 느끼게 된다.

언젠가 한 번은 동창생 부부의 이혼 사건을 담당하기도 했다. 가사사건을 담당할 때였는데 협의이혼법정에서 사건을 호명하니 고등학교 동창생 부부가 들어오는 게 아닌가. 순간 너무 당황해서 아무 말도 할 수가 없었다. 반갑다는 인사라도 건네고 싶었으나 법정이라는 공간의 특성상 그럴 수가 없어 꾹 참을 수밖에 없었다. 그런데 그 친구가 느닷없이 "종호야, 네 앞에 서게 되어서 미안하다."라고 하는 것이었다. 하지만 나는 그 말에 대꾸를 할 수가 없었다. 보통의 경우라면 "아니, 그런 말 하지 마라."라고 해야 자연스러울 것이나 우리가 서 있는 곳이 법정이라는 것이 먼저 의식이 된 나는 어색한 얼굴로 이렇게 말해야 했다.

"선생님, 여기는 법정이니 경어를 사용해주시면 좋겠어요."

그런 다음 서둘러 협의이혼절차를 마쳐주었다. 내가 친구로서 배려할 수 있는 것은 그것밖에 없었기 때문이다. 그런데 재판을 마치고 사무실로 돌아오는 동안 나도 모르게 설핏 웃음이 났다. 살다 보면 피하고 싶어도 여러 가지 곤란한 상황과 부딪힐 때가 있지만 하필이면 친구의 이혼 사건을 담당하게 되다니. 나도 몹시 당황했지만 그 친구는 나를 본 순간 또 얼마나 당황스러웠을까를 생각하니 한 편의 시트콤 같은 상황에 나도 모르게 실소가 흘러나온 것이다.

이보다 더 곤란했던 때는 2005년에 형사단독법정에서 고시 공부를 함께했던 대학 선배를 만났을 때였다. 법관 생활을 하며 지인과 관련하여 가장 곤혹스러웠던 만남이기도 하다. 형사재판에서는 공소장 부본(副本)이 제출되므로 법정에 들어가기 전에 기소 내용을 검토할 수가 있다. 하지만 서로 개인적인 연락을 주고받는 관계가 아닌 이상 피고인과 나와의 관련성에 대해서는 크게 염두에 두지 않는 경향이 있는데, 그 이유는 공소장에 나타난 성명과 주민등록번호만으로는 내가 아는 사람인지를 식별하기가 쉽지 않기 때문이다.

그날도 여느 때와 같은 마음으로 법정에 들어가 재판을 진행하며 한 건 한 건 사건을 처리해 나가던 중이었다. 그런데 사건번호와 피고인을 호명하자 대학 선배가 초췌한 모습으로 수의를 입고 피고인석으로 걸어들어오는 게 아닌가. 친했던 선배와 이런 식으로 만나리라고는 꿈에도 생각지 못했던 나는 뜻밖의 광경에 충격을 받았다. 나는 잠시 거칠게 심호흡을 한 다음 재판을 진행해 나갔다. 그러다 어느 순간 이대로는 안 되겠다 싶어 법정 경위와 호송을 담당해온 구치소 직원들에게 양해를 구한 다음 법대 뒤의 법관 휴게실로 선배를 안내했다.

구치소 직원들에게 담배 한 개비를 빌려 선배에게 건네주자 선배는 떨리는 손으로 담배를 입에 물더니 길게 담배 연기를 뿜어냈다. 그러고는 한숨을 푹 쉬며 자신이 왜 이렇게까지 되었는지에 대해 간략하게 이야기해주었다. 선배는 황소같이 맑고 큰 눈을 껌뻑이며 여러 번 고시에 낙방하여 실의한 채 생활하던 중 화를 참지 못해 길거리에 세워진 기물들을 파손하다 여기에까지 이르게 되었다고 짧게 설명한 다음 천천히 담배를 피워 나갔다. 그 외에는 특별한 이야기를 하지 않았다. 나도 별다른 말을 할 수가 없어 묵묵히 선배의 얼굴만 바라보고 있었다.

함께 고시 공부를 하던 선배와 후배가 그토록 꿈꾸던 법정에서 재판장과 피고인의 모습으로 만났다는 것이 도저히 믿기지 않았다. 선배는 담배를 다 피운 뒤 다시 법정으로 들어갔고, 나 또한 편치 않은 마음으로 심리를 마쳤다. 선고 날 선배의 범행이 인명 피해가 없는 단순 기물손괴사건이었고, 선배에게는 범죄 전력이 전혀 없었기 때문에 벌금형으로 선배를 석방해주었다. 그 날 법정에 섰던 선배의 모습을 생각하면 아직도 마음이 불편하다. 그 후 따로 연락을 하지 않았기에 지금 어디에서 무엇을 하고 지내는지는 알 길이 없으나 다시는 그런 어색한 관계로 법정에서 마주치지 않기를, 어디에선가 행복하게 살아가고 있기를 바랄 뿐이다.

1979년에 초등학교를 졸업했으니 올해는 졸업한 지 꼭 36년째가 되는 해이다. 초등학교 시절 나는 물질적으로는 가난했지만 정신적으로 그만큼의 결핍은 느끼지 못했다. 수업에 필요한 준비물을 마련하지 못하거나 육성회비를 낼 수 없다는 수치심에 무단결석한 날도 있었고, 도시락을 준비하지 못해 수돗물로 허기를 채운 날도 있었다. 하지만 같은 어려움을 겪는 친구들이 곁에 있었고, 지질하다며 왕따를 당한 적도 없었기에 가난으로 인한 마음의 상처는 그리 깊지 않았다. 그래서인지 가끔씩 옛 친구들이 생각날 때가 있다.

학교에 가지 않은 날 누추한 집까지 찾아와준 한 친구가 보고 싶기도 하고, 다른 친구들이 어떻게 사는지 궁금하기도 하였으나 성격상 적극적으로 찾아 나서지는 못했다. 그러던 중 2013년 10월에 소년법정에서 한 친구를 만났다. 6년째 소년재판을 하다 보니 소년들의 부모 중에도 동창생이나 지인이 있는 경우가 간혹 있긴 했지만 초등학교 동창생을 법정에서 만난 것은 그때가 처음이었다.

여자 동창생인 그 친구는 아들인 희수의 비행 문제로 보호자로서 법정에 서게 되었다. 희수는 비행으로 2012년 1월에 1년간의 보호관찰을 조건으로 하는 보호처분을 받았으나, 준수사항을 제대로 지키지 못해 다시 재판을 받게 된 것이었다. 친구의 아들인 줄 몰랐는데 국선보조인이 재판 전에 희수의 어머니가 나의 초등학교 동창생이라며 이름을 알려주었다. 하지만 초등학교를 졸업한 지 많은 시간이 흘렀고, 그 친구를 기억할 만한 특별한 에피소드도 없었기에 초등학교 3학년 때 같은 반이었다고 하는 친구에 관해서 기억나는 게 아무것도 없었다. 오랜 세월이 지났음에도 나를 기억해주는 친구에게 미안한 마음이 들어 친구와 이야기를 나누는 심정으로 결정전조사서를 들여다보았다. 사실관계만 들어 있는 건조한 글임에도 친구의 눅진한 삶이 행간마다 녹아 있는 듯했다.

재판 날 그 친구와 희수가 법정으로 들어왔다. 혹시나 얼굴을 보면 기억이 날까도 싶었는데 세월이 오래 흐른 탓인지 친구의 얼굴은 처음 본 사람처럼 낯설기만 하였다. 재판을 하는 동안 친구는 아무런 말도 하지 않았으나 몸짓을 보니 불편해 하는 기색이 역력했다. 그런 친구를 보고 있으려니 반갑다는 인사조차 마음대로 할 수 없는 법정이라는 공간이 야속하게만 느껴졌다. 친구의 심정을 헤아려 최대한 조용하고 빠르게 재판을 진행하려 했으나 숙이고 있던 고개를 들 때마다 반짝이는, 친구의 커다랗고 둥근 눈에 맺혀 있는 눈물에 나는 할 말을 잃고 말았다. 그래서 희수에게 말을 건넸다.

"희수야, 네 어머니는 판사님의 초등학교 친구란다. 너의 비행으로 친구인 판사 앞에 서 있는 어머니의 심정이 어떻겠니? 40대 후반의 나이에 벌써 퇴행성관절염, 허리디스크, 위궤양 등 온갖 질병까지 앓고 있는 친구를 법정에서 보니 판사님도 마음이 영 편하지가 않아. 앞으로는 절대 비행을 저지르지 말거라. 더 이상 어머니의 눈에 눈물이 고이게 해서는 안 된다."

그런 다음 희수에게 '어머니 사랑합니다, 감사합니다.'를 열 번 외치게 하였다. 희수는 무릎을 꿇고 외치면서 눈물을 흘렸고, 묵묵히 고개 숙인 친구의 눈에서도 굵은 눈물이 뚝뚝 떨어졌다. 그 광경에 법정에 계신 분들은 함께 울었으나 나는 애써 눈물을 참았다.

희수에 대한 재판이 끝나고 며칠 뒤 국선보조인한테서 연락처를 얻어 친구에게 전화를 걸었다. 친구는 아들이 선처를 받은 것도 아닌데 통화하는 내내 나에게 존댓말을 쓰며 말끝마다 "고맙습니다.", "감사합니다."라고 하였다. 친구끼리 그러지 말라고 해도 막무가내였다. 동심으로 돌아가 유쾌하게 수다를 떨어야 할 친구들이 아들의 비행으로 인해 판사와 소년의 보호자라는 공식적인 관계에서 벗어나지 못하고 있다는 생각에 뭐라 말할 수 없는 안타까움이 밀려왔다. 전화를 끊은 뒤 나는 옛 시절을 떠올리며 마음속으로 이렇게 빌었다.

'친구야, 힘내라. 우리 어린 시절 참 많이 어려웠었지.
하지만 함께하는 친구들이 있어 이겨낼 수가 있었잖아.
이혼도 하고, 건강도 좋지 않은 너의 모습을 보니
험하게 살아왔을 네 모습이 떠올라 마음이 아프구나.
힘들어도 포기하지 마라. 어려운 일 있으면 전화도 하고.
친구야, 행복해라.'

매일 부처님께 기도하고 있습니다

2013년 9월 중순경 사무실로 웬 할머니 한 분이 전화를 했다. 대뜸 천종호 판사님을 찾는다고 하기에 내가 그이라고 하니 할머니께서 갑자기 "천종호 판사님 맞습니꺼? 아이고 판사님, 고맙습니더. 흑흑, 고맙습니더." 하며 우시는 게 아닌가.

느닷없는 사태에 당황한 나는 우선 할머니를 진정시킨 다음 어디 사는 누구시냐고 조심스레 여쭤보았다. 그러자 할머니는 경상도 어디에 사는 송희 할머니라고 하시면서 "소년원에 간 송희가 대학에 입학하게 되었습니더. 다 판사님 덕택입니더. 고맙습니더."라고 또다시 고맙다는 인사를 하셨다. 이게 다 무슨 일인가 싶어 송희라는 아이를 떠올려보려 했으나 도무지 기억이 희미했다. 그래서 왜 전화하셨는지 용건을 여쭸더니 송희 문제로 긴히 의논할 일이 있으니 만났으면 좋겠다고 하시기에 지금 있는 곳이 부산인데 이쪽으로 오실 수 있겠느냐고 물었다. 그랬더니 당장이라도 오겠다고 하셔서 일단 만날 날을 정했다.

할머니와 통화를 끝낸 뒤 보관해두었던 사건 메모를 들추어보고 나서야 송희라는 아이를 기억해낼 수 있었다. 송희는 열네 살이던 2011년 10월에 나에게서 1년간의 보호관찰을 조건으로 보호자에게 돌려보내는 처분을 받았던 아이다. 비행 내용은 친구들과 공동하여 급우를 폭행한 것이었다. 송희는 아버지를 여읜 직후 고모가 있는 경기도 소재의 학교로 전학을 갔으나 학교생활에 잘 적응하지 못하고 몇몇 친구들과 무리를 지어 다니며 반 친구를 구타하는 등 이른바 문제 학생이 되었다. 그러다가 폭행 사건 이후 다시 할머니가 계신 고향으로 돌아왔기 때문에 내가 근무하고 있던 창원지방법원에서 재판을 받았던 것이다.

처분을 받은 이후에도 송희는 가출을 일삼는 등 보호처분에서 정한 준수사항을 제대로 지키지 않았다. 할머니는 그런 송희를 바로잡기 위해 대안학교에 맡겨보기도 하였으나 송희는 그곳에서 나오기 위해 고의로 사고를 치는 등 계속 방황을 하다가 결국 소년분류심사원에 위탁된 상태에서 2012년 5월에 보호처분변경신청 재판을 받기에 이르렀다. 당시 할머니는 격리가 가능한 곳에 송희를 보내 중학교만이라도 마치게 해줄 것을 희망했으나 기존 사건의 비행 내용이 비교적 경미한 데다, 그 이후로 준수사항만 위반하였을 뿐 별다른 비행을 저지른 바가 없었기에 송희를 소년원에 보내는 것은 적절치 않다고 판단되었다. 게다가 송희 또한 눈물을 흘리며 집으로 돌아가게 되면 앞으로는 학교도 성실하게 다니고 할머니에게도 잘하겠다고 맹세를 한 터라 송희에 대해 보호관찰기간을 2년으로 연장하는 것을 조건으로 청소년회복센터에 위탁하는 처분을 내렸다.

그러나 송희는 두 번째 처분에서 정한 준수사항마저도 제대로 지키지 않아 얼마 후 다시 소년분류심사원에 위탁되었고, 결국 2012년 10월에 보호처분변경신청 재판을 또다시 받게 되었다.

국선보조인은 송희에 대해 다음과 같은 의견을 제시하였다.

송희 부모님은 송희가 세 살 때 이혼하였습니다. 송희 아버지는 재혼하지 않고 송희를 키워오다 송희가 초등학교 6학년 때 심장병으로 돌아가셨습니다. 어머니가 늘 그리웠던 송희는 아버지가 돌아가신 뒤 어머니의 소재를 파악하기 위해 수시로 동사무소에 가서 등본을 떼어보기도 하고, 심지어 어머니를 찾아달라고 경찰서에 의뢰도 했었다고 합니다. (…중략…)

그런데 송희가 소년분류심사원에 위탁된 뒤 경찰서에서 국선보조인에게 송희 어머니가 딸을 찾는다는 연락이 왔습니다. 연락처를 얻은 국선보조인이 송희 어머니에게 전화하여 송희의 상황을 알려주자 어머니는 소년분류심사원으로 면회를 가겠다며 송희에게 자신의 얘기를 잘 해달라는 부탁을 했습니다. 송희 어머니는 송희를 낳고 8개월 무렵 교통사고를 당해 두 번 뇌수술을 하였으나 후유증으로 발음이 정확하지 않아 원만한 의사소통이 어려운 상태이고, 온전한 직장을 얻어 생활할 수 있는 능력도 되지 못하기에 송희를 돌볼 형편이 되지 않습니다. 송희 어머니는 면회를 다녀온 뒤 송희의 손과 얼굴이 자신을 많이 닮았다고 하였습니다. 송희는 얼굴도 몰랐던 어머니와 첫 만남을 가진 후 별다른 말을 하지 않고 어머니의 물음에 대답만 했을 뿐이라고 합니다. (…중략…)

송희 할머니는 어릴 적부터 송희가 원하는 것을 거의 모두 들어주다 보니 송희 아버지가 돌아가신 뒤부터는 송희를

전혀 통제할 수가 없었다고 합니다. 할머니께서 잘못을 나무라기도 하면 송희는 이를 순순히 받아들이기는커녕 오히려 할머니에게 욕을 하고 심지어 발로 할머니를 차거나 주먹으로 때리기까지 했다고 합니다. 어릴 적부터 어머니같이 송희를 돌봐준 고모에게도 마찬가지라고 합니다. 더구나 송희는 현재 사귀는 남자가 있어 집으로 돌아오게 된다면 임신이나 재비행을 할 가능성이 높습니다. 때문에 가족들은 송희가 소년원에 들어가 중학교 졸업장만이라도 취득할 수 있었으면 하는 바람이 간절합니다.

국선보조인의 의견을 들은 뒤 가족들에게 송희를 집에 데리고 가지 않겠느냐고 물었다. 그러자 송희 할머니는 눈길을 외면한 채 안 된다고 잘라 말했다. 하지만 송희 고모는 생각이 조금 다른 듯했다. 송희만 제대로 하면 다시 데려가 어떻게든 사람을 만들어 보겠다는 생각을 버리지 않고 있었다. 다만 송희가 제대로 따라줄지에 대한 확신이 없어 그런지 마음의 결정을 내리지 못한 채 갈팡질팡하고 있는 상태였다. 한편, 국선보조인과 가족들의 의견을 듣는 동안 송희는 울며불며 다시는 준수사항을 위반하지 않을 테니 집으로 돌려보내달라고 외치고 있었다.

송희의 생활 태도, 국선보조인과 가족들의 의견 등을 다 듣고 난 뒤 나는 고심 끝에 송희를 2년간 소년원에 보내기로 마음을 먹었다. 지금 송희에게는 절제된 생활을 통해 인성을 다듬는 한편

중졸 검정고시에 합격하는 것이 무엇보다 필요하다는 판단에 이르렀기 때문이다. 그래서 연유를 설명한 뒤 송희에 대하여 10호 처분을 내렸다.

처분이 내려지자 송희는 충격이 컸는지 엉엉 울면서 용서해 달라고 매달렸다. 하지만 이미 내려진 처분을 돌이킬 수는 없는 노릇이었다. 그런데 예상과 달리 송희 할머니와 고모의 표정이 썩 밝지가 않았다. 송희가 보다 강력한 통제 아래 마음을 다잡고 공부를 계속하기를 바라기는 했지만 막상 10호처분까지는 예상하지 못했는지 석연치 않다는 표정으로 고개를 저으며 법정 문을 나선 것이다.

송희 할머니가 부산가정법원 판사실로 나를 찾아온 것은 그로부터 꼭 1년 1개월이 흐른 뒤였다. 먼 곳까지 발걸음을 한 할머니에게 차를 한 잔 대접한 뒤 이야기를 나누었다.

할머니는 송희가 소년원에 간 지 1년 만에 고졸 검정고시에 합격하고 대학에 가기 위해 입학원서를 제출하였다고 하셨다. 이 말에 나는 적잖이 놀랐다. 무단결석과 비행으로 인해 중학교 졸업도 하지 못한 상태에서 소년원에 위탁되었는데, 그로부터 불과 1년 만에 고졸 검정고시에 합격해 대학에 입학하게 되었다고 하니 놀라지 않을 수가 없었던 것이다.

그래서 할머니에게 "송희가 중학교 졸업도 아니고 대학에 입학까지 하게 되었는데 무슨 문제가 있어 부산까지 찾아오셨습니까?" 하고 물었다. 그랬더니 할머니께서 말씀하시길 "송희가 조만간 소년원을 임시 퇴원하여 집으로 돌아온다고 합니더. 송희가 집으로 돌아오게 되면 내년에 대학에 들어갈 때까지 몇 개월간 어떤 생활을 할지 모릅니더. 그러니 판사님께서 소년원에 전화하셔서 임시 퇴원을 막아주이소. 송희는 좀 더 그곳에 있어야 됩니더."라고 하시는 게 아닌가.

재판 당시 할머니는 내가 손녀를 소년원에 보낸 것을 원망하는 눈치였다. 집으로 돌아오면 또다시 제멋대로 행동할까 두려워 '로뎀의 집'(여성들을 위한 쉼터) 같은 곳에서 학업을 마치기를 기대했던 할머니로서는 10호처분이 너무 과한 처사라고 생각되었던 것이다. 그런 할머니께서 이제는 손녀를 소년원에서 못 나오게 해달라고 여기까지 찾아오다니 세상일이란 역시 오래 두고 볼 일이란 생각이 들었다.

이야기를 나누다 보니 마침 점심시간인지라 일부러 먼 길 오신 할머니께 점심이나 대접해드릴 요량으로 함께 법원 근처의 단골 돼지국밥집으로 갔다. 그런데 할머니는 돼지국밥이 웬 거냐며 더 좋은 것을 대접할 테니 '좋은 데'로 가자고 하셨다. 그래서 나는 "법원 근처에서는 이 집의 돼지국밥이 제일 좋습니다."라고 대답한 뒤 국밥집으로 할머니를 안내했다.

이 국밥집은 평소 후덕한 주인 내외분의 배려도 있고 해서 청소년회복센터 운영자분들이나 그곳에서 생활하는 아이들과 자주 들르는 곳이다. 또 고시 공부하던 시절 형편상 영양가를 보충할 수 있는 것이 값싼 돼지국밥밖에 없어 처와 자주 찾곤 했었는데, 그런 추억 때문인지 돼지국밥은 지금까지 내가 가장 즐겨 먹는 음식 중 하나이다. 말하자면 내 인생의 '소울 푸드'인 셈이다.

어떻든 이렇게 해서 한때 나를 원망했던 여든 살의 할머니와 얼굴을 맞대고 앉아 뜨거운 국밥을 먹기 시작했다. 속이 더워지고 이마에 땀이 송글송글 맺히기 시작할 무렵, 할머니께서 지나가듯 말씀하셨다.

"송희가 지 아비가 살아 있을 초등학교 시절에는 공부도 열심히 하고 학교에서 상도 많이 탔습니더. 그런데 지 아비가 심장병으로 죽고 나자 갑자기 이상해지더라고예. 고모와 삼촌이 할 만큼 했는데도 도무지 말을 안 들었습니더. 그런데 판사님께서 소년원에 보내주셔서 송희가 이제는 대학에도 가게 되었습니더. 고맙습니더, 정말 고맙습니더."

식사를 하는 동안에도 할머니는 내게 계속 고맙다고 하셨다. 송희가 소년원에서 마음을 다잡고 공부를 한 것이 모두 내 덕이라는 듯 고맙다는 말을 하고 또 하는 할머니를 보자 면구스럽기도 하고 멋쩍기도 해서 "송희가 참 영리한 아이지요?"라고 맞장구를 쳐드리니 할머니께서 느닷없이 눈물을 보이시면서 이런 말씀을 하셨다.

"아입니더. 이게 다 판사님 덕택입니더. 세상에 판사님 같은 분은 절대로 없습니더. 저는 판사님 잘되시라고 매일 부처님께 기도하고 있습니더. 판사님, 오래오래 사이소."

이건 되로 주려다 말로 받은 격이었다. 분에 넘치는 할머니의 칭송에 나는 몸 둘 바를 모른 채 한바탕 "와하하" 하고 웃을 수밖에 없었다. 참척(慘慽)의 아픔을 겪은 할머니에게 송희는 눈에 넣어도 아프지 않은 애잔한 손녀였을 것이다. 그런 손녀가 잘못될까 봐 그사이 얼마나 가슴을 졸였기에 팔십 노령의 몸으로 여기까지 달려오고, 저리도 고맙다는 말을 거듭할까 생각하니 할머니의 마음이 이해가 되었다. 그래서 할머니께 송희 문제는 소년원에 한번 알아보겠다고 말씀드린 후 남은 국밥을 맛있게 먹었다.

식사를 마치고 헤어질 무렵 밥값을 계산하려고 하니 할머니께서 정색을 하며 내 팔을 잡았다.

"아이고 판사님, 저는 부자입니더. 제가 계산하겠습니더. 그리고 다음에는 맛있는 보리밥을 대접해드리겠습니더. 제가 보리밥 잘하는 데 알고 있습니더."

할머니의 구수한 말투와 보리밥이라는 말에 오랫동안 잊고 있었던 지난 시절이 생각나서 마음속으로 이렇게 말했다.

'그래요 좋습니다. 옛날에 장모님께서 보리밥 장사를 하셨는데 고시 공부할 때 그 꽁보리밥이 기가 막히게 맛있었거든요. 약속 꼭 지키세요, 할머니.'

일상다반사(日常茶飯事)라는 말이 있는데 나는 일생다반사(一生茶飯事)라고 하고 싶다. 인생사가 뭐 별거던가. 살기 위해 밥을 먹고, 정을 나누기 위해 차를 마시는 것. 그 외에 무엇이 더 필요하겠는가?

긍정적인 밥

함민복

시(詩) 한 편에 삼만 원이면
너무 박하다 싶다가도
쌀이 두 말인데 생각하면
금방 마음이 따뜻한 밥이 되네

시집 한 권에 삼천 원이면
든 공에 비해 헐하다 싶다가도
국밥이 한 그릇인데
내 시집이 국밥 한 그릇만큼
사람들 가슴을 따뜻하게 덥여줄 수 있을까
생각하면 아직 멀기만 하네

시집이 한 권 팔리면
내게 삼백 원이 돌아온다
박리다 싶다가도 굵은 소금이 한 됫박인데 생각하면
푸른 바다처럼 상할 마음 하나 없네

『모든 경계에는 꽃이 핀다』, 창비

울지 마, 할아버지

소년재판은 벌금이나 징역형 등 형법상의 형벌을 과하는 '소년형사재판'과 사회봉사를 명하거나 소년원에 보내는 처분을 내리는 '소년보호재판'으로 나뉜다. 소년보호재판을 통해 내려지는 '소년보호처분'은 그 종류가 열 가지인데, 앞서 언급했던 것처럼 그 중에서 가장 무거운 것이 2년간 소년원에 보내어지는 10호처분이다. 당연히 소년들로서는 오랜 시간 외부 세계와 단절되어 지내야 하는 10호처분을 가장 두려워하고 꺼릴 수밖에 없는데, 간혹 그것을 자청하는 소년들도 있다. 이는 자신이 저지른 잘못에 대해 응분의 대가를 받겠다는 결연한 각오에서 비롯된 것이기도 하지만 자기 힘으로 주변 환경을 바꿀 수 없는 소년들로서는 소년원이라는 격리된 공간을 통해 이전의 관계를 끊어내고 새로운 도약의 발판으로 삼을 수 있다는 점에서 바람직한 선택이 되기도 한다.

지난 5년 동안 내가 맡았던 소년재판 중에도 스스로 10호처분을 요청한 소년이 서너 명 있었다. 본인이 자청하기는 했으나 이들은 모두 비행 정도가 10호처분을 내려도 크게 과한 것이라고 볼 수 없는 경우였다. 그런데 비행 정도로 보아서는 그렇게 중한 처분을 내리기가 어려웠는데도 자발적으로 10호처분을 내려 달라는 요청을 받은 적이 딱 한 번 있었다. 그 요청이 너무나도 진지하여 거절하지 못하고 10호처분을 내리기는 하였으나 처분을 내리기 직전에 겪었던 마음의 혼란은 이루 말할 수가 없었다.

열다섯 살의 신희는 2013년 7월경 친구와 함께 길거리에서 아이들의 휴대전화 두 개를 빼앗고, 한 개는 훔쳤다는 이유로 소년재판을 받게 되었다. 기록에 나타난 신희의 비행 전력은 그것뿐이었다.

신희의 부모는 신희가 네 살 무렵 이혼했는데, 신희 아버지는 혼자 제주도에서 거주하며 신희로부터 연락이 오는 걸 꺼려하는 상태였고 신희 어머니는 이혼 후 연락이 두절된 지 이미 오래였다. 부모의 이혼으로 신희는 줄곧 조부모에 의해 양육되어왔는데, 중학교에 입학한 이후부터 학교생활에 적응하지 못하고 가출을 일삼으며 방황하다 출석 일수 미달로 중학교 2학년 때 학업유예까지 된 상황이었다.

부산청소년비행예방센터의 상담조사서에는 신희에 대한 처분 의견으로 보호관찰을 조건으로 보호자에게 돌려보낼 것이 제시되어 있었다. 그런데 조사 내용 중에 특이하게도 "신희의 아는 언니가 10호처분을 받은 적이 있는데, 이 때문에 그런지 신희가 소년원에 가는 것을 크게 두려워하지 않는다."라는 내용이 있었다. 하지만 상담조사서의 기록만으로는 그 말의 뜻이 분명하게 파악되지 않았다.

2014년 1월 신희에 대한 심리가 열렸다. 할아버지와 함께 법정으로 들어온 신희는 고개를 약간 돌리고 시선을 법정 바닥으로 향한 채 서서 인정신문을 마치고 자리에 앉았다. 신희의 윤기 없는 얼굴에서는 나이에 걸맞지 않은 우울함이 짙게 감돌고 있었다. 자포자기하는 마음이 그대로 묻어나는 듯했다. 반성의 기미가 느껴지지 않는 신희의 태도가 당돌해 보이기도 했지만 말을 별로 하지 않았기 때문에 신희의 심리 상태를 정확히 파악하기가 어려웠다. 그래서 이날 바로 처분을 내려서는 안 되겠다는 생각에 자신을 돌아볼 시간을 줄 겸해서 신희를 소년분류심사원에 임시위탁시켰다.

그런데 심리기일 전에 제출된 분류심사서를 보니 거기에는 신희에 대한 처분 의견으로 10호처분이 제시되어 있었다. 놀라지 않을 수가 없었다. 그동안 소년분류심사원에서 무슨 일이 있었기에 부산청소년비행예방센터의 의견과 정반대의 의견이 제시된단 말인가? 수수께끼 같은 과제를 안고 있는 기분이었다.

5주 만에 다시 신희를 법정에서 만났다. 신희 할아버지도 보호자로서 다시 법정에 출석해 있었다. 신희의 비행 내용은 매우 단순하고 신희가 비행 사실을 모두 인정하고 있어 비행 내용에 관해서는 물을 게 별로 없었다. 국선보조인의 의견까지 들은 다음 나는 신희에게 말했다.

“가정 형편상 집으로 돌려보내기는 어렵고, 상습적으로 가출해온 점으로 미루어볼 때 청소년회복센터에 보내면 가출할 가능성도 높으니, 부득불 6호처분 기관인 구세군 샐리홈에 보내려고 하는데 어떻게 생각하니?”

그러자 신희가 곧장 "그곳은 쉼터지요?" 하고 되물었다.

그래서 내가 "그래, 맞다."라고 하자 신희가 단호하게 말했다.

"쉼터는 싫습니다. 10호처분 해주십시오."

나는 10호처분이라는 말을 듣는 순간 움찔했다. 신희가 나를 시험해보려고 부러 꼼수를 쓰는 것 같지는 않았다. 하지만 당돌하게 말하는 모습으로 비춰볼 때 자칫 호락호락해 보였다가는 신희의 기를 꺾을 수가 없게 되고, 그렇게 되면 신희의 재비행 또한 막기가 어렵다는 생각이 뇌리를 스쳐 지나갔기 때문이었다. 신희의 진짜 의중이 어디에 있는지 알아야겠기에 엄중한 태도로 다시 물었다.

"정말로 10호처분을 원하느냐? 정말로 2년 동안 소년원에서 생활할 수가 있겠어?"

그러자 신희는 한 치의 주저함도 없이 "예, 10호처분 해주세요. 소년원에 다녀 온 이후에는 절대로 비행을 하지 않겠습니다. 맹세합니다."라고 또렷한 목소리로 대답하였다. 이렇게 말하는 신희에게서는 어떤 비장감마저 느껴졌다.

나는 신희의 단호한 대답에 대꾸할 말을 찾을 수가 없어 잠시 머뭇거렸다. 솔직하게 말하자면 조금은 두려웠다고 해야 할 것이다. 5년 동안 소년보호재판을 해왔지만 이런 경우는 처음이었기 때문이다.

'저 아이의 진심은 무엇일까? 정말 자신의 말처럼 바깥 세계와 담을 쌓고 새로운 생활을 시작하려고 하는 것인가?'

짧은 시간이었지만 순간 입술이 살짝 떨릴 만큼 긴장이 되었다. 필요하다고 생각될 경우, 비행 내용과 관계없이 10호처분을 내린 경우가 전혀 없지는 않았지만 한 번도 쉽게 결정한 적은 없었다. 아이의 미래가 걸린 일인 만큼 조사서나 여러 사람들의 의견을 참고한 끝에 내린 결정이었다. 그러나 신희의 경우는 본인의 의지가 그렇다는 것일 뿐, 10호처분을 내릴 만한 근거가 없어 더욱더 고민이 될 수밖에 없었다.

그럼에도 고심 끝에 결국에는 내가 물러서줘야겠다는 결론에 이르게 되었다. 신희가 이 정도로 단호하게 말하는 것을 보면 아주 굳은 결심을 했을 가능성이 크기에 법적인 판단 근거만을 내세우기보다는 아직 미성숙한 아이지만 그 아이의 의지를 존중해주는 것이 좋을 것 같았기 때문이다. 게다가 소년원은 소년들의 마음가짐 여하에 따라 눈에 띄는 성취를 이루기도 하는데 자발적으로 그런 결심을 한 신희에게는 소년원이 오히려 훌륭한 기회의 장이 될 수도 있다는 생각이 들기도 했다.

그래서 신희에게 이렇게 말했다.

"그래. 그렇다면 너의 의지를 믿고 판사님이 10호처분을 내리도록 하마. 대신 소년원에 가기 전에 그동안 보살펴주신 할아버지께 '사랑합니다.', '감사합니다.' 하고 말씀드려라."

신희가 이번에 재판을 받으러 오게 된 것은 순전히 할아버지 때문이라고 해도 과언이 아니다. 할아버지가 아니었으면 상습적으로 가출을 해왔던 신희는 아이들 말로 '재판을 째고' 아직도 거리에서 방황하고 있을 터였다. 신희 할아버지는 재판이 끝날 때까지 먼발치에서 아무런 말도 하지 않은 채 때로는 한숨 지으며,

때로는 애틋한 표정으로 신희를 바라보고만 있었다. 그러다가 신희가 10호처분을 내려달라고 말할 때는 안달이 나서 무언가 얘기를 하고 싶어하는 듯했지만 차마 입 밖으로 내뱉지 못한 채 속으로만 삼키고 있는 눈치였다.

그런 할아버지를 향해 신희는 차가운 법정 바닥에 꿇어앉아 흐느끼며 조용히 외쳤다.

"할아버지 사랑합니다, 감사합니다."

비록 부모에게는 버림을 받았지만 조부모의 따스한 보살핌이 있었기에 그나마 신희가 지금껏 버텨올 수 있었는지도 모른다. 할아버지는 신희에게 아버지 같은 존재이자 자신의 잘못과 실수마저 너그럽게 품어주는 마을 앞산의 큰 바위 같은 분이었을 것이다.

울음에 묻혀 끊어질 듯 이어지는 신희의 가녀린 외침을 듣고만 있는 것이 괴로웠던 듯 어느새 곁으로 다가온 할아버지가 가만히 신희의 손을 잡았다. 손녀의 손을 잡고 있는 신희 할아버지의 눈에서는 굵고 뜨거운 눈물이 조용히 흘러내리고 있었다. 눈물을 닦을 생각도 하지 못한 채 할 말을 잃고 망연자실 서 있는 할아버지를 대신해 신희가 입을 열었다.

"울지 마, 할아버지."

이 말에 법정에 있던 사람들 모두 가슴이 먹먹해졌다. 바라보는 사람들의 마음이 이러할진대 부모 없이 자란 가여운 손녀를 바라보는 할아버지의 심정이야 오죽했겠는가.

나도 호흡을 겨우 고른 다음 신희에게 말했다.

"신희야, 소년원 생활을 열심히 하면 2년 다 채우지 않고 집으로 돌아올 수가 있다. 거기에서 검정고시에 합격도 하고, 미용자격증도 따거라. 그래서 하고 싶은 타투도 하고 일본 유학도 가거라. 그리고 소년원에서 나오게 되면 꼭 연락해라. 돈이 필요하면 훔치지 말고 판사님께 전화하고. 힘내라, 신희야."

울면서 돌아 나가는 신희를 보는 내 마음은 편치 않았다. 이 어린 것이 소년원 생활을 잘 견뎌줄지 자신이 없었다. 그곳에 가서 지금 자신이 마음먹은 대로 인생에 좋은 전기를 마련하길 희망할 수밖에 없었다.

그러나 재판이 끝난 지 시간이 꽤 흘렀음에도 신희가 굳이 소년원에 가려고 한 이유에 대해 상념이 끊이질 않았다. 대충 그 이유를 짐작할 수는 있었지만 확신은 할 수가 없었기 때문이다.

그러던 어느 날 소년원에 간 신희에게서 반가운 편지 한 통이 날아들었다. 거기에는 신희가 왜 굳이 소년원을 선택했는지, 또 10호처분을 내려준 나에 대해 어떤 마음을 가지고 있는지 자세히 적혀 있었다.

천종호 판사님께

판사님, 저 기억하십니까? 1월 24일 금요일 임시위탁 5주를 받고 5주 동안 부산소년분류심사원에서 생활을 한 후 2월 28일 10호처분을 받은 신희입니다.

솔직히 말하자면 어느 정도는 예상은 했었습니다. 그리고 판사님이 저에게 할 말까지 말입니다. 1월 24일 판사님이 저에게 주신 한 번의 기회, 하지만 저는 위탁 생활을 잘하진 못했습니다. 그렇다고 해서 '어짜피 10호 받을 텐데.'라는 생각으로 생활하진 않았습니다. 길다면 길고 짧다면 짧은 기간 동안 안에서 많은 생각을 했습니다. 제가 앞으로 무엇을 할지 등에 대해서 말입니다. 그리고 최대한 현실적으로 생각했습니다.

2월 28일 제 심리 당일 판사님은 저에게 이렇게 물어보셨습니다. "6호처분 기관인 구세군 샐리홈에 보내려고 하는데 어떻게 생각하니?"라고 말입니다. 하지만 전 싫다고 거절했습니다. 쉼터 처분 받고 도망가서 다시 위탁을 온 학생들을 많이 보았기 때문입니다. 쉼터에는 외출도 있고, 그러다 보니 눈앞의 유혹들에 홀려버린 것입니다. 차라리 그럴 바엔 10호를 가서 자신의 태도에 대해 반성도 하며 1~2년 뒤 사회로 화려하게 복귀하는 게 더 현실적이고 효과적이라 생각했기 때문입니다.

안양소년원에 있는 동안 학교에서 다 못 했던 공부 열심히 해서 이곳에서 고입, 고졸 검정고시 모두 합격할 계획입니다. 중학교 2학년까지 다녔고 솔직히 공부도 꽤 하는 편이라 고입은 무리 없을 것이라 생각됩니다. 고졸은 좀 힘들 것도 같지만 노력해서 따보도록 하겠습니다.

그리고 저는 헤어디자이너과에 가서 헤어자격증도 딸 것입니다.

판사님이 10호 보내주신 것 감사하게 생각하고 있습니다.

2년이라는 시간 헛되게 보내지 않겠습니다. 판사님이 "거기에서 검정고시에 합격도 하고, 미용자격증도 따거라. 그래서 하고 싶은 타투도 하고 일본 유학도 가거라."라고 하신 말씀 잊지 않고 제 꿈을 위해서라도 열심히 생활하고 남부끄럽지 않게 당당하게 나오겠습니다. 그리고 "돈이 필요하면 훔치지 말고 판사님께 전화하고."라는 말씀, 아직도 전 그 말이 잊혀지지 않습니다. 빈말이든 빈말이 아니든 이때까지 저에게 그렇게 말해주신 분은 아무도 없었습니다. 오직 판사님뿐입니다.

판사님, 정말 존경하고 감사합니다. 그날 재판장에서 판사님과 제 할아버지께 한 약속 꼭 지키겠습니다. 다시는 범죄 저지르지 않고 두 번 다시는 이번 같은 일로 재판장에서는 일 없도록 하겠습니다. 그리고 소년원 나온 후 꼭 할아버지, 할머니께 효도하겠습니다. 판사님, 감사합니다. 그리고 믿어주셔서 더 감사드립니다. 꼭 그 믿음에 보답하겠습니다. 또 기회가 된다면 판사님께 편지도 자주 쓰겠습니다. 그럼 안녕히 계세요.

안양소년원에서 신희

편지를 다 읽고 난 다음 나는 안도의 한숨을 길게 내쉬었다. 신희가 생각보다 소년원에서 생활을 잘하고 있고, 또 적어도 지금 정도라면 재비행은 염려하지 않아도 되겠다는 생각이 들었기 때문이다.

그런데 편지에서 가장 의외였던 것은 '돈이 필요하면 훔치지 말고 판사님께 전화하라'는 말에 신희가 감동을 받았다는 것이다. 솔직히 나는 아버지 없이 자란 신희가 가엾기도 하고, 또 소년원 출원 이후 신희가 혹 돈 때문에 재비행을 할까 싶어 안심시켜줄 요량으로 별 생각 없이 그런 말을 했었다. 그런데 신희가 그런 말을 난생처음 들었다고 하니 가슴 한구석이 저려왔다. 용돈이 궁한 탓도 있었겠지만 신희가 바란 것은 아버지의 정이 아니었을까 싶은 생각이 들었기 때문이다.

아버지가 엄마 몰래 슬그머니 쥐어주는 용돈을 한 번도 받아본 적이 없는 신희로서는 자상한 아버지의 사랑이 사무치게 그리웠을 것이다. 자신을 버린 아버지에게 연락을 한 것도 아마 그 때문이었으리라. 하나 있는 딸의 연락마저 귀찮게 여길 만큼 비정한 아버지였음에도 신희는 그런 아버지의 목소리라도 듣고 싶어 이따금 제주도로 전화를 하곤 했었다. 그런 신희를 생각하니 마음이 더 아팠다.

책의 출판과 방송 출연 이후 소년원이나 교도소에서 이따금씩 편지가 온다. 성실하게 답장을 해주어야 하나 편지를 길게 쓸 형편이 되지 않아 내가 쓴 책을 사서 책의 여백에 짤막한 글을 쓴 다음 답장 대신 보내주고 있다. 신희에게도 답장 대신으로 내가 쓴 책을 보내주었다. 책 속에는 법정에서의 약속을 지키겠다는 의미로 용돈도 조금 넣어두었다.

이후 나는 기회가 될 때마다 신희에게 돈을 보내준다. 약속은

반드시 지켜야 한다는 것을 보여주기 위해서이다. 또 소년원에 있는 동안은 돈을 쓸 수가 없지만 신희가 소년원에서 퇴원했을 때 그 돈이 비행에서 벗어나게 하는 종잣돈이 되기를 바라는 마음에서이다. 최근 신희가 고입 검정고시에 합격하였다며 감사하다는 편지를 보내왔다. 하지만 감사해야 할 사람은 오히려 나다.

어려운 환경에도 불구하고 자신의 꿈을 향해 힘찬 발걸음을 내딛는 신희가 대견하고 고맙기만 하다. 그래서 지금 이 순간 또 다시 신희에게 약속한다.

'신희야, 용돈이 필요하면 언제든 연락해라. 사랑한다, 신희야.'

언제쯤 철들 거야

창원지방법원에서 근무할 때의 일이다. 원조교제 등 성매매 경험이 있는 소녀들을 보호하는 쉼터의 관계자들을 만나 얘기를 나누던 중 참으로 믿기 어려운 이야기를 들은 적이 있다.

내용인즉슨 비행소녀들이 원조교제 등 성매매를 하다 보면 원치 않는 임신을 하는 경우가 종종 있는데 태아를 자연 유산시키기 위해 해롭다는 것을 알면서도 담배를 계속 피우거나 술을 마시는 소녀들이 있다는 것이다. 심지어 흡연과 음주로 인해 장애아가 태어나면 아이를 유기하거나 다른 곳에 입양을 시켜도 양심의 가책을 덜 받을 테니 그게 차라리 편할 것 같다고 말하는 소녀까지 있었다고 한다. 물론 극단적인 예이긴 하나 그들의 이야기에 나는 경악을 금치 못했다. 아무리 어리고 분별력이 없는 아이들의 이야기라고 하지만 생명, 그것도 자기 배 속에 든 아이의 생명을 어떻게 그리도 무시하고 아무런 책임감을 느끼지 않을 수가 있단 말인가? 도대체 어떤 경로를 통해 아이들이 그처럼 반인륜적이고 끔찍한 생각을 품게 되었는지 궁금하지 않을 수가 없었다.

태교는 동서고금을 막론하고 그 의미와 중요성이 강조되어왔고, 특히 우리 옛 조상들은 임신부가 지켜야 할 덕목을 조목조목 글로 적어 책으로 전할 만큼 태교를 중요시했다. 이는 한 아이를 잉태하는 순간 부모된 이의 마음가짐과 태도가 그 아이의 인성과 운명을 좌우한다고 믿었기 때문이다. 그래서 임신부는 몸가짐 마음가짐을 바르게 갖지 않으면 안 된다고 가르쳐왔고, 이러한 믿음은 현대 의학을 통해서도 익히 사실로 증명되고 있다.

그런데 비행소녀들이 임신하게 되는 것은 의도하지 않은 상태에서 이루어지는 경우가 많을 뿐더러 낙태에 대한 두려움이나 법적인 제약 또는 무지로 인해 원치 않는 출산을 해야 하는 경우가 비일비재하다. 문제는 소녀들이 임신 사실을 알고 나서 출산을 기다리는 동안에도 음주나 흡연을 그만두지 못하고, 앞에서 말한 바와 같이 유산이 되기를 기대하며 고의로 음주와 흡연을 한다는 것이다. 심지어 어떤 소녀들은 남자 친구와 성관계를 하거나 원조교제 등 성매매를 하기도 한다. 이런 상태다 보니 태아에게 제공되는 태내 환경은 최악일 수밖에 없다.

이 소녀들에게 훌륭한 태교까지 바란다는 것은 무리일지도 모르겠다. 그러나 최소한 생명을 경시하고 함부로 다루는 것만큼은 막아야 되겠다는 생각에 나는 임신한 소녀들을 법정에서 만나면 남다른 마음으로 다음과 같이 호소하곤 한다.

"제발 임신 기간인 열 달 동안만이라도 술, 담배, 성관계를 참아라. 태교를 잘못해서 장애아가 태어나거나 정신 심리적으로 문제가 있는 아이가 태어나게 되면 또 다른 사람들의 인생까지 불행해진다. 어차피 너희들이 키우지 못한다면 다른 사람에게 입양될 것이 아니냐. 그런데 외관상으로는 전혀 문제가 없어 보이던 아이가 유년기에 이르러 갑자기 이상해진다면 아이를 입양한 부모들은 얼마나 놀라고 마음이 아프겠니? 그리고 아이 자신은 또 얼마나 불행하겠어? 아이들이 입양되어가서 행복하게 잘 살기를 바라지 않느냐. 임신 기간 동안 태교를 잘하지 못하는 것은 또 다른 죄를 짓게 되는 것이니 힘들더라도 제발 임신한 기간 동안만은 참아야 한다."

이런 말에 소녀들이 얼마나 귀를 기울일지는 알 수가 없다. 그러나 몸소 키우든 입양을 보내든 소녀들이 출산한 그 아이들이 미래 우리 사회의 구성원이 될 것임은 자명하다. 미래에 우리 사회를 이끌고 갈 다음 세대가 잉태되는 순간부터 불건강한 환경에 노출된다면 이는 미래 사회를 위해서도 바람직한 일은 아닐 것이다.

2013년 10월 중순경 예람청소년회복센터장으로부터 연락이 왔다. 부산가정법원 소년3단독에서 2013년 9월 말에 위탁된 연옥이가 임신을 했다는 것이었다. 그래서 임신 사실을 모르고 위탁받았느냐고 물어보니 그 사실을 연옥이를 포함해서 아무도 몰랐다는 것이다. 센터로 데려왔는데 아무래도 몸이 이상해 보여 병원에 데리고 가니 임신 8개월째라고 해 센터장도 연옥이도 모두 충격을 받았다고 한다. 도대체 어떻게 그 시간이 되도록 임신 사실을 모를 수가 있는지 의아할 지경이었다. 그런데 더 큰 문제는 이전부터 계속 담배를 피워온 연옥이가 임신 사실을 알고서도 담배를 끊지 못하고 있다는 것이었다. 센터장이 아무리 말려도 몰래 담배를 피운다고 하였다. 임신 사실을 몰랐기 때문에 담배를 피워온 것은 이해해준다고 해도 알고 난 이후에도 금연을 하지 못한다는 것은 참으로 이해하기 어려운 일이다. 아무리 어리다지만 모성 본능이라는 게 있다고 믿고 싶은 나로서는 더욱이 그러했다. 게다가 연옥이는 그동안 가출팸에서 생활하며 상습적으로 절도를 하는 등 불안정한 생활을 계속해왔기에 태아의 상태가 염려스러웠다.

아무튼 그로 인해 연옥이는 센터에 위탁된 지 두 달째인 2013년 12월, 출산을 위해 미혼모보호시설에 입소하였고, 그동안의 무절제한 생활에도 얼마 후 다행히 건강한 여자아이를 출산하였다. 센터장으로부터 출산 연락을 받고 나서 연옥이와 아이의 건강도 궁금하고, 미혼모 시설이 어떤지도 볼 겸해서 산후 조리에 좋다는 호박 중탕을 가지고 시설을 방문했다.

시설의 규모는 그리 커 보이지 않았으나 내부는 깔끔했다. 먼저 시설장을 만나 이야기를 나누었다. 아니, 강의를 들었다고 하는 편이 더 맞는 표현일 것이다. 시설장의 말에 따르면 무절제한 생활의 영향 탓인지 태교를 잘못해 무뇌아를 출산한 사례도 있고, 어린 미혼모가 출산한 아이들 중에는 ADHD, 난독증, 발달장애 등을 겪는 아이들이 의외로 많다고 한다. 이는 함께 시설을 방문한 분들에게도 적잖은 충격을 안겨주었다.

시설장과의 짧은 만남을 뒤로하고 연옥이가 산후 조리를 하고 있는 방으로 올라가보았다. 아이 아빠가 누구인지 물어보니 연옥이는 가출팸에서 함께 생활하던 두 살 아래의 소년으로, 얼마 전 10호처분을 받아 소년원에 들어가 있다고 하였다. 아이 아빠는 소년원에 가 있고, 엄마인 어린 연옥이 혼자서 산후 조리를 하고 있는 모습을 보고 있으려니 측은한 한편, 이런 엄마 아빠를 믿고 덜컥 세상에 나온 아기의 앞날이 걱정되어 절로 한숨이 나왔다. 연옥이와 잠시 이런저런 이야기를 나눈 뒤 몸조리 잘하라는 말을 남기고 우리는 총총히 발걸음을 돌렸다.

그로부터 얼마 뒤 산후 조리를 무사히 마친 연옥이는 다시 예람청소년회복센터로 돌아왔다. 아이는 일단 보호시설에 맡겨두었다. 그런데 얼마간 센터 생활에 잘 적응하는가 싶었던 연옥이가 외출 제한 전화가 끝난 2014년 1월 3일 해산 급여 50만 원을 지급받자마자 그 돈을 들고 센터를 무단 이탈하였고, 이후 한 달 동안 돌아오지 않았다. 센터장의 설득 끝에 얼마 후 복귀하였으나 이미 구인장이 발부된 상태라서 어쩔 수 없이 다시 소년분류심사원에 위탁되었다가 나에게 재판을 받게 된 것이다.

2014년 3월 28일 연옥이에 대한 보호처분변경신청 재판이 열렸다. 법정에는 이모와 외삼촌이 출석해 있었다. 연옥이 어머니는 2010년 지병으로 사망했고, 아버지는 연옥이가 세 살 때 이혼한 뒤 연락이 끊어진 상태였다. 어머니와 함께 외가의 도움으로 살아오던 연옥이가 방황을 시작한 것은 어머니가 돌아가신 뒤부터라고 한다. 갑작스런 어머니의 죽음에 충격을 받고 학교를 자퇴한 뒤 가출하여 생활하다 지금과 같은 상황에 처하게 된 것이다.

연옥이는 아이를 키워보겠다고 하였으나 사정상 그럴 수 없음은 분명했다. 그런데 연옥이 어머니의 사망으로 미성년자인 연옥이에 대한 친권이 아버지에게 있었기 때문에 이제 막 출생한 아이를 입양시키려면 연옥이 아버지의 동의가 필요했다. 그러나 연옥이 아버지와 연락이 닿지 않아 출산 4개월이 지났음에도 아이는 아직 미혼모 시설에서 돌보고 있는 상태였다. 그러다 마침내 연옥이 이모와 외삼촌이 연옥이 아버지의 주소를 알아내었고, 아버지에게 연옥이의 사정을 호소하며 입양에 동의해달라고 부탁을 했다. 그런데 무슨 영문인지 그동안 아버지 노릇을 전혀 하지 않았던 연옥이 아버지가 동의를 해주지 않으려고 해 오랜 설득 끝에 겨우 동의를 받아냈다고 한다.

사건 관계자들의 의견을 들은 다음 나는 연옥이가 가출 성향이 짙고 센터에서 있었던 일도 있고 하여 처분 수위를 한 단계 높여 6호처분을 내리겠다고 하였다. 그런 다음 연옥이에게 "센터장님께 그동안 잘 보살펴주셔서 감사하다는 말을 하고 가거라." 라고 하였다. 연옥이는 시키는 대로 법정에 꿇어앉아 "센터장님, 감사합니다."를 열 번 외쳤다.

그런 연옥이의 모습이 안타까웠는지 센터장은 한걸음에 달려가 연옥이를 끌어안으며 "판사님, 제가 다시 데려가서 잘 지도하겠으니 연옥이게 한 번만 더 기회를 주십시오."라는 것이었다. 의외의 반응에 다소 놀랐지만 잠시 호흡을 가다듬은 나는 연옥이에 대해 센터에 다시 위탁하는 처분을 내렸다. 다음에 올 때는 반드시 10호처분을 내리겠다는 엄포를 하였으나, 내심으로는 센터에서 잘 생활하기를 기대하였다.

하지만 그 기대는 오래지 않아 무너졌다. 두 번째 쉼터에 위탁된 이후에도 연옥이의 생활 태도는 크게 나아지지 않았다. 오히려 함께 생활하는 아이를 폭행하고, 그 아이로부터 돈을 빼앗기도 하였다. 센터장이 2014년 4월 21일 보호처분변경신청서를 제출하러 법원에 오면서 연옥이를 데리고 왔기에 그날 바로 연옥이를 다시 소년분류심사원에 위탁하였다.

연옥이를 위탁하던 그날도 센터장은 나에게 이런 문자메시지를 보냈다.

"판사님, 너무 마음이 아파서 잠을 설쳤습니다. 어떻게 해야 사랑을 전할 수 있을까요?"

짤막한 문구였지만 연옥이가 잘되기를 바라는 센터장의 간절한 마음을 엿볼 수 있었다. 그로부터 며칠 뒤 센터장이 사무실을 방문하였다. 무슨 일로 오셨느냐고 물으니 연옥이 때문이라고 하며 연옥이가 소년분류심사원에서 센터장에게 보낸 편지를 보여주었다. 그러면서 다음과 같이 말하였다.

"판사님, 연옥이가 보낸 편지 때문에 밤새 한잠도 못 잤습니다. 이 편지를 읽고 나니 다시 아이를 받아들여야 할 것 같네요. 이번에 처분을 내리실 때 꼭 저희 센터로 보내주십시오."

연옥이의 편지는 깨알 같은 글씨로 A4용지의 앞뒷면이 빽빽하게 채워져 있어 읽기가 어려웠다. 절절한 사연을 담은 편지를 읽어내려 가다 보니 마음을 울리는 멋진 구절도 꽤 있었다. 하지만 그뿐이었다. 감동이 오래 가지 않고 금방 사라졌기 때문이다. 직감적으로 이 편지에 연옥이의 진정성이 담겨 있는지 확인해보아야겠다는 생각을 하지 않을 수가 없었다. 그 때문에 센터장이

"연옥이를 우리 센터로 보내주실 거죠?"라며 다시 물어오는데도 가타부타 대답할 수가 없었다. 그 뒤에도 센터장은 연옥이의 편지를 또 받았다며 자신에게 위탁해줄 것을 간곡히 부탁하였다. 하지만 나는 여전히 묵묵부답으로 일관할 수밖에 없었다.

아니나 다를까. 심리 전날 소년분류심사원에서 제출한 분류심사서를 통해 연옥이가 쓴 편지의 진정성 여부를 확인할 수 있었다.

"쉼터 선생님이 면회를 오면 잘 보여서 다시 쉼터로 돌아가고 싶다고 하면서도 쉼터에 있을 당시 자신의 행동에 대한 반성이나 위탁 생활을 성실히 하는 모습은 없다. 직원 앞에서는 힘든 표정을 지어 보이며 동정심을 유발하고자 하나 호실 내에서는 이중적인 모습을 보이는 생활 태도로 일관하고 있으며, 변화하고자 하는 의지도 없다. 연옥이는 '가장 걱정이 되는 것은 다시 10호처분을 받아 소년원에 가는 것이다.'라고 한다."

이 부분을 읽는 순간 연옥이의 편지에서 진정성을 느끼지 못했던 이유를 알게 되었다. 과유불급(過猶不及)이라는 말이 있다. 정도가 지나치면 목적한 바에 이를 수 없다는 뜻이다. 삶을 살아갈 때 항상 지표로 삼아야 할 귀중한 말인데 나는 소년재판을 하면서 이 말을 종종 활용한다. 소년들이 평균 수준 이상으로 미사여구를 동원하여 쓴 반성문에 과장이 없는지 살필 때, 또 법정에서 "부모님 사랑합니다, 감사합니다."라고 외치는 소년들의 태도를 관찰할 때 나는 이 사자성어를 판단의 지표로 삼는다. 이때 표현이나 태도가 과장된 구석이 있다면 진심 어린 반성을 하지 않는 것으로 느껴지는데, 대부분 이 느낌이 들어맞을 때가 많다. 그래서 아이들을 대할 때 나는 '악어의 눈물'이 아니라 '진심 어린 눈물'을 기대한다. 조금이라도 거짓이 있다고 판단되면 '부모님 사랑합니다, 감사합니다.'를 다시 외쳐보라고 하며, 진심을 끌어내고자 한다. 이때 정신을 차리고 자신의 진심을 보여주는 소년들도 있는가 하면 나의 의도를 알아차리지 못하고 계속 같은 태도를 취하는 소년들도 있다. 그러한 소년들의 태도에 따라 처분의 수위도 바뀌지 않을 수가 없다. 진심으로 반성해도 재비행을 막기가 어려운데 법정에서조차 거짓된 태도를 보이는 아이에게 개선의 가능성을 기대하기는 어렵기 때문이다.

예정했던 대로 2014년 5월 23일 연옥이에 대한 보호처분변경신청 재판의 심리가 열렸다. 나는 법정에 선 연옥이에게 소년분류심사서 내용을 읽어준 다음 법정이 떠나가라 호통을 치면서 말했다.

"연옥아, 그렇게 아픔을 겪고도 아직도 철이 안 들었어? 언제쯤 철들 거야. 센터장님의 간곡한 부탁도 있고 해서 다시 센터로 돌려보내려고 생각했는데 소년분류심사원에서의 생활 태도를 보니 도저히 그럴 수가 없구나. 네 속에 도대체 뭐가 들어 있는 거야? 판사님은 이런 이중적 태도는 절대 용납 못해."

그런 뒤 나는 연옥이에게 2년간 소년원에 보내는 10호처분을 내렸다. 소년분류심사원의 의견도 같았다. 예상치 못한 처분을 받은 연옥이는 울면서 법정을 나갔다. 그런 연옥이를 바라보는 내 마음 또한 편할 리가 없었다. 2년간의 소년원 생활이 만만치는 않을 것이다. 하지만 마음의 아픔도 추스르고 새로운 미래를 위한 도약의 시간이 되기를 소망한다.

시간은 흐른다

10호처분을 받은 소녀의 시

오늘도 한 아이는
떨리는 마음으로
재판에 참석했다
지난날의 후회 그칠 줄 모르는 눈물
진심어린 고백을 눈물로 말한다
그걸 아는지 모르는지
오늘도 시간은 흐른다

오늘도 부모님은
찢어지는 마음으로
재판에 참석했다
밀려오는 후회 깊어지는 한숨
지난날을 가슴에 묻고 고개를 떨군다
그걸 아는지 모르는지
오늘도 시간은 흐른다

오늘도 판사님은
안타까운 마음으로
재판장에 섰다
때로는 호통으로 때로는 다정하게

한 아이를 구하기 위해 어김없이 달린다
그걸 아는지 모르는지
오늘도 시간은 흐른다

판사님 때문에 배고파도 참았어요

재판을 받아야 하는 사람, 즉 재판 당사자(원고, 피고, 피고인 등)와 판사의 관계도 일종의 사회적 관계다. 하지만 그 관계에는 다른 사회적 관계에서는 볼 수 없는 특징이 존재한다. 첫 번째 특징은 그 관계가 사건과 관련해서만 맺어지기 때문에 사람 대 사람으로서 전인격을 걸고 만날 수가 없다는 것이고, 두 번째 특징은 사건이 종결됨과 동시에 그 관계 또한 종결되는 일시성을 가진다는 것이며, 세 번째는 재판 자체가 승패나 죄의 유무를 전제로 하기 때문에 패한 당사자나 유죄 판결을 받은 피고인에게는 썩 좋지 못한 인상으로 남게 된다는 것이 바로 그것이다. 이처럼 제한된 관계지만 국민으로부터 재판권을 부여받은 판사는 주권자로서 국민의 한 사람인 재판 당사자와의 관계를 소중히 해야 한다. 그가 비록 반사회적인 행위를 저지른 범죄자라 하더라도 인간으로서 가장 기본적인 권리라 할 수 있는 인권이 무시되어서는 안 되기 때문이다.

보호소년과 소년부 판사와의 관계도 기본적으로는 일반 재판으로 인한 관계와 큰 차이가 없다고 할 수가 있다. 하지만 일반 형사재판 절차와는 달리 소년재판은 그 관계가 일회적이지 않다. 비행을 저지른 소년에게 그에 마땅한 처분을 내렸다고 해서 보호소년과 판사의 관계가 종료되는 것이 아니라 결정의 집행 상황을 감독하고 처분을 변경할 권한이 판사에게 있기 때문이다.

처분을 내린 이후 소년부 판사가 어떻게 하느냐에 따라 비행 소년들의 교정이나 복지 향상에 크게 기여할 수도 있다. 최근 사법부가 소년사건을 담당하는 가정법원의 '후견적 · 복지적 기능'을 강화하려는 것도 바로 이 때문이다. 후견적 · 복지적 기능이란 결국 잘 지켜보고 잘 보살펴주어야 한다는 뜻이다. 소년재판부가 이러한 기능을 충실히 이행하려면 법정에서뿐만 아니라 법정 밖에서도 소년들과 지속적으로 소통할 수 있어야 한다. 나는 오히려 시공간의 제약을 받는 법정보다는 처분 이후 법정 밖에서 이루어지는 소년들과의 소통이 아이들의 교정이나 재비행 예방에 더 큰 역할을 한다고 생각한다. 그래서 처분이 내려진 이후에도 관계의 끈을 놓지 않고 기회가 주어지는 대로 소통하며, 아이들이 올바르게 자라는 데 도움이 될 만한 일은 무엇이든지 하려고 한다.

하지만 모든 소년들과 소통할 수는 없다. 재판 이후 소년들이 판사에게 연락을 하는 경우는 매우 드문 데다가, 특별한 계기가 없는 한 소년부 판사가 적극적으로 소년들과 소통하기 위해 그들을 일일이 찾아다닐 수는 없기 때문이다. 소년들과 소통이 이루어지는 경우는 대부분 소년들이 먼저 나에게 편지를 쓰거나 자발적으로 찾아오는 등 특별한 계기가 있어야 한다. 다만, 예외적으로 청소년회복센터나 소년원과 같은 위탁시설에 있는 소년들의 경우에는 정기적으로 그곳을 방문하거나, 그곳에 위탁된 소년들과 함께 야구나 오페라를 관람하는 등 마음먹기에 따라 어느 정도 소통의 시간을 가질 수가 있다. 사실 소년들이 자기를 재판한 판사 사무실의 문을 두드리거나 자발적으로 판사에게 편지를 쓴다는 것은 여간 큰맘을 먹지 않으면 안 되는 일이다. 그러기에 그러한 소년들에게는 정성을 다해서 대접하고 도움이 필요할 때는 적극적으로 손을 내밀어야만 한다.

소년보호재판을 한 지 어언 6년째, 그동안 수많은 아이들을 만났다. 그들 중에도 내게 편지를 보내거나 찾아와 도움을 요청한 소년들이 있었다. 대학에 합격했다며 찾아온 소년, 어려움에 직면해 도움을 요청하기 위해 찾아온 소년, 그냥 내가 보고 싶어서 왔다는 소년도 있었다. 그중에서 기억에 남는 소년들의 이야기를 몇 가지 소개한다.

❖❖❖

2014년 5월 창원지방법원에서 나에게 재판을 받았던 소년이 창원에서 부산까지 시외버스를 타고 찾아왔다. 전에 청소년회복센터에서도 생활한 적이 있는 소년이기에 반갑게 인사를 나누었다. 그런데 이야기하는 내내 소년이 검은 봉지를 손으로 꼭 움켜쥐고 있기에 궁금해서 그 안에 무엇이 들었는지 물어보았다. 그러자 수줍은 표정으로 소년이 열어 보인 검은 비닐봉지 안에는 알루미늄 포일에 싼 김밥 한 줄과 담배 한 갑이 들어 있었다. 순간 어이가 없었다.

"야! 판사님이 점심밥도 안 사줄까 봐 김밥을 사서 왔어?"

그러자 아이는 우물쭈물하며 아무런 대답도 하지 못했다. 그래서 내가 다시 물었다.

"김밥과 담배를 살 돈은 누구한테 받았니? 혹시 절도한 것은 아니겠지?"

그러자 소년이 자신 있게 말했다.

"아닙니다. 할머니께서 만 원을 주셨습니다. 왕복 차비를 빼고 담배 한 갑을 사고 나니 김밥 한 줄밖에 못 샀습니다."

아이의 대답에 가슴이 아려왔다. 나를 만나러 여기까지 오면서도 식사 한 끼 대접받으리라는 계산도 하지 않고, 넉살좋게 "판사님, 점심 사주세요."라는 말을 꺼낼 생각도 하지 못한 채 점심끼니는 자신이 해결해야만 한다는 생각으로 김밥 한 줄을 사 들고 온 소년이 측은하게 생각되어 견딜 수가 없었다. 대접도 받아본 사람이 계속 받는 것처럼 누군가로부터 대접받아 본 경험이 없는 아이로서는 그런 기대나 계산 따위는 아예 안중에도 없었을 것이다. 그럼에도 구태여 나를 만나겠다고 여기까지 찾아온 소년에게 맛난 점심을 대접하고 싶었으나 원체 느닷없는 방문이었던 데다가 예정된 점심식사 자리에 함께 데리고 갈 형편이 되질 않아 부득불 그냥 돌려보낼 수밖에 없었다. 대신에 따뜻한 점심을 사먹으라며 소년에게 1만 원을 주었다. 넉넉하게 주고 싶었으나 본드 흡입으로 의료소년원에서 6개월 동안 생활했던 소년이라 필요 이상의 돈을 주면 혹시 딴짓을 할까 싶은 노파심에 그렇게 할 수가 없었다. 그리고 나서 소년에게 말했다.

"얘야, 그동안 재비행하지 않았다니 장하고 고맙다. 앞으로도 그렇게 해야 한다. 혹시 돈이 필요하면 판사님께 꼭 연락하고."

그 소년과는 그렇게 헤어졌다. 나와 헤어진 뒤 점심은 사먹었는지, 또 그 후엔 어찌 살고 있는지 가끔 소년의 얼굴이 떠오르곤 한다. 언젠가 만난다면 그 소년에게 꼭 맛있는 점심 한 끼 대접하고 싶다. 그래야 그 소년도 다른 누군가에게 대접하려는 마음을 가지고 살지 않겠는가.

❖❖❖

2014년 7월 전화가 한 통 걸려왔다.

"판사님, 저 미림인데 아시겠어요?"

익숙한 목소리에 나는 반가워서 얼른 대답했다.

"그래 알다마다. 어쩐 일이야?"

"부산에 볼일이 있어 왔는데 판사님 뵈러 가도 돼요?"

"그래, 좋지."

얼마 후 미림이가 "판사님!" 하고 사무실로 들어왔다. 너무도 반가웠다. 미림이는 2010년에 나에게 재판을 받아 청소년회복센터에서 생활한 적이 있는 아이였다.

"미림아, 잘 지냈니?"

"예, 저는 잘 지내고 있어요?"

"요즘 뭐 해?"

"대학교에 다니고 있어요. 유아교육과요."

미림이가 대학교에 다닌다는 말에 나는 적잖이 놀랐다. 왜냐

하면 미림이는 청소년회복센터에 위탁될 당시 중학교를 유예한 상태였는데, 센터에 위탁된 이후 고입 검정고시를 치기 위해 열심히 공부했으나 시험 당일 늦잠을 자느라 시험에 응시하지 못한 전력이 있는 아이였기 때문이다. 그런 미림이가 대학교엘 다 가다니 신기하고 놀라웠다. 이래서 자라는 아이를 두고 함부로 단언해서는 안 되는 것이다.

"아니, 어떻게 대학엘 들어갔어? 야 판사님, 너무 충격 먹었다."

내가 크게 놀라는 시늉을 하자 미림이가 환한 얼굴로 말했다.

"판사님, 1년 만에 고입과 고졸 검정고시에 모두 합격하고 원하는 학과에도 입학했어요. 열심히 공부해서 언젠가는 어린이집을 운영해볼 생각이에요."

당당하게 포부를 밝히는 미림이의 모습에서 예전의 그늘은 전혀 느껴지지 않았다. 그렇게 한 시간가량 미림이와 이런저런 이야기를 나누다 보니 어느새 헤어질 시간이 다가왔다. 헤어지기 직전 미림이가 내게 말했다.

"판사님께 삼계탕 끓여드려야 하는데 여기서는 그럴 수가 없네요, 크크. 언제 한번 진주로 오세요. 맛있는 삼계탕을 끓여드릴 테니까요."

"그래, 언제든지 먹으러 갈 테니 끓여만 놓아라."

미림이가 말하는 삼계탕이란 '삼양 라면에 계란을 넣고 끓인 것'을 말한다. 오래전 미림이가 청소년회복센터에서 지낼 때 그곳에서 함께 생활하던 아이들이 '삼계탕'을 끓여주어 맛있게 먹

37

은 일이 있었는데, 미림이도 그때의 일을 잊지 않고 있었나 보다.

미림이를 처음 만난 것은 5년 전으로. 당시 미림이는 고등학생 나이였음에도 중학교조차 마치지 못하고 있는 상태였다. 게다가 고입 검정고시 시험 당일 늦잠을 자느라 지각을 할 정도로 삶에 대한 의지가 부족했던 아이였다. 그런 아이가 이제 철이 들어 어엿한 사회의 구성원으로 살아가고자 애쓰고 있는 모습을 보니 마음이 더할 나위 없이 기쁘고 흐뭇했다. 기다려준다는 것이야말로 소년들에게 참으로 소중한 선물이라는 것을 새삼 깨닫게 된 시간이었다.

❖❖❖

2014년 9월 중순경의 일이다. 하루는 오전에 부산법원청사 안내 데스크에서 용학이라는 아이가 나를 만나고 싶다며 찾아왔다는 전화가 왔기에, 누구인지 기억은 잘 나지 않았지만 일단 사무실로 올려보내라고 하였다. 수많은 아이들을 법정에서 만나다 보니 모든 아이를 다 기억하기에는 한계가 있을 수밖에 없지만 얼굴을 보면 희미하게나마 기억이 떠오르기도 한다. 그런데 사무실로 찾아온 용학이를 보았으나 기억이 전혀 나질 않았다. 얼굴도 낯설었고 언제, 어떤 비행으로 재판을 받았는지, 가정 형편은 어떤지에 관해 아무런 기억이 떠오르질 않았다. 하는 수 없이 재판할 때 작성해두었던 메모지를 뒤졌다.

열아홉 살인 용학이는 절도죄 등으로 2013년 5월과 2014년 2월에 나에게서 재판을 받았고, 두 번째 재판에서 정신적인 문제가 있다는 보고서가 제출되었기에 6개월간 의료소년원에 보내어지는 7호처분을 받은 소년이었다. 용학이의 어머니는 용학이가 두 살 때 이혼하여 연락이 두절된 상태였고, 아버지는 1년 전부터 연락이 되지 않고 있어 용학이는 재판 당시 고모의 집에서 생활하고 있었다.

내가 용학이에게 물었다.

"소년원에서는 언제 나왔어?"

용학이가 어눌한 말투로 대답했다.

"얼마 전에 나왔어요."

"무슨 일이 있어서 찾아온 거야?"

"아니요, 판사님이 어려울 때 언제든지 찾아오라고 하셨잖아요. 그래서 왔어요."

용학이가 누구인지도 기억이 나질 않는데, 어려울 때 언제든지 찾아오라는 말을 한 것이 기억날 리가 없었다.

"그래? 판사님은 그 말이 잘 기억이 나지 않는구나. 일부러 그런 것이 아니니 이해해라. 그런 그렇고 지금도 고모님 댁에서 생활하고 있니?"

"아니요. 2주 전에 고모님 댁을 나왔어요. 고모님께서 신용카드를 주시며 심부름을 시키셨는데, 심부름을 가다가 그만 신용카드를 분실하고 말았어요. 그 때문에 겁이 나서 집에 들어갈 수가 없었어요."

"그럼 그동안 잠은 어디에서 잤어?"

"공원 벤치에서 생활했어요. 집을 나올 때 7만 원을 들고 있었는데 그동안 다 써버렸어요."

공원 벤치에서 한뎃잠을 잤다는 말에 마음이 싸했다. 아직 추운 계절이 아니라서 그나마 다행이긴 했으나 그간의 고생을 말해주듯 용학이의 얼굴은 춥고 고단해 보였다.

"그래? 그럼 아침은 먹었고?"

"아니요, 3일간 굶었어요. 배가 고팠지만 절도는 하지 않았어요. 다 판사님 때문이에요."

나 때문이라니. 용학이의 느닷없는 말에 어리둥절해서 물었다.

"아니, 내가 왜?"

"제가 의료소년원에 가게 되었을 때 판사님에 대한 원망을 아주 많이 했어요. 화가 나서 견딜 수가 없었어요. 그런데 거기에 있는 동안 판사님 책을 읽게 되었어요. 그 책을 읽고 저는 마음속으로 판사님께 새사람이 되겠다는 맹세를 했어요. 그 때문에 소년원 생활도 열심히 했고요. 고모님 댁을 나온 이후 7만 원으로 10일 동안을 버텼고, 돈이 다 떨어진 이후부터는 계속 굶었어요. 하지만 절도를 하지는 않았어요. 그 이유는 제가 판사님께 한 약속 때문이에요."

용학이의 말에 순간 가슴이 먹먹했다. 책 한 권을 읽고 그런 다짐을 했다는 것이 놀랍기도 했고, 그 마음의 약속을 지키기 위해 굶주림 속에서도 절도를 하지 않았다는 것이 대견하기도 했다. 또 그런 용학이야말로 누구보다 순수하고 맑은 심성을 지닌 소년이라는 생각이 들었다. 수만 권의 책을 읽어도 문장만 외운다면 그게 다 무슨 소용이겠는가. 마음을 다해 읽고, 그렇게 읽었기에 이 아이는 변할 수 있었던 것이다. 그런 용학이가 장하고 기특하게 여겨졌다.

"용학아, 그런데 오늘 판사님을 찾아온 이유가 뭐지?"

"판사님, 저는 고모님 댁에 다시 들어갈 수가 없습니다. 저를 수사한 경찰관을 찾아갔는데 안 계셨어요. 그래서 판사님께 왔습니다. 여기까지 오기 위해 밤새 걸었습니다. 그러니 판사님께서 제가 생활할 수 있는 쉼터(청소년회복센터를 지칭)를 찾아주세요. 제발 도와주세요."

용학이의 말에서 삶에 대한 의지와 절절함이 느껴졌다. 그러한 소년의 간절한 부탁을 어찌 거절하겠는가. 나는 그 자리에서 바로 2014년 9월에 개소한 반디청소년회복센터의 이상필 센터장에게 전화를 하였다. 하지만 센터장과 통화가 되지 않았다. 마냥 기다리고 있을 수가 없어 다시 어울림청소년회복센터의 이경우 센터장에게 전화를 하여 사정을 설명하며 용학이를 맡아달라고 부탁하였다. 조금 있으면 성년이 될 나이였기 때문에 부담이 될지도 몰랐으나 그 외에는 달리 방법이 없었다.

다행히 센터장이 용학이를 보살피겠다고 흔쾌히 답변해주었기에 안도의 한숨을 쉬었다. 그리고 나서 점심 약속이 되어 있던 지인들에게 양해를 구한 다음 용학이를 식사 자리에 동석시켰다. 우선 용학이에게 따듯한 밥이라도 먹여야겠다는 생각이 들었기 때문이다. 그런데 3일 동안 굶었다는 용학이가 식사를 제대로 하지 못했다. 그래서 눈치 보지 말고 많이 먹으라고 하니 용학이가 자신은 성격상 낯선 사람이 있으면 식사를 제대로 할 수가 없다고 하는 것이었다. 이 말에 다시 한 번 가슴이 아려왔다. 밥 한 끼 마음 편하게 먹지 못할 만큼 지나온 삶이 팍팍했단 말인가. 그런 생각을 하자 용학이가 너무 가엽고 안쓰러웠다.

식사를 마치고 용학이와 함께 다시 사무실로 돌아온 뒤 나는 용학이에게 그 아이가 전에 소년원에서 읽었다는 책을 선물하였다. 무엇보다 글 쓴 보람을 느끼게 해준 아이가 아닌가. 자신이 갖든 다른 사람에게 선물을 하든 그 책이 용학이에게 조금이나마 도움이 되길 빌었다. 그러는 사이 센터장이 왔기에 자초지종을 말한 다음 용학이를 잘 부탁한다고 하였다. 센터장은 걱정하지 말라며 용학이를 데리고 나갔다. 사무실을 나가는 용학이를 보며 부디 센터에서 잘 생활하여 자신의 다짐처럼 새사람이 되기를, 그가 그동안의 불행과 아픔을 말끔하게 씻어내고 행복하게 살아가기를 기원하였다.

"너희가 여기 내 형제 중에 지극히 작은 자 하나에게 한 것이 곧 내게 한 것이니라."

아이들은 아버지의 등을 보며 자란다

일본 속담 중에 "아이들은 아버지의 등을 보고 자란다."라는 말이 있다. 아이들은 아버지가 말하는 대로 자라는 게 아니라 아버지의 뒷모습, 다시 말해 감추고 싶지만 감춰지지 않는 태도나 행동을 보며 자란다는 뜻이다. 실제로 폭력 범죄를 저지르는 사람들 중에는 폭력적인 아버지 밑에서 자란 경우가 많다. 미국 사회학자들의 통계에 의하면 폭력적인 아버지 밑에서 자란 자녀의 70% 이상이 또다시 자신의 자녀에게 폭력을 휘두른다고 한다. 자라면서 아버지의 폭력에 상처받고 자신은 절대로 그런 아버지가 되지 않으리라 결심했던 아들이 어느 순간 아버지와 똑같은 사람이 되어 있는 것이다.

이러한 현상이 비단 폭력에만 해당되는 것은 아니다. 아버지의 알코올의존증이나 폭음 때문에 불행한 청소년기를 보낸 아들이 성인이 되어 아버지처럼 알코올의존증에 빠지는 예가 없지 않기 때문이다. 알코올의존자를 위한 치유 공동체인 '라파공동체'를 운영하는 윤성모 목사는 『중독과 치유』라는 책에서 알코올의존증에 대해 다음과 같이 말하고 있다.

> 알코올중독은 인생 전체를 황폐하게 만드는 치명적인 병이다. 일종의 정신병이며 인격병이다. (…중략…)

알코올중독은 옆의 사람도 중독시키는 못된 병이다. 알코올중독은 모든 인간관계를 파괴시키는 무서운 질병이다. 무엇보다도 먼저 가장 가깝고 가장 소중한 사람들과의 관계를 갈기갈기 찢어놓는 무서운 관계병이다. 알코올중독은 가족병이다. 가족 속에 그 병의 기원이 있다는 점에서 가족병이요, 가족들의 도움과 노력이 회복에 절대적으로 필요하다는 점에서 가족병이다. 또한 가족의 회복이 중독 치유의 목표라는 점에서 가족병이라 할 수 있다.(…중략…)

알코올중독은 대개 아내들이 그 희생 제물이 된다. 알코올중독자들과 똑같이 아내들의 마음속에서도 무기력의 독, 분노의 독, 좌절의 독, 절망의 독, 자기 연민의 독, 외로움과 고독의 독이 차곡차곡 쌓여간다. 어떤 이들은 그 독에 스스로 중독되어 시름시름 죽어가기도 한다.(…중략…)

중독자들이 아들을 심하게 대하는 경우가 종종 있다. 그것은 자기 자신에 대한 부정적 자아상을 아들들에게 투사하기 때문인 경우가 많다. '너만은 나처럼 되지 말아야 한다.'는 무의식적 갈구가 그런 폭력적 상황으로 연출되는 것이다. 나처럼 되지 않으려면 반듯하게 살아야 하는데 아들들의 모습에서 뭔가 부족한 면, 자기 마음에 들지 않는 면을 발견하게 될 때 그것을 마음에 담아두고 있다가 술을 마신 후에 폭력적으로 풀어버리는 것이다. 아들이 나처럼 될까 두려워하고 그 두려움이 폭력이 되어 '너만은 나처럼 되지 말라.'고 처절한 외침을 발하는 것이다.

열일곱 살의 도환이는 열 살 때인 2008년 절도 등을 시작으로 비행세계에 발을 들여놓았다. 도환이가 그처럼 어린 나이에 비행을 시작하게 된 이유에 관해 정확히 알 수는 없으나, 기록을 통해 짐작해보건대 아버지의 알코올의존증과 폭력이 중요한 요인으로 작용했던 것 같다.

기록에 따르면 도환이 아버지는 오래전부터 알코올의존증을 앓고 있었고, 그 치료를 위해 입원과 퇴원을 반복했다. 그런 과정에서 도환이 아버지는 가족들에게 자주 폭력을 행사했고, 아내와는 이미 이혼한 상태였다. 도환이 아버지의 폭력은 도환이와 그의 형에게도 나쁜 영향을 미쳤다. 특히, 아버지에게 맞은 분풀이를 자신에게 하는 형 때문에 도환이는 이중의 고통 속에서 지내야만 했다.

부모의 이혼으로 인한 스트레스에, 아버지와 형의 폭력까지 감당해야 했던 도환이의 마음에는 씻을 수 없는 상처가 깊게 자리 잡았고, 그 상처는 어린 도환이를 비행으로 끌어들였다. 그렇게 시작된 비행은 얼마 가지 않아 습벽이 되었고, 이는 미성숙한 아이의 의지만으로는 빠져 나올 수 없는 큰 구렁이었다. 비행의 주된 원인이 가족에게 있었던 것으로 볼 때, 이는 아버지의 좋지 않은 습벽이 아들에게 또 다른 형태로 대물림된 것이라고 해도 과히 틀린 말은 아닐 것이다. 한 아이에게 미치는 아버지의 영향력이 어느 정도인지 알 수 있게 해주는 대목이다. 그런데 이렇게 가족을 고통 속으로 몰아넣었던 도환이 아버지가 변화의 조짐을 보이기 시작했다. 도환이가 두드림청소년회복센터에서 생활하게 된 이후의 일로, 그렇게 되기까지에는 센터 운영자들의 노력 또한 적지 않았다.

도환이는 2013년 4월 친구들과 함께 절도를 저지르다 잡혀와 소년재판을 받고 두드림청소년회복센터에 위탁되었다. 양동헌 센터장은 도환이의 가족사를 알게 된 이후 할머니에게 도환이의 회복을 위해서는 아버지를 당장 입원시켜야 한다고 강력히 요구하였다. 손자가 계속 비행을 저지르는 배경에 아들의 알코올의존증이 있다는 것을 짐작하고 있던 도환이 할머니는 센터장의 의견을 받아들여 도환이 아버지를 장기간 정신병원에 입원시켰다. 그 결과 기적 같은 일이 일어났다. 도환이 아버지가 알코올의존증에서 벗어나기 시작한 것이다.

도환이가 센터에서 생활하고 있는 동안 도환이 아버지는 병원 치료를 끝마치고 집으로 왔고, 횟집에서 주방장으로 일을 시작하는 등 건강한 생활인으로서의 모습을 회복하기 시작하였다. 그리고 바쁘게 일하는 틈틈이 시간을 내어 도환이와 통화를 하는 등 그동안 못 다한 아버지 노릇을 하려고 노력했다. 특히 센터장의 부인과 자주 통화하면서 도환이에 대해 많은 것을 묻는가 하면, 아들에게 미안해 하며 자신의 잘못에 대해서 깊이 반성하는 모습을 보이기도 하였다.

그렇게 지내는 사이 어느새 1년여의 시간이 흘러 도환이가 집으로 돌아가야 할 시간이 되었다. 센터장은 도환이를 집으로 보내는 것에 대해 잠시 망설였으나 도환이 아버지가 이제는 제대로 아버지 노릇을 할 수 있을 거라는 판단에 집으로 보내기로 결정하였다. 그날 센터장은 "도환아, 힘들면 언제든지 와. 또 너를 이길 수 없을 것 같을 때도 언제든지 오너라. 넌 할 수 있어!"라는 말을 마지막으로 해준 뒤 도환이를 아버지 품으로 돌려보냈다.

그런데 몇 달 지나지 않아 도환이 아버지로부터 전화가 걸려왔다.

"센터장님, 도환이가 또 사고를 친 것 같습니다."

도환이 아버지의 말에 심장이 덜컥 내려앉은 센터장은 며칠 뒤 도환이가 경찰서 유치장에 있다는 소식을 듣고 한걸음에 달려갔다. 아들을 비행으로 내몬 아버지가 알코올의존증에서 벗어나기 시작했음에도 정작 아들은 여전히 비행에서 벗어나지 못하고 있다는 사실에 만감이 교차했으나 무엇보다 도환이의 장래가 걱정되지 않을 수 없었다. 어린 시절 몸에 밴 습벽을 떨쳐내는 건 쉬운 일이 아니기 때문이다. 경찰서에 도착한 센터장이 "도환아!" 하고 부르자 도환이는 고개를 들지 못하고 "센터장님, 죄송합니다."라는 말만 되풀이하였다.

인터넷을 이용하여 물품 판매를 가장한 사기죄를 저지른 도환이는 구속이 되어 2014년 9월 부산지방법원에서 형사재판을 받게 되었다. 도환이 아버지는 도환이가 마음의 상처를 씻어내고 하루 빨리 회복되기를 바라는 마음에서 박봉을 털어 도환이가 저지른 피해를 모두 변상하였다. 그런 아버지의 노력에 힘입어 도환이는 형벌을 받지 않고 부산가정법원 소년부로 송치되어 한 달간 소년원에 보내어지는 8호처분을 받을 수 있었다. 그런데 도환이는 불과 몇 달 뒤에 다시 동종 비행을 저질렀고, 그로 인해 2015년 1월에는 10호처분을 받아야 했다. 소년원에 2년이나 들어가 있어야 했지만 여러 번 소년보호처분을 받은 전력이 있기 때문인지 도환이는 자신에 대한 처분을 비교적 담담히 받아들였다.

도환이 아버지는 이번에도 역시 최선을 다해 피해 변상을 하였다. 아들이 비행에 빠지게 된 책임이 모두 자신에게 있다는 죄책감이 도환이 아버지로 하여금 그렇게 하지 않을 수 없게 만든 것이다. 한편, 도환이가 10호처분을 받았다는 소식을 들은 센터장은 도환이가 그렇게 된 것이 모두 자기 책임이라도 되는 듯 몹시 괴로워하며 이렇게 말하였다.

"도환이를 생각하면 마음이 아픕니다."

센터장은 도환이를 친아들 이상으로 보살펴왔다. 경찰서 유치장, 구치소, 법정, 소년분류심사원 등 도환이가 있는 곳이면 어디든지 달려갔다. 2013년 8월에 개최된 '통통통캠프'에서 도환이가 쓴 편지를 받아들고는 "좀 더 품을걸."이라고 하며 눈물을 쏟아내기도 하였다.

양동헌 목사님에게

목사님, 저 황도환입니다. 죄가 많은 데도 불구하고 1호처분
하고 5호처분으로 쉼터 데려와주시고, 쉼터에서 맛있는 밥도
주시고, 겨울에는 따뜻하게 여름에는 시원한 잠자리를

주셨는데도 불구하고 제가 쉼터를 무단이탈하고 쉼터
안에서 애들을 괴롭혀서 제가 목사님 앞에서 고개를 못
들겠습니다. 죄송합니다. 목사님은 저에게 잘 대해주셨는데,
저는 그런 것도 모르고 죄송합니다.
이번에 다음 주 화요일 재판을 받고 위탁을 들어갔다가
정신을 차리고 나와서 만약 쉼터로 다시 오게 된다면 애들을
괴롭히지 않고 쉼터에서 무단이탈을 하지 않겠습니다.
그리고 목사님께서 여름에도 긴바지를 입고 일하러
다니시는데 저희는 쉼터에서 편안히 에어컨 틀고 앉아서
쉬고 있고, 제가 이걸 이제 깨달았어요. 지금이라도 정신
차렸으니 벌 다 받고 다시는 사고 치는 일 없게 하겠습니다.
목사님, 존경하고 사랑합니다.

아버지는 자신의 자녀에게 정신의 뿌리로서의 역할을 수행한다. 아버지는 자녀라는 존재가 가능하게 한 뿌리, 자녀의 인성 밑바닥에 닿아 있는 뿌리, 자녀의 사유의 세계에서 뽑아낼 수 없는 질긴 뿌리이다. 아버지가 자녀에게 끼친 영향은 좋은 것이든 나쁜 것이든 자녀의 영혼 속에 깊이 뿌리내리고 있다가 자녀의 삶을 통해 그 모습을 드러낸다. 그러므로 아버지의 삶이 자녀의 정신에 '쓴 뿌리'가 되어 있다면 자녀의 삶은 행복해지기 어렵다. 아버지의 영향력은 그가 사라진 다음에도 계속되기 때문이다.

알코올의존증은 완치가 어려운 질병이라고들 한다. 혹여 도환이 아버지가 자신으로 인해 엇나가버린 도환이에 대한 죄책감으

로 다시 중독에 빠지지나 않을까 우려되기도 한다. 만약 그렇게 된다면 도환이가 건강한 사회인으로 성장할 가능성은 더 줄어들 수밖에 없다. 힘들더라도 도환이 아버지가 건강한 생활을 지속하여 도환이가 돌아올 자리를 만들어두었으면 좋겠다. 그래야만 아버지 노릇을 제대로 했다고 말할 수 있을 것이다.

제가 식당 주인이라면 데리고 일하고 싶은 아이입니다

2014년 4월 16일 오전에 라파청소년회복센터(2013년 4월 개소)의 김도명, 황금화 운영자 내외분께서 사무실을 방문하셨다. 무슨 일로 오셨느냐고 물으니 센터에 위탁한 홍규의 취직 문제로 방문하셨다고 했다.

열아홉 살의 홍규는 나에게 두 번 재판을 받았던 아이다. 홍규는 중학교에 입학한 이후부터 학교폭력을 비롯한 비행을 저지르기 시작하였다. 그러다가 절도죄로 2010년 10월 및 2011년 3월에 기소유예처분을 받았고, 특수절도죄 등으로 2011년 8월, 그리고 2013년 6월에 각각 1년간의 보호관찰처분을 받았는데, 두 번 모두 생계형 비행이라고 할 수 있는 것들이었다. 2013년 6월에 처분을 내릴 당시 홍규의 형편으로 보면 홍규를 청소년회복센터에 위탁해야만 하였으나, 폐지 수집과 공공 근로로 겨우 생계를 이어 나가는 홍규의 외조부모에게는 홍규가 꼭 필요한 존재였기에 부득불 외조부모에게 위탁하는 처분을 내릴 수밖에 없었다. 그런데 홍규는 그러한 의중을 파악하지 못하고 보호관찰기간 동안 가출과 외박을 일삼으며 보호관찰처분에서 정한 준수사항을 위반하였고, 결국 다시 재판을 받게 된 것이다.

2014년 4월 홍규에 대한 보호처분변경신청 재판의 심리가 열렸다. 심리기일에는 홍규 할머니만 법정에 출석해 있었다. 국선 보조인이 의견을 제시하였다.

존경하는 재판장님.
홍규 어머니는 갓 스물 어린나이에 임신을 한 뒤 결혼식도 못 올리고 홍규를 낳았고, 남편의 무능으로 홍규의 돌을 지내고 이혼까지 하였습니다. 홍규 아버지는 홍규에 대한 양육권을 주장하여 아이를 데려갔지만 얼마 지나지 않아 고아원에 보내려고 하였습니다. 이 소식을 듣고 홍규 어머니가 홍규를 데려오기는 하였으나 자신도 키울 형편이 못되어 자신의 부모에게 홍규를 맡겼다고 합니다.
영아 시절부터 외조부모의 슬하에서 자라야만 했던 홍규는 소풍 때 어머니가 오지 않고 할머니가 오는 게 너무도 싫었고, 할머니가 어머니처럼 마음껏 놀아주지 않아 또 싫었다고 합니다. 홍규는 어머니와 살고 싶어서 서울로 몇 번이나 갔지만 번번이 거절당한 뒤 외할머니에게로 돌아왔고, 그때마다 어머니를 원망했다고 합니다. 홍규는 부모로부터 버림을 받았다는 생각에 사춘기 들어 많이 방황하게 되었고 비행에도 빠졌습니다.
홍규를 다루기가 점점 어려워지고 경제적으로도 힘에 겨웠던 홍규 외조부모는 홍규를 그의 부모에게 보내려고 해보았으나, 아이를 데려가고 싶어 하는 홍규 어머니는 형편상 그러질 못했고, 홍규 아버지는 아예 아이를 거부했기 때문에 부득불 홍규를 계속 양육할 수밖에 없었습니다.
그런데 홍규에게 부모 같은 존재인 외조부모는 홍규를 보호하는 데 한계에 부닥쳐 있습니다. 당뇨 합병증을 앓고 있는 홍규 외할아버지는 2013년에 뇌졸중으로 쓰러졌고, 최근 다리 수술까지 받았기 때문에 거동을 함에 있어 큰 어려움에 처해 있습니다. 또한 홍규 외할머니는 병으로 쓰러진 남편을 보살피는 한편 파지를 수집하고 구청에서 지원하는 광고지 수거 작업을 하며 겨우 생계를 꾸려 나가고 있는 형편입니다.
이러한 외조부모의 사랑과 헌신을 홍규는 누구보다도 잘 알고 있습니다. 홍규는 파지가 쌓이면 할머니를 대신하여 리어카에 싣고 고물상에 가서 팔아오기도 하는 착한 아이입니다. 홍규는 자기를 양육해준 외조부모에게 고마움을 느끼고 있고 꼭 효도하겠다고 다짐도 하고 있습니다.
존경하는 재판장님.
홍규는 보호관찰 준수사항은 위반했지만 재비행은 저지른 바가 없습니다. 소년분류심사원에서 생활하는 동안 많이 뉘우쳤고, 앞으로는 보호관찰을 잘 받겠다고 다짐하고 있습니다. 그리고 그의 꿈을 이루기 위해 열심히 노력하겠다고 합니다. 홍규의 꿈은 요리사가 되는 것입니다. 고등학교도 요리를 배울 수 있는 학교를 희망했으나 성적 미달로 낙방하고 원하지 않는 학교를 다니다 고등학교

1학년 때 결국 학교를 그만두었습니다. 학교를 그만둔 이후 중화요리점 주방에서 1년 9개월간, 파스타 전문 요리점에서 6개월간 근무한 적이 있을 정도로 요리에 열정이 많은 아이입니다.

존경하는 재판장님.

홍규는 이제 곧 성인이 됩니다. 엄벌보다는 기회를 한 번 더 주시어 홍규가 다시 일어서서 우리 사회의 어엿한 구성원이 될 수 있도록 선처해주시기를 간절히 바랍니다.

국선보조인의 의견을 듣고 난 뒤 나는 홍규 할머니에게 물었다.

"할머니 파지 주워서 얼마나 버세요?"

홍규 할머니가 주저하며 대답했다.

"한 달에 3~4만 원 정도 됩니다."

할머니의 목소리에서는 생계의 고단함이 묻어났다. 병든 남편에, 생활비라고는 노령연금과 파지 수입뿐인 데다 말썽 피우는 손자까지 수발해야 하는 할머니의 고된 삶이 고스란히 느껴졌다. 그런 할머니를 보며 손자에 대한 짐만이라도 잠시 덜어주어야겠다는 생각이 들었다. 홍규 또한 보호만 제대로 받는다면 재비행을 하지 않을 거라는 확신이 들었기에 홍규를 라파청소년회복센터에 위탁한다는 결정을 내렸다. 홍규가 다른 소년들보다 상대적으로 나이가 많아 센터에 맡기는 것이 주저되기도 했으나 센터장인 국선보조인은 처분을 흔쾌히 수락하고 홍규를 데리고 나갔다.

그로부터 2주일 뒤에 센터장 내외분께서 사무실을 방문한 것이었다. 센터장이 먼저 말문을 떼었다.

"재판 전에 소년분류심사원에 접견을 갔더니 홍규가 청소년회복센터 중 라파센터가 제일 좋다고 소문이 나 있어 그곳에 가고 싶다고 하는 것이었습니다. 그래서 그것은 판사님이 결정하는 것이라 네 마음대로 되지 않는다고 말해주었지요. 하지만 이상하게 홍규가 눈에 밟혀 접견을 마치고 집으로 돌아와 아내에게 나이만 많지 않으면 데려오고 싶은 아이가 있다고 말했었습니다. 그런데 인연이 되려고 그랬는지 재판 날 판사님께서 갑자기 '홍규 데려 가시겠습니까?'라고 말하시는 게 아니겠어요. 다소 놀라 엉겁결에 '네.' 하고 대답했고, 결국 홍규는 그렇게 우리 식구가 되어버렸습니다. 집으로 가서 처에게 '여보, 그때 얘기했던 홍규 왔어.'라고 말했더니 처도 다소 놀라며 '아니, 홍규가 어떻게?'라고 했지요."

이번에는 센터장의 부인이 말을 이어 나갔다.

"홍규가 센터에 오던 날 외할머니가 같이 오셔서 많이 후회를 한다고 하소연했습니다. 그냥 고아원에 갔으면 바르게 자랐을지도 모르는데, 자신이 손주를 잘못 키워서 이렇게 된 것 같다고 자책하셨습니다. 제발 불쌍한 홍규를 사람 만들어달라고 눈물 어린 부탁도 빼놓지 않았습니다. 그런데 얼마 되지 않은 기간이지만 홍규와 함께 생활하며 대화를 해보니 홍규의 비행성은 그리 심하지 않고, 오히려 장점이 많은 아이라 어떻게든 길을 열어주고 싶었습니다. 홍규는 군에 입대하기 전에 검정고시에 응시하겠다고 책을 다시 들었습니다. 장래의 꿈이 요리사라 고등학교 진학할 때 조리과에 지원했지만 중학교 때 무단결석이 많아 불합격되었다고 합니다. 그 후 원하지 않는 학교에 진학했으나 적응이 안 되어 자퇴한 것입니다. 자퇴 이후 어려운 살림살이에 조금이라도 도움이 되기 위해 닥치는 대로 일을 했다고 합니다. 중국집 주방에서 1년 9개월, 파스타 전문점에서 6개월 동안 아르바이트를 한 적도 있고요. 파스타에도 관심이 많아 앞으로 이탈리아에 가서 파스타 공부를 더 하고 싶어 합니다. 만일 제가 식당 주인이라면 데리고 일하고 싶은 아이입니다. 그러니 판사님, 홍규를 판사님 친구분이 운영하는 뷔페 식당에 취직할 수 있도록 도와주십시오."

결국 센터장 부부가 방문한 목적은 홍규의 취직 문제를 도와달라는 것이었다. 아는 친구 중에 큰 식당을 운영하는 친구가 있는데 센터장 부부도 그 사실을 잘 알고 있던 터라 홍규에게 기회가 되리라 생각한 것이다.

홍규를 생각하는 두 분의 진심이 느껴지는 데다 하도 간곡하게 부탁을 하는 바람에 바로 그 자리에서 친구에게 전화를 했다. 그리고 사정을 설명한 뒤 조심스레 홍규의 취직을 부탁하였다. 그러자 친구는 흔쾌히 수락하며 일단 면접부터 볼 테니 홍규를 보내라고 말하였다. 옆에서 통화 내용을 듣고 있던 두 분은 기뻐서 어쩔 줄 몰라 하셨다. 친구와 통화를 마친 다음 센터장 부부에게 말했다.

"홍규가 직장 생활을 하면서 검정고시를 준비하기는 어려울 테니 국제금융고 야간반에 편입하는 것이 좋을 듯합니다. 그곳은

2년 과정이기 때문에 2년간 요리를 배우면서 학교를 마치는 것이 홍규에게는 훨씬 유리할 것입니다."

그러자 두 분이 거의 동시에 말했다.

"학교에 입학하려면 어떻게 하면 됩니까?"

그래서 나는 다시 국제금융고등학교 곽영호 교감선생님께 전화를 하여 사정을 설명하였다. 아니나 다를까. 아이들에 대한 애정이 남다른 교감선생님은 하루빨리 홍규를 보내달라고 하였다. 통화를 마친 뒤 센터장 내외분께 홍규를 빨리 편입시키라고 하자 두 분은 마치 자신들의 오랜 숙원이 풀리기라도 한 듯 눈물을 글썽이며 감사하다는 말을 멈추지 않았다.

그로부터 며칠 뒤 센터장께서 다시 전화를 해 흥분된 목소리로 홍규의 소식을 전해왔다.

"판사님, 홍규가 뷔페 식당에 정식 직원으로 채용되었고, 또 국제금융고등학교에도 편입이 되었습니다. 이 모두가 판사님 덕택입니다. 홍규와 함께 조만간 찾아뵙겠습니다."

그래서 내가 말했다.

"아닙니다. 제가 오히려 감사드립니다. 이 모두가 부모로부터 버림을 받고 날개 한 번 제대로 펼쳐보지도 못한 채 절망하고 있는 아이를 살려보겠다는 센터장님 내외분의 정성 어린 마음 때문입니다. 저는 그 부탁에 따라 전화한 것밖에는 없습니다. 어쨌든 잘되었습니다."

그로부터 다시 며칠 뒤 센터장 내외분과 홍규가 사무실을 방문하였다. 홍규는 예의 그 선한 미소를 띠며 준비해온 음료수 상자를 조용히 사무실 바닥에 내려놓았다.

센터장 내외분께서 먼저 말문을 열었다.

"판사님, 홍규가 내일부터 정식으로 식당에 출근하게 됩니다. 판사님 덕택에 취직도 되고 학교에도 다닐 수 있게 되었습니다. 홍규처럼 이렇게 일이 술술 풀리는 아이는 처음입니다. 정말 감사드립니다."

그래서 나는 두 분에게 "아닙니다. 오히려 제가 감사드립니다. 두 분이 부탁하지 않았으면 이런 일이 있을 수가 있겠습니까?" 하고 대답한 다음 홍규에게 이렇게 당부했다.

"홍규야, 힘이 들더라도 2년 동안 죽었다 생각하고 요리 기술도 배우고 학교도 끝까지 마치도록 해라. 그리고 너는, 청소년회복센터에서 생활하는 아이들 중 처음으로 그 뷔페 식당에 취직한 아이다. 그 식당은 부산에서 아주 이름난 곳이야. 네가 어떻게 하느냐에 따라 센터에서 생활하는 다른 아이들의 취직에도 큰 영향을 미치게 되니 딴청 피우지 말고 성실하게 일해라. 홍규야, 너에게 이런 기회가 주어지기까지에는 많은 분들의 숨은 손길이 있었다는 것을 잊지 말아야 한다. 특히, 네가 이렇게 된 것은 모두 센터장님 내외분 때문이라는 것을 절대로 잊지 말아라. 지금까지 부모와 사회에 대해 가졌던 섭섭한 마음일랑 훌훌 털어내고 항상 감사하고 살아라. 감사하고 살면 못할 것이 없고, 지금보다 더 큰 기회가 찾아올 것이다."

이야기를 마치고 홍규와 함께 사무실을 나서는 센터장 내외분의 얼굴에는 마치 친아들의 취직과 학교 문제가 해결된 것처럼 희망에 찬 미소가 배어 나왔다.

소년보호사건을 처리하는 판사들이 만나야 하는 소년들은 이미 비행을 저지른 소년들이다. 따라서 이들에 대한 처우를 선택함에 있어 가장 염두에 둘 수밖에 없는 것이 그들을 다시 법정에서 만나지 않도록 하는 것, 다시 말해 재비행을 하지 않도록 하는 것이다. 비행이 반복되거나 지속되면 소년이 성인범으로 전이(轉移)될 가능성이 매우 높기 때문에 타인에게 과도하게 의존하거나 해를 끼침이 없이 공동체 생활을 영위해갈 수 있는 자조자립형 인간으로 성장 발달하기가 매우 어렵다. 그런데 보호소년들의 상태 등으로 볼 때 재비행을 예방하기 위해서는 첫째, 보호소년들의 정신적·신체적 상처의 치유와 가족 및 사회와의 관계 회복이 이루어져야 하고, 둘째, 보호소년들로 하여금 학업을 마치게 하거나 직업교육을 시켜 비행을 저지르지 않고도 자립해서 살아갈 수 있다는 동기를 부여해야 하며, 셋째, 비행에서 벗어날 수 있도록 지속적으로 관리해줄 필요가 있다.

이런 점에서 볼 때 홍규에게는 상처의 치유와 관계 회복을 위한 장이면서 24시간 관리를 받을 수 있는 청소년회복센터가 제공되어 있고, 자립해서 살아갈 수 있다는 동기가 부여되었다고 본다. 이제부터는 홍규의 태도 여하에 달려 있다. 특히, 첫 번째 관문이라고 할 수 있는 학업을 마칠 수 있는 2년간을 잘 버텨내는 것이 관건일 것이다. 환한 얼굴로 사무실을 나서는 홍규를 향해 마음속으로 빌었다.

'홍규야, 네 인생은 지금부터다. 아무리 어려운 일이 있더라도 참아내야 한다. 그러다 보면 어느새 독수리처럼 창공을 훨훨 날고 있는 자신을 발견하게 될 것이다. 그때까지는 결코, 결코 포기해서는 안 된다.'

그럼에도 불구하고

켄트 M. 키스

사람들은 때로 믿을 수 없고, 앞뒤가 맞지 않고,
자기중심적이다.
그럼에도 불구하고 그들을 용서하라.

당신이 친절을 베풀면
사람들은 당신에게 숨은 의도가 있다고 비난할 것이다.
그럼에도 불구하고 친절을 베풀라.

당신이 어떤 일에 성공하면
몇 명의 가짜 친구와 몇 명의 진짜 적을 갖게 될 것이다.
그럼에도 불구하고 성공하라.

당신이 정직하고 솔직하면 상처받기 쉬울 것이다.
그럼에도 불구하고 정직하고 솔직하라.

오늘 당신이 하는 좋은 일이
내일이면 잊혀질 것이다.
그럼에도 불구하고 좋은 일을 하라.

가장 위대한 생각을 갖고 있는 가장 위대한 사람일지라도 가장 작은 생각을 가진 작은 사람들의 총에 쓰러질 수 있다.
그럼에도 불구하고 위대한 생각을 하라.

사람들은 약자에게 동정을 베풀면서도 강자만을 따른다.
그럼에도 불구하고 소수의 약자를 위해 싸우라.

당신이 몇 년을 걸려 세운 것이
하룻밤 사이에 무너질 수도 있다.
그럼에도 불구하고 다시 일으켜 세우라.

당신이 마음의 평화와 행복을 발견하면
사람들은 질투를 느낄 것이다.
그럼에도 불구하고 평화롭고 행복하라.

당신이 가진 최고의 것을 세상과 나누라.
언제나 부족해 보일지라도,
그럼에도 불구하고 최고의 것을 세상에 주라.

나는 오늘도 아이들을 향한 기다림을 계속합니다

대부분의 기다림은 약속을 전제로 한다. 확실하진 않더라도 언젠가는 올 것이란 예측이 있기에 누군가를 기다릴 수 있는 것이다. 하지만 그렇지 못한 기다림도 있다. 그런 기다림은 사람을 지치고 힘들게 한다. 막연한 희망에 의지하여 누군가를 기다린다는 것은 참으로 고통스러운 일이기 때문이다. 더욱이 그 대상이 자신의 부모로부터 버림받고, 그 상처로 인해 고슴도치처럼 변해버린 아이의 경우라면 더욱더 그러할 것이다.

그럼에도 불구하고 누군가는 그 아이를 껴안아줘야 한다. 잔뜩 움츠러든 채 원망의 가시를 치켜세운 아이들을 따스하게 보듬어줄 아버지의 너른 품이 필요하다. 그런 아버지 역할을 해줄 사람이 곁에 단 한 사람만 있어도 아이들은 살아갈 희망을 얻고 가슴에 온기를 품을 수 있기 때문이다.

열여섯 살의 순영이라는 아이가 있다. 순영이의 부모는 순영이가 세 살 무렵 이혼했는데, 순영이 어머니는 이혼한 뒤 집을 나가 연락이 끊어진 상태였고 아버지는 어린 순영이를 복지시설에 맡겨버렸다. 그 후 손자인 순영이가 복지시설에 맡겨져 있다는 것을 알게 된 조부모가 다섯 살이 된 순영이를 집으로 데려와 양육하기 시작하였고, 지금까지 실질적인 보호자로서 순영이를 보살피고 있다.

이처럼 조부모 슬하에서 자라던 순영이는 열세 살 때인 2011년에 절도죄를 저질러 그해 12월에 처음으로 소년보호재판을 받았는데, 당시 나이와 비행 내용 등이 감안되어 보호자에게 위탁되는 처분을 받았었다. 하지만 순영이는 그로부터 1년도 채 되지 않아 다시 절도 비행을 저질렀고, 그로 인해 열네 살 때이던 2012년 12월에 두 번째 소년보호재판을 받게 되었다. 그리고 지난번과 달리 조부모의 보호력이 약하다는 등의 사정이 감안되어 어울림청소년회복센터에 위탁되는 처분을 받았다.

센터에 간 뒤 적응을 잘한 것은 아니지만 순영이는 큰 문제를 일으키지 않고 생활하였다. 센터장 부부는 순영이의 센터에서의 생활 모습을 다음과 같이 얘기한다.

> 또래에 비해 턱없이 작은 키에 마르고 말수도 적은 순영이를 처음 만난 것은 2012년 12월입니다. 사람들을 좋아하면서도 그들과 어울리는 방법을 알지 못해 늘 겉돌기만 했던 아이는 혼자 TV를 보는 것이 소일거리의 전부였습니다. 모범생의 이미지를 가진 순영이를 또래 아이들이 자신과 맞지 않는다고 생각하여 친구 삼아주지 않은 것도 한몫을 했습니다. 더구나 잦은 거짓말로 주위 사람들을 힘들게 만들기 일쑤였고, 잘 씻지 않아 냄새가 나는 바람에 눈살을 찌푸리게 하였습니다.
>
> 그러나 사람이 그리웠던 순영이는 누구라도 자신을

찾아주기라도 하는 양이면 어김없이 그들을 따라나섰습니다. 울산에 있을 때에도 주변 친구들은 잔심부름을 시키기 위해 순영이를 불러냈던 모양입니다. 그래도 그것이 좋아 그들을 쫓아다녔던 것입니다. 자신을 불러주는 것이 좋고, 그들과 어울릴 수 있는 것이 좋았던 순영이는 센터 생활을 하는 중에도 아이들을 따라 가출을 하였습니다. 순영이를 꾀어내어 함께 가출한 아이는 거짓말을 하면서 귀가를 할지 말지를 저울질하였습니다. 그런 사정을 알기 때문에 순영이만은 꼭 거두고 싶었습니다. 순영이는 가출한 지 10여 일이 지나 할머니의 손에 이끌려 돌아왔습니다. 부탁의 말을 건네는 것에 익숙하지 않았던 순영이는 사람들과 대화를 나누는 데도 잘 끼지 못했습니다. 자신의 잘못을 잘 인정하지도 않았으며, 자신의 속내를 드러내지 못하고 혼자서 속앓이만 하였습니다. 순영이는 돌아온 이후에도 사과의 한마디, 용서를 비는 한마디를 뱉지 못했습니다. 그러나 그것조차도 스스로 인식하지 못할 정도로 감정 표현에 서툴렀습니다. 어머니에 대한 기억이 없고, 아버지와는 어릴 때부터 떨어져 지내면서 부모의 정을 느끼지 못한 아이입니다. 주 양육자인 할머니는 순영이에 대한 깊은 마음을 갖고 계시지만 다정다감하게 손자를 보듬어주시지는 않았기에 정서적으로 교감을 나눌 만한 대상이 없었던 탓일 겁니다.

그런데 6개월간의 위탁 기간이 끝날 무렵 순영이는 스스로 위탁 기간 연장 신청을 하여 센터에 계속 남아 있기로 하였다. 그 사이 아버지께서 지병으로 사망한 데다 조부모는 연로하여 자신을 살뜰히 보살펴줄 형편이 되지 않았기 때문에 마땅히 갈 곳이 없었기 때문이다. 하지만 기간을 연장한 이후에도 순영이의 생활태도는 이전과 비교하여 크게 나아진 바가 없었다. 그런 데다 순영이가 고등학교에 진학하고 싶다는 뜻을 비춘 터라 센터장은 순영이를 집으로 보내기 위해 보호처분변경신청을 하였고, 2013년 9월 순영이는 보호자에게 위탁되는 처분을 받고 조부모의 품으로 돌아갔다. 그런데 그 이후에도 순영이는 고등학교에 진학하겠다는 약속도 지키지 않고 가출을 일삼는 등 또다시 보호관찰에서 정한 준수사항을 제대로 지키지 못했고, 결국 다시 한 번 보호처분변경신청 재판을 받게 되었다.

재판 당일, 나는 순영이 문제를 어찌 처리해야 할지 몹시 난감했다. 가정 형편상 순영이를 집으로 돌려보낼 수는 없었고, 또 순영이가 특별히 재비행을 저지른 바는 없었기 때문에 다시 청소년회복센터에 위탁해도 될 상황이었다. 그런데 정원 초과로 다른 센터에서는 순영이를 받을 여유가 없었고, 그나마 정원에 여유가 있었던 어울림청소년회복센터에서는 종전에 순영이를 맡은 적이 있었기에 또 맡아달라는 말을 꺼내기가 쉽지 않았다. 그래도 달리 방법이 없어 어울림센터장에게 다시 부탁을 했는데 센터장은 어려운 처지에 있는 순영이의 사정을 듣고 나서는 순영이를 데리고 갔다. 그런데 센터에 두 번째 위탁된 이후 순영이에게 조그만 기적이 일어났다. 종전과는 달리 순영이가 센터에서 성실하게 생활하기 시작한 것이다. 순영이가 그처럼 변한 데에는 반디청소년회복센터 이상필 센터장의 숨은 노력을 무시할 수가 없다.

목사인 이상필센터장은 2012년 12월 '사단법인 보물상자'(양일상 이사장)에서 실시하는 멘토링프로그램을 통해 멘티로서 순영이를 알게 되었다. 당시의 상황을 센터장은 다음과 같이 묘사한다.

"2년 전 순영이를 멘티라는 이름으로 보물상자에서 만났을 때는 너무 어색하였습니다. 순영이도 도무지 마음의 문을 열 기미가 보이질 않았고요. 그래서인지 처음에는 살짝 건드리기만 해도 '우씨' 하면서 싫은 표정을 그대로 드러내었고 대화도 전혀 통하질 않았습니다. 자기 생각대로만 행동하는 그야말로 천방지축의 아이였지요."

순영이와 센터장은 첫 만남 이후 서로가 서로를 불편해 하고 힘들어했다. 하지만 그런 순영이도 만남의 횟수가 늘어갈수록 양파 껍질이 벗겨지듯이 한 꺼풀 한 꺼풀씩 자신을 보여주었다. 센터장과 순영이의 관계가 좀 더 친밀해진 것은 두 사람이 만난 지 6개월 정도 지났을 무렵의 일이었다. 센터장이 기다림에 지쳐가던 어느 날, 함께 식당에 밥을 먹으러 갔는데 허기진 듯 혼자서 두 마리의 오리고기를 다 먹어치운 순영이가 전에 없이 어리광을 피우며 먼저 다가온 것이다. 순영이의 그런 모습이 센터장의 눈에는 '나에게 사랑을 달라, 나는 사랑이 갈급하다.'는 신호처럼 보였고, 센터장은 이에 기꺼이 호응해주었다. 이를 계기로 두 사람 사이는 이전보다 한결 가까워졌고, 서로가 마음을 열고 적극적으로 다가가기 시작하였다. 두 사람은 이전보다 더 자주 만나고 더 많은 대화를 하면서 관계를 발전시켜나갔고, 나중에는 마치 아버지와 아들처럼 스스럼없이 장난까지 치게 되었다. 그럼에도 순영이와 센터장 사이에는 여전히 마음의 벽이 존재하고 있었다. 이 벽이 허물어져야만 센터장이 순영이의 진정한 멘토가 될 것이었다.

그래서 센터장은 순영이가 2013년 9월 보호처분변경으로 울산에 있는 조부모의 품으로 돌아간 이후에도 순영이와의 만남을 지속하려고 애를 썼다. 이는 자신과 순영이 사이에 존재하고 있는 벽을 허무는 힘든 과정이었다. 추석에 부산에서 울산까지 10Kg들이 햅쌀과 포도 한 상자를 싣고 순영이네 가정을 방문한 것도 그런 노력의 하나였다. 순영이 조부모는 "지금까지 정부미만 먹다가 올 추석은 목사님 덕택에 햅쌀도 먹게 되었다."라며 고마워했고, 순영이는 담담히 이를 지켜보고만 있었다.

그 후 센터장이 순영이를 다시 찾은 것은 두 달이 훌쩍 넘은 2013년 12월 초순경이었다. 더 빨리 찾아가고 싶었지만 그 사이 시간을 내기가 어려웠던 탓에 방문이 늦어진 것이다. 방문 전날에 전화로 미리 가겠다고 말해두었기에 센터장은 당연히 순영이가 집에 있을 거라고 생각했다. 하지만 오후 3시경 도착해보니 순영이는 어디론가 나가버린 후였고 집에는 조부모님만 계셨다. 센터장은 순영이 조부모에게 인사만 드린 채 밖으로 나와 차에서 순영이가 오기를 기다렸다. 그러나 이내 오리라고 생각했던 순영이는 어둠이 깔릴 무렵에도 나타나지 않았다. 그래도 순영이를 꼭 만나고 가야겠다는 일념으로 하염없이 기다렸지만 순영이는 좀처럼 나타나질 않았다. 아이가 늦게까지 나타나지 않자 온갖 상념들이 스쳐갔다. 그렇게 애를 태우며 기다리길 몇 시간째. 밤 11시가 지나고 자정을 코앞에 둔 시각, 멀지 않은 곳에서 낯익은 발자국 소리가 들렸다. 순영이었다.

센터장은 차 밖으로 뛰어나가 순영이를 맞았다. 센터장이 지금까지 자기를 기다리고 있을 거라고는 상상하지 못했던지 순영이는 몹시 놀라는 눈치였다. 반갑기도 했다. 그럼에도 순영이는 시큰둥하게 말하였다.

"왜 오셨어요? 저는 목사님이 보고 싶지 않았어요."

지금까지 기다린 보람도 없이 쌀쌀맞게 대하는 순영이의 태도가 몹시 서운했지만 센터장은 못 들은 척 순영이에게 장난을 치며 계속 말을 걸었다. 그렇게 얼마간의 시간이 흐른 뒤에야 순영이가 투정을 부리며 입을 열었다.

"두 달만에 만나니 너무 힘들어요. 그러다 보니 심통이 나서 만나지 않으려고 했던 거예요."

순영이 또한 자기를 좀 더 자주 찾아주지 않는 센터장에게 내심 서운했던 것이다. 화가 완전히 풀린 순영이가 그제야 사과를 했다.

"죄송해요."

이 말 한마디에 그사이의 서운함이 모두 사라져버린 센터장은 순영이를 꼭 껴안아주었다. 센터장과 순영이는 둘 다 고집을 피우느라 그 시간까지 식사를 하지 못한 상태였다. 배가 몹시 고팠지만 자정이 다된 늦은 시각에 장사를 하고 있는 식당이 있을 리 만무했다. 두 사람은 한참 동안 헤매다 하는 수 없이 주점에 양해를 구하고 들어가 술안주를 식사거리 삼아 허겁지겁 허기를 채웠다.

센터장의 여덟 시간 동안의 기다림, 그리고 순영이의 '죄송하다'는 한마디 말이 서로의 마음을 녹여 두 사람 사이를 가로막고 있던 벽을 비로소 허물게 한 것이다. 생면부지의 사람끼리 만나 마음을 터놓고 가까워지기까지는 길고 긴 기다림이 필요하다. 이러한 기다림은 지루하고 힘들며, 때로는 희생을 요구하기도 한다. 하지만 기다림의 결과가 옳은 것이라면 포기해서는 안 된다. 관계의 당사자가 어른과 아이라면 아이보다는 어른이 기다림을 통한 희생을 하는 것이 보기에 더 좋을 것이다. 이런 점에서 본다면 센터장의 순영이를 향한 기다림은 참으로 아름다운 것이었다. 집 나간 탕자를 기다리는 아버지의 마음이었다.

순영이를 다시 맡은 어울림청소년회복센터장 부부도 지난번에 순영이의 마음을 깊이 들여다보기보다 옳고 그름을 따져 다그치고 다른 사람의 마음을 챙겨보라는 이야기만 했던 것은 아닌가 하는 반성의 자세로 순영이와 새롭게 관계를 맺어갔다. 그러자 예상치 못했던 일이 일어났다. 그들은 다음과 같이 말한다.

순영이가 집으로 간 뒤로 당연히 고등학교에 진학했겠거니 생각했습니다. 할아버지와의 통화에서 약간의 망설임이 느껴졌지만 잘 지낸다는 말을 듣고 안심하던 차에 순영이가 2014년 4월 다시 우리 곁으로 왔습니다.

그간 몸이 좀 자라 있었습니다. 여전히 여위었고 여전히 마음을 닫고 웅크린 모습이었습니다. 왜 진학하지 않았느냐, 왜 보호관찰을 위반하였느냐고 호되게 몰아붙이며 묻는 물음에도 큰 반응을 보이지 않으며, 특유의 무덤덤한 표정으로 그간의 사정을 털어놓는 것입니다. 성적이 낮아서 울산의 어느 학교에서도 자신을 받아주지 않았으며, 귀찮아서 보호관찰소에 출석하지 않아 지금에 이르렀다고 하였습니다.

나이가 한 살 더 들었기 때문에 이제 조금 더 책임감을 갖고 행동하자며 격려하였습니다. 순영이가 마음을 잡을 수 있도록 비즈 공예를 배울 수 있게끔 강사를 초빙하였습니다. 평소 집중력이 뛰어난 순영이에게 비즈 공예를 추천하였더니 서슴없이 하겠다고 나선 것입니다. 또 보호관찰소에서 있었던 음악 프로그램에 순영이를 추천하여 참여토록 하였습니다.

그러나 이러한 시도는 순영이의 마음을 붙잡지 못했습니다. 잘 생활하는 듯 보였던 순영이가 어느 날 갑자기 사라졌습니다. 며칠 동안 연락이 닿지 않아 마음을 졸여야 했습니다. 다행히 할머니로부터 순영이가 울산 집에 왔다는 연락을 받았습니다. 어떻게 순영이를 맞아야 할지 밤새 고민을 하였습니다. 문득 머릿속에서 이런 생각들이 떠올랐습니다.

'내가 정말 이 아이를 마음으로 품었던가?'

이번에 오면 그냥 안아주자, 따뜻하게 보듬어주자고 마음먹었습니다.

다음 날 부전역에서 만난 순영이에게 아무 말도 건네지 않고 할머니께 감사의 인사를 전하고 그대로 센터로 왔습니다. 어떤 것도 캐묻지 않았습니다. 대신 저의 솔직한 마음을 털어놓았습니다.

"순영아, 그동안 나는 네가 잘되었으면 했단다. 그래서 혼을 내기도 하고 큰소리를 지르기도 했는데. 그런데 너는 내가 너 미워하는 줄 알았지?"

말없이 고개를 끄덕입니다.

그간 따뜻하게 품지 못한 것을 사과하면서 그동안 순영이를 어떻게 대했는지, 어떠한 마음이었는지, 어떠한 기대를 가졌는지를 허심탄회하게 이야기하였습니다.

담배 또한 허락하였습니다. 아직 어리고 성장이 미숙하였기 때문에 지켜주고 싶은 마음으로 담배를 피우지 못하도록 하였는데 아예 담배를 입에 대지 않는다면 모를까 울산에 가면 담배를 피우고 있는 상황에서 무조건 못 피우도록 막는 것은 순영이가 다른 아이들과 어울리는 데 걸림돌이 되었겠다는 생각이 들었습니다. 다른 아이들은 함께 담배를 피면서 섭섭했던 것을 풀기도 하고 이런저런 이야기를 나누며 소통할 수 있는 시간이 되었는데 그것을 순영이는 하지 못했던 것입니다.
그리고 한 달에 두 번 울산 집에 다녀오자고 약속하였습니다. 여기에는 순영이의 노력, 즉 반드시 귀가 시간을 지켜 돌아옴으로써 신뢰를 쌓는 것이 필요하다고 당부하였습니다. 또 할머니가 순영이를 깊이 사랑하고 있다는 것을 말해주면서 순영이가 보고 싶어서 울산에 오는 것이 반갑지만 시간 내에 돌아가지 않고 번번이 약속을 어기거나 아예 허락을 받지 않고 집으로 오는 것을 걱정하는 마음을 알려주었습니다. 다른 사람에게 걱정 끼치지 않고 울산에 오갈 수 있도록 함께 노력해보자고 달랬습니다. 또한 정당하게 울산에 오고 가면 순영이 스스로 기쁠 것이라는 것을 알게 하였습니다.
그동안 다른 사람의 이야기에 귀를 기울이지 않던 순영이가 찬찬히 타인의 마음, 순영이의 마음을 되짚으며 설명해주자 신기하게도 마음으로 받아들이기 시작하였습니다. 센터의 아이들에게도 일련의 모든 이야기들을 함께 나누며 서로 도우면서 서로의 변화를 기대해보자고 하였습니다. 더불어 순영이는 갑갑한 아이가 아니라 매사에 정확한 아이였다는 것을 알려주었습니다. 그동안 우리가 틀렸던 것임을 밝히며 대충대충 했던 나머지 사람이 바뀌어야 한다는 것을 분명히 하였습니다.
그때부터였습니다. 정서적으로 따뜻하게 다가가는 한편,

동료들과의 소통의 장을 확보하고, 정확하게 상황을 인식하도록 한 뒤로 순영이는 눈에 띄게 변화되었습니다. 사무실에 내려오는 법이 없었던 아이가 일부러 들어와 인사를 건네고, 어른들과도 제법 잘 이야기를 나눕니다. 우스갯소리도 하고, 자신이 필요할 때에 심부름을 하는 대신 용돈을 달라는 이야기도 먼저 합니다. 또한 아이들과도 친해져서 새로 들어온 동생들을 챙기고 어려워만 했던 형들에게도 다가서는 모습을 보입니다. 책임감을 느낄 수 있는 일을 주면 기뻐하며 잘 해내기 위해 노력하며, 혼을 내도 상대방에게 분노의 감정을 갖기보다 자신의 행동을 돌아보기도 합니다. 몇 차례 울산에 다녀오기도 했습니다. 정확한 시간에 돌아왔고 집에 가 있는 동안 매일매일 전화해서 일과를 들려주었습니다.

한편, 반디청소년회복센터장은 순영이가 2014년 4월 어울림청소년회복센터에 위탁된 이후에도 주기적으로 센터에 들러 순영이를 만났다. 센터장의 노력 덕택에 순영이는 점점 더 밝아져갔다. 하루는 함께 영화를 보러 갔는데, 영화 관람이 끝난 뒤 순영이가 센터장의 옆구리를 툭 치면서 "목사님, 적어도 내가 영화 속의 아이들보다는 행복한 것 같습니다."라고 말하며 씩 웃었다. 이 말에 가슴이 뿌듯해진 센터장은 환한 미소로 화답했다고 한다.

어느 날 센터장이 나에게 말했다.

"이제 아이가 행복이 무엇인지, 열심히 산다는 것이 무엇인지 조금씩 알아가는 듯합니다. 그런 것들에 대해 말하고, 표현하며 다가오는 모습이 또 너무 좋습니다. 꿈을 꾸며 살아가는 모습도 너무너무 좋습니다. 이제는 아이가 오히려 왜 멘토링을 하지 않느냐며 보챌 정도입니다. 이것이 기다림과 끝까지 믿어주는 것에 대한 보답인가 봅니다. 그래서 청소년을 향한 기다림은 계속되어야 하고, 원 없이 한 없이 지치도록 해보아야 할 것 같습니다. 나는 오늘도 아이들을 향해 기다림을 계속합니다. 이 땅에 홀로 남겨지는 아이가 없고, 사랑 받지 못해 외로운 아이들이 없는 그날까지……."

이 말이 씨가 되었는지, 아니면 순영이와의 관계가 계기가 되었는지 이상필 목사는 결국 2014년 9월에 '반디청소년회복센터'를 개소하였고, 아이들에 대한 힘든 기다림을 다시 시작하였다.

어울림청소년회복센터장 내외도 말한다.

"사람이 변하는 것은 참 어려운 일인 것 같습니다. 그러나 한편으로 변화는 한순간에 이루어질 수 있으며, 변화의 물꼬는 어디에서 열릴지 모르기 때문에 조바심 내지 않아야겠다는 생각이 많이 듭니다. 순영이로 인해 많이 힘들었지만 덕분에 또한 많이 배울 수 있었습니다. 사람의 마음을 얻기 위해서는 진실되게 마음을 먼저 열고 다가서는 것이 정말 중요하다는 것을 다시 한 번 깨닫습니다."

아름다운 사람들이다. 어떤 아이들보다 다루기 힘들고, 사회에서조차 투명인간처럼 취급하는 비행청소년들을 지극한 정성으로 보살피고 있는 그들은 진정 아름다운 사람들이다. 그들을 보며 "한 아이를 키우려면 온 마을이 필요하다."라는 아프리카 격언의 참뜻을 깊이 있게 이해하게 된다. 그러기에 나는 그들의 기다림이 험난하리라는 것을 알면서도 그들을 지지하지 않을 수가 없다. 그 기다림의 끝이 허무하지 않음을, 그 어떤 과실보다 향기로운 열매가 기다리고 있음을 잘 알기 때문이다.

아빠 같은 판사님, 무지 사랑합니다

2014년 6월 5일 목요일 드디어 정심정보산업학교(안양소년원)를 방문하였다. '드디어'라는 다소 수선스러운 표현을 사용하는 것은 지난 5년간 소년보호사건을 처리하면서 항상 안양소년원을 방문해야겠다는 마음은 먹고 있었지만 시간과 거리를 핑계로 그러지 못하다가 이번에, 그것도 소년재판을 시작한 지 5년 만에 방문을 하게 되었기 때문이다. 현재 우리나라의 소년원은 모두 10개가 있는데, 그중 8개가 남자소년원이고, 나머지 2개가 여자소년원이다. 여자소년원은 청주와 안양에 소재하고 있고, 10호처분을 받은 소녀들은 모두 안양소년원에 위탁된다.

임춘옥 예람청소년회복센터장, 임윤택 둥지청소년회복센터장, 이희경, 김아론 사단법인 '보물상자' 간사, 김해숙 '보물상자' 멘토와 함께 오전 7시 30분에 길을 나섰다. 둥지센터장과 김아론 간사가 번갈아 운전을 해준 덕에 편하게 오갈 수 있었다. 안양소년원 부근에 도착한 시간이 정오 무렵이었기에 소년원 입구에 있는 중화요리점에서 간단하게 점심을 해결한 뒤, 오후 1시 30분경에 안양소년원에 들어갔다. 소년원 원장님 이하 여러 직원들께서 환대를 해주셔서 마음 편히 소년원을 둘러볼 수 있었다.

먼저 소년원 현황에 관해 잠시 소개를 받은 뒤 아이들을 보러 갔다. 아이들이 생활하는 건물은 단층으로 되어 있는 데다 실내가 밝고 따뜻한 색상으로 꾸며져 있어 아늑하고 편안한 느낌을 주었다. 안양소년원에는 헤어디자인반, 제과제빵반, 피부미용반, 텔레마케팅반까지 모두 4개의 직업훈련 과정이 마련되어 있다. 각 반을 둘러보다 피부미용반에 들어가니 아이들이 잠시 웅성거리다가 이곳저곳에서 "판사님 반갑습니다. 와!" 하고 외치기 시작하였다. 갑작스런 환대에 어안이 다 벙벙한데 동행한 분이 말하길 꼭 아이돌 스타를 맞이하는 소녀 팬들 같단다. 아닌 게 아니라 딱 그런 모양새다. 나에게 재판을 받지 않았던 아이들이 대부분인데 이게 다 무슨 일인가 싶어 "내가 누군지 알아?" 하고 물으니 아이들은 생기 있고 청량한 목소리로 "예, 잘 알아요, 판사님!"이라고 목청껏 외쳤다. 아무도 귀담아 들어주지 않던 자신들의 이야기들을 글로 써주어서 그런지 아이들은 나를 자신들을 이곳에 보낸 천10호 판사로서 거리감을 두고 대하는 것이 아니라 마치 이웃집 아저씨처럼 아무런 거리감 없이 대하고 있었다. 마음이 한결 가벼워졌다.

그곳을 나와 제과제빵반으로 가니 이번에는 한 아이가 제빵사 제복을 차려입고 수줍게 다가왔다. 누구냐고 물으니 안양소년원 송화숙 원장이 광주가정법원에서 10호처분을 받고 생활하는 희망이라는 아이인데 나를 만나고 싶어서 기다리고 있었다고 하였다. 송 원장으로부터 희망이가 나를 만나고자 하는 이유에 대해 간략하게 설명을 듣고 나서 희망이의 어깨를 다독거려주었다. 그러자 희망이는 수줍어하며 나에게 편지를 건넸다.

희망이가 건네준 편지에는 이 아이가 나를 만나고 싶어 한 사연이 잘 나타나 있었다.

존경하는 천종호 판사님께
판사님, 안녕하세요? 안타깝게도 저는 부산에 사는 사람이 아니고 전라도 광주에 사는 김희망이라고 합니다. 제가 이렇게 편지를 쓴 이유는 판사님은 제가 정말 존경하는 분 중에 한 분이시고 꼭 만나뵙고 싶었던 분이신데, 목요일 날 오신다고 하셔서 제가 이렇게나마 소박한 편지로 저의 마음을 적어봅니다. 제가 이렇게 편지를 쓴다고 해도 판사님께서 절 기억해주실는지 모르겠지만 꼭 기억해주셨으면 하는 작은 바람이 있습니다. 먼저 제 소개를 하고, 왜 판사님을 존경하는지 이야기하려고 합니다. 꼭 끝까지 읽어주셨으면 해요.
저는 한때 중 2병에 걸렸던 한 소녀였습니다. 하지만 스무살이 된 지금까지 정신을 차리지 못하고 방황한 끝에 안양소년원이라는 곳에 들어오게 되었습니다. 처음에는 광주에 계신 황진이 판사님께서 저에게 10호처분을 내려주셨을 때 정말 화가 나고 짜증이 나서 죄 없는 황진이 판사님을 정말 미워했습니다. 그런 저의 잘못된 생각과 미워하는 마음을 다 없애주신 분이 바로 판사님이십니다. 판사님이 쓰신 책 한 권으로 저의 잘못된 생각과 미워하는 마음이 다 없어지게 되었습니다. 판사님이 쓰신 책을 읽으면서 황진이 판사님께서도 이런 마음이시고, 나에게 이런 처분을 내려주셨을 때도 마음이 엄청 아프셨겠지 하고 황진이 판사님의 마음을 알게 되었습니다. 또 엄마와 입장을 바꿔서 생각해보게 되었고, 엄마의 마음과 심정을 알게 되면서 엄마를 진심으로 사랑하게 되었습니다. 뿐만 아니라 잘못된 생각들이 360도 달라지고 나에게도 아직 희망이 있고 기회가 있구나 하고 생각을 하게 돼서 지금 검정고시 공부도 열심히 하고 있고, 제 입에서 습관처럼 나오던 거짓말도 고치게 되었습니다.

판사님 책을 읽으면서 많은 후회를 하게 됐고 반성의 눈물도 엄청 흘렸습니다. 그 책을 읽지 않았더라면 저는 아직까지 모든 일을 부정적으로만 생각하고 있을 것입니다. (…중략…)

판사님을 꼭 만나뵙고 싶었는데 여기에서 안 좋은 모습으로 봤다는 게 조금 아쉽지만 이렇게라도 만나뵈었다는 게 저에게는 가장 좋았던 일로 기억될 것 같고, 절대 잊지 못할 소중한 추억으로 남게 될 것 같습니다. 부산에서 안양소년원까지 이렇게 저희를 만나러 와주셔서 정말 감사합니다. 안양소년원에서 검정고시도 따고 저의 꿈을 이루고 꼭 멋진 사람이 되어서 판사님을 만나뵈러 가겠습니다. 천종호 판사님의 별명은 천10호 선장, 바보 등이라고 하셨는데 그 별명 평생 기억하고 천종호 판사님의 성함을 평생 기억하고 평생 존경하겠습니다. 천종호 판사님! 저는 판사님을 정말 존경하고 사랑합니다. 그럼 이만 저의 소박한 편지를 줄이도록 하겠습니다. 힘내세요, 홧팅!

천종호 판사님, 존경하고 사랑합니다.

희망 올림

아이들의 생기발랄한 목소리와 희망이의 감동 어린 편지로 인해 그동안 비행소년들이 처해 있는 실상을 알리고 그들에 대한 처우를 개선하기 위해 동분서주하면서 겪었던 아픔들이 조금이나마 위로되는 느낌이 들었다. 그래서 나는 속으로 외쳤다.

'고맙다 얘들아. 그리고 고맙다 희망아.'

희망이의 편지를 읽고 난 뒤 부산가정법원에서 처분을 받은 아이들이 모여 있는 곳으로 갔다. 그런데 가는 도중에 복도에서 신희를 만났다. 자신의 다짐대로 건강하게 생활하고 있는 듯하여 보기 좋았으나 한편으로는 안쓰러운 마음에 가슴이 시렸다. 7명의 아이들이 모여 있는 곳으로 가니 반가운 얼굴들이 기다리고 있었다. 임춘옥 센터장은 규선이를 보자마자 달려가 껴안으며 눈물을 글썽였다. 규선이가 저지른 행위에 대한 앙금은 이 순간만큼은 사라지고 없었다. 규선이는 쑥스러운 듯 어색한 미소를 지으며 임춘옥 센터장을 껴안았다. 그 후 제과제빵반 아이들이 만든 빵과 커피를 마시며 아이들과 즐거운 대화를 나누었다. 아이들이 한결같이 "판사님, 왜 저희들을 이곳에 보내셨어요?"라고 물었다. 그래서 나는 "너희들이 미워서가 아니라 너희들을 살리기 위해서야."라고 대답해주었다. 이 말이 선뜻 이해가 되지 않는지 아이들은 "아이, 판사님. 저희들을 왜 이곳에 보내셨어요?"라고 되물었다. 그래서 나는 목소리를 높여 거듭 말했다.

"너희들을 살리기 위해서다."

소년원 방문을 마치고 돌아와 희망이에게 편지에 대한 답장으로 내가 쓴 책의 여백에 짧은 글귀를 써서 보내주었다. 그러자 얼마 뒤 희망이로부터 다시 편지가 왔다.

존경하는 판사님께 드리는 두 번째 편지

천종호 판사님, 안녕하세요? 판사님께 드리는 두 번째 편지네요. 판사님이 주신 책 잘 받았어요. 『아니야, 우리가 미안하다』라는 책 갖고 싶었는데 선물로 주셔서 정말 감사해요. 다시 읽도록 할게요. 그리고 『아버지가 딸에게 들려준 이야기들』이라는 책은 지금도 읽고 있는데 왠지 모르게 아버지가 보고 싶어지네요. 저희 아버지랑 엄마는 제가 어렸을 때 이혼을 하셔서 아버지 얼굴이 생각나지는 않지만 이 책을 읽으면 왠지 모르게 아버지가 생각나게 돼요. 이런 책들을 저에게 선물해주셔서 감사해요. 판사님이 저의 아버지였으면 좋겠다는 생각을 한 계기가 판사님께서 쓰신 책 때문이에요. 전 정말로 판사님이 좋고 너무 존경스러워요. 판사님이랑 같이 사진을 찍었을 때 너무 부끄럽고, 부끄럽다 보니까 판사님을 만나면 하고 싶었던 이야기를 제대로 하지 못한 것 같아요. 다음에 판사님을 보게 되면 하고 싶었던 이야기를 다 하도록 하겠습니다. 『아니야, 우리가 미안하다』라는 책 안에다가 짧게나마 편지를 써주셔서 너무 감사해요. 판사님께 감사할 일이 엄청 많은 것 같아요. 제가 안양소년원에서 자격증 따고, 검정고시 합격한 뒤에 최대한 빨리 나가서 판사님 꼭 만나뵙도록 할게요. 책 선물해주신 것 너무 잘 받았고, 감사했어요. 평생 간직하도록 할게요. 판사님! 제가 밖에서 찾아뵐 때까지 건강하셔야 돼요. 많이 보고 싶고, 아빠 같은 천종호 판사님, 무지 사랑합니다.

"판사님이 저의 아버지였으면 좋겠다."라는 글귀에 눈물이 핑 돈다. 얼마나 아버지가 그리웠으면 생면부지 판사에게 이런 이야기를 다 할까? 아버지는 떠나고 없을 때 비로소 그 진가를 알게 된다고들 한다. 평소엔 존재감이 별로 없어서 귀한 줄 모르다가 사라지고 난 뒤에 그 자리가 얼마나 컸는지 느끼는 경우가 많기 때문이다. 그러나 소년원에 가 있는 아이들 중에는 그런 아버지에 대한 기억마저 없는 아이들이 많다. 어린 시절부터 아버지 없이 자란 결손가정의 아이들이 많기 때문이다.

아버지 없이 자라는 아이들을 떠올리면 어둠속 찬별을 바라보는 것처럼 마음이 스산해진다. 험한 세상에 다리가 되어줄 아버지, 저녁 바람에 덜컹거리는 문을 닫고 떨어진 나뭇잎을 건네며 "괜찮다, 괜찮다."라고 말해줄 수 있는 따듯한 아버지가 이 아이들에게도 필요하지 않겠는가. 그래서 나는 오늘도 아버지의 마음으로 아이들을 만나러 간다.

'그래, 너희들도 듬직한 아버지가 필요한 아이들인데, 살갑게 맞아주는 아버지가 필요한 아이들인데……. 희망아, 신희야, 규선아, 그리고 얘들아. 판사님은 너희들 모두 모두 사랑한다. 아버지가 필요하면 언제든지 주저하지 말고 달려오너라.'

내가 원하는 것

자디아 에쿤다요

내가 원하는 것은 함께 잠을 잘 사람
내 발을 따뜻하게 해주고
내가 아직 살아 있음을 알게 해줄 사람
내가 읽어 주는 시와 짧은 글들을 들어 줄 사람
내 숨결을 냄새 맡고, 내게 얘기해 줄 사람

내가 원하는 것은 함께 잠을 잘 사람
나를 두 팔로 껴안고 이불을 잡아당겨 줄 사람
등을 문질러 주고 얼굴에 입맞춰 줄 사람
잘 자라는 인사와 잘 잤느냐는 인사를 나눌 사람
아침에 내 꿈에 대해 묻고
자신의 꿈에 대해 말해 줄 사람
내 이마를 만지고 내 다리를 휘감아 줄 사람
편안한 잠 끝에 나를 깨워 줄 사람

내가 원하는 것은 오직
사람

자디아 에쿤다요는 32세에 수혈을 받다가 에이즈에 감염되었다.

얘들아 고맙다, 그리고 사랑한다

안양소년원에 다녀온 뒤 한동안 마음이 편치 않았다. 내가 그곳에 보낸 아이들을 포함하여 소년원에서 생활하는 아이들의 모습이 눈에 밟혔기 때문이다. 다들 구김살 없는 모습으로 반겨주었지만 그 아이들의 마음속에 자리 잡은 그늘의 무게가 쉽게 가늠이 되질 않아 두렵기도 하였다. 그런데 2014년 9월 초 안양소년원에서 온 편지 한 장이 겨우 추슬러가던 내 마음을 다시 흔들어놓았다. 이 편지는 열아홉 살 경진이라는 아이가 보낸 편지였다. 경진이는 내가 법관 생활을 하는 동안 만난 아이들 중에 가장 기억에 오래 남을 만한 아이다.

판사님 안녕하세요? 저 경진이에요. 1년 전에 뵈었는데 기억하실지…….
판사님이 부산으로 가셨다는 소식도 들었고, 이번에 안양소년원에 오셨을 때 뵙고 싶었는데 못 뵈어서 아쉬웠지만 제가 여기에 있단 걸 아시면 속상해 하실 걸 생각하니 차라리 못 뵌 게 다행이라는 생각이 들기도 했어요. 더 일찍 편지 쓰고 싶었는데 제 자신이 떳떳하지 못해 하루하루 미루다 보니 오늘이 되어서야 쓰게 되었네요. 음…… 일단 판사님이 내신 『아니야, 우리가 미안하다』라는 책 잘 읽었습니다. 제 이야기 읽고 한참을 울었어요.
그리고 제가 아직도 과거에 묶여 있단 걸 이번에 여기 와서 판사님 책을 읽다가 알게 되었어요. 밖에서 아기를 낳고 나서 입양을 보내기 싫어 떼를 쓰고 아버지랑 다툼을 하다가 입양 보내고 난 뒤에 너무 혼란스러워서 또다시 방황을 하고, 그러다 여기까지 오게 되었어요. 여기에서 생활하면서도 계속 부정적이었는데 힘들 때마다 판사님 책을 읽고 긍정적인 마인드로 바뀌고, 늦은 공부도 시작해서 이번에 컴퓨터랑 검정고시도 합격했고 꿈도 생겼어요.
아기들을 돌볼 수 있는 유아교육 쪽으로 배워보고 싶어졌고, 이 책을 통해 판사님의 마음을 알게 되어 제 인생에 또 다른 반환점이 될 수 있었던 거 같아요.
그리고 지난 기억들이 저한테 아픈 기억 중 하나라고만 생각했었는데, 지금 생각하니 돈을 주고도 살 수 없을 정도로 저에게 특별하고 소중한 추억이라는 생각을 하게 되었어요. 제가 이렇게 바뀔 수 있었던 건 모두 판사님 덕분인 거 같아요. 생명의 소중함을 알려주시고 이런 계기로 판사님의 마음을 알게 되어 너무 죄송하고 감사드려요.
판사님! 저 여기에서 생활 잘해서 자격증도 많이 따고, 앞으로는 소년원, 재판정이 아닌 더 좋은 곳에서 웃으며 떳떳하게 판사님을 뵙고 싶어요.
항상 감사하고 사랑합니다!

경진 올림

짧은 편지였지만 다 읽고 나니 경진이의 진심이 느껴져 가슴이 뭉클해지는 한편 그사이 경진이가 얼마나 힘들었을까 하는 생각에 속에서 뜨거운 것이 올라와 눈앞을 흐렸다. 때로 부모들에게 더 아픈 손가락이 있는 것처럼 내게는 경진이가 바로 그런 아이였기 때문이다.

경진이는 열일곱 살이던 2012년 3월에 중학교를 중도에 포기하고 가출하여 친구들 세 명과 함께 상습적으로 절도를 하다 입건되어 그해 7월에 소년분류심사원에 임시위탁되었다. 그런데 소년분류심사원에 위탁된 뒤 그곳에서 신체검사를 받은 경진이에게 임신 17주라는 진단이 내려지는 바람에 한바탕 소동이 일었다. 경진이는 자신이 모르는 남자에게 성폭행을 당해 임신하게 되었다며, 하루빨리 낙태 수술을 해야 하니 집으로 돌려보내 달라고 떼를 썼다. 딸의 말을 곧이곧대로 믿은 경진이 아버지 또한 법원에 탄원서를 올려 선처를 호소했고, 소년분류심사원에서도 가급적 빨리 조치를 취해줄 것을 요청하였다.

하지만 당시 나는 직감적으로 경진이가 거짓말을 하고 있다는 생각이 들었다. 성폭행을 당했다며 경진이가 써낸 사건경위서의 내용이 어딘가 억지스러웠기 때문이다. 그래서 급히 국선보조인을 선정하여 경진이의 이야기가 진실인지를 알아봐 달라고 부탁했고, 나의 짐작대로 거짓임을 밝혀냈다.

그 후 경진이에게 처분을 내리기까지 내가 겪었던 마음의 갈등은 이루 말할 수가 없다. 이미 낙태 의사를 밝힌 경진이를 집으로 돌려보내는 것은 불법 낙태를 묵인하는 꼴밖에 되지 않았고, 이제 겨우 열일곱 살인 경진이에게 평생 미혼모라는 멍에를 짊어지고 살라고 하는 것은 나 또한 딸을 가진 아버지로서 지나치게 가혹한 처사라는 생각이 들었기 때문이다. 말 그대로 딜레마였다.

아빠의 마음과 법관의 양심이 계속 부딪치는 가운데 심리 날짜는 점점 다가왔고, 마침내 2012년 8월, 경진이와 공범인 그 친구들에 대한 심리가 창원지방법원 소년법정에서 열렸다. 그날 나는 많은 고심 끝에 경진이에게 10호처분을 내렸다. 법관의 양심과 더불어 이미 잉태된 소중한 생명을 지켜야 한다고 판단하였기 때문이다. 내가 이렇게 판단한 배경에는 당시 비행소녀들 사이에 퍼져 있는 생명 경시 풍조를 바로잡아야겠다는 생각도 한몫했다. 가출한 소녀들 중에는 무절제한 생활과 성매매 등으로 인해 임신을 하는 경우가 적지 않은데, 그중에는 소년원에 가지 않기 위해 일부러 임신을 하는 아이들도 있었다. 임신을 하면 비행을 저질러도 집으로 돌려보내진다는 것을 알고 이를 악용하는 사례가 종종 있었던 것이다. 때문에 그날 내가 경진이에게 10호처분을 내린 배경에는 이처럼 천하보다 소중한 생명을 자기 편리와 이기심의 수단으로 인식하는 아이들에게 법의 엄정함을 보여줌으로써 그런 일을 사전에 막을 필요가 있다는 생각도 어느 정도 포함되어 있었다.

한편, 묻는 말에 사실대로 대답했기 때문에 집으로 돌려보내질 줄 알고 있던 경진이는 10호처분을 받자 어린아이처럼 울음을 터뜨리며 나를 원망했다. 법정 밖으로 나간 뒤에는 “사실대로 말했는데 왜 소년원에 보내느냐.”라고 거칠게 항의하며 나를 향해 대놓고 욕설을 퍼붓기까지 했다. 한 달 동안 고심한 끝에 내린 결정이었기에 후회는 없었지만 그날 법정에서 울음을 터뜨리던 경진이의 모습은 아픈 가시가 되어 가슴에 박혔고, 이후 경진이를 생각할 때마다 마음의 평온이 깨지고 잠을 설쳐야 했다. ‘장차 세상에 나오게 될 아이의 생명을 구했다고는 하지만 한창 피어날 또 다른 아이의 인생은 망쳐버린 것이 아닐까?’라는 생각이 머릿속에서 계속 떠나지 않았기 때문이다.

그로부터 약 3개월 후 안양소년원에서 출산 준비를 위해 경진이의 보호처분을 변경해달라는 연락이 왔다. 그리고 어느새 만삭이 된 경진이를 다시 법정에서 만났다. 다행히 경진이는 이전보다 한결 안정을 찾은 것처럼 보였고, 배 속의 아이에 대해서도 미안한 마음을 가지고 있는 듯했다. 이는 다시 재판정에 선 경진이가 제출한 편지를 통해서도 충분히 느껴졌다.

아이에게 쓴 편지를 읽어내려 가던 경진이는 첫줄도 채 읽지 못하고 울음을 터뜨렸다. 그리고 한번 터진 울음은 쉽사리 끝나지 않았다. 그런 경진이가 안쓰러워 미리 준비해둔 배냇저고리를 선물하고, 건강하게 출산하라는 뜻으로 얼마 후 다시 불러내어 고기를 사 먹이기도 했지만 경진이에 대한 미안한 마음은 좀처럼 가시질 않았다.

이후 경진이를 생각하면 내 마음은 천근만근이 되었다. 생활은 잘하고 있는지, 마음의 상처는 아물었는지, 경진이의 근황이 궁금해질 때마다 마음이 편치 않았던 것이다. 그런데 지난 6월 안양소년원에 방문하였을 때 우연히 경진이가 10호처분을 받고 다시 그곳에 위탁되어 있다는 말을 듣게 되었다. 뜻밖의 소식에 나는 정신이 아득해졌다. 이 아이가 출산과 입양으로 인한 마음의 상처를 다스리지 못해 다시 비행을 저지른 것은 아닌지, 그 책임이 나에게 있는 것은 아닌지 하는 생각이 뇌리를 스쳐 지나갔기 때문이었다. 그런데 소년원을 둘러보는 내내 어디에서도 경진이의 모습은 보이지 않았다. 아이를 찾아 어떻게 된 일인지 물어볼까도 싶었으나 뜻밖의 소식이었던 데다 마음의 준비도 되지 않은 터라 애써 경진이를 찾지는 않았다.

그러나 안양소년원 방문을 마치고 부산에 돌아온 뒤에도 경진이에 대한 걱정은 점점 더 깊어져만 갔다. 그러던 차에 경진이로부터 뜻하지 않은 편지를 받은 것이다. 편지를 다 읽고 나서 나는 눈가에 맺힌 눈물을 닦으며 가슴 깊이 감사를 드렸다. 지금 내가 할 수 있는 것이 감사 말고 달리 무엇이 있겠는가? 경진이가 힘든 시간을 잘 극복해줘서 감사하고, 뒤늦게나마 내 뜻을 알아준 것도 고마웠다. 게다가 개인적으로도 경진이에게 고마워해야 할 일이 또 하나 있었다. 내가 지금 근무하고 있는 부산가정법원으로 올 수 있게 된 데에는 무엇보다 경진이의 역할이 컸다고 할 수 있기 때문이다. 사연인즉슨 다음과 같다.

경진이에 대한 두 번째 재판이 열리던 2012년 11월 초순, 소년법정에는 창원지방법원에서 함께 근무하던 판사 부부가 허락을 받고 재판을 방청하고 있었다. 그런데 두 사람은 경진이에게 배냇저고리가 전달되는 장면에 이르자 더 이상 눈물을 주체할 수가 없어 서둘러 법정 밖으로 나간 다음 한참 동안 울었다고 한다. 그리고 그날의 감회를 다른 판사들에게 이야기해주었는데, 함께 듣고 있던 공보 판사가 기자들에게 그날 법정에서의 일을 알려준 것이다. 그 후 공보 판사로부터 그 이야기를 전해들은 기자 몇 사람이 내게 찾아와 좀 더 자세한 이야기를 들려 달라고 요청을 하였다. 이야기를 해주는 것은 어렵지 않았으나 기자들이 제각기 찾아오는 바람에 똑같은 이야기를 여러 차례 되풀이하기가 번거로웠다. 그래서 글로 써서 기자들에게 주었는데, 그렇게 준 글이 기자들의 손을 거쳐 몇 개의 일간지에 실리게 되었다.

그런데 신문에 실린 경진이의 이야기를 읽다 보니 문득 대법원에서 매월 발간하는 <법원사람들>이란 잡지에 이 글을 투고해도 좋겠다는 생각이 들었다. 그래서 서둘러 원고를 가다듬은 다음 '아빠의 마음, 법관의 양심'이라는 제목을 붙여 <법원사람들> 편집부에 보냈다. 판사로 근무하는 동안 이 잡지에 글을 투고한 적은 한 번도 없었고, 굳이 내 이름으로 된 작품을 발표하고 싶다는 생각을 품어본 일도 없었는데 왜 하필 그때 그런 생각을 가지게 되었는지는 아직도 잘 모르겠다. 어떻든, 그렇게 해서 경진이 이야기가 담긴 글이 <법원사람들> 2012년 12월호에 실리게 되었다.

원고를 보낸 것이 2012년 11월 하순경이었기 때문에 글이 선정된다 해도 1월호에나 실릴 것으로 예상했는데 생각보다 빨리 일이 진행되어 조금 놀랐다. 게다가 더 극적인 것은 그 글이 2012년 <법원사람들> 문예상 대상 작품으로 선정되었다는 것이다. 그동안 살아오면서 글과 관련하여 특별히 상이나 칭찬을 받았던 기억이 없는 내가, 난생처음 어딘가에 투고한 글로 문예 대상까지 받게 되다니 생각할수록 신기하고 재미있는 일이 아닐 수 없었다.

그로부터 얼마 후 2013년 1월 21일 오후 대법원에서 시상식이 거행된다는 통지를 받았다. 즐거운 소식이었지만 또 다른 고민이 찾아들었다. 시상식 날이 하필 월요일이어서 소년보호재판이 있는 날과 겹쳤기 때문이다. 처음에는 재판을 미루면서까지 시상식에 참여하는 게 부담스러워 참석하지 않으려고도 했었다. 그러나 대상 수상자가 빠지면 모양새가 좋지 않을 것 같다는 생각에 미리 양해를 구해 오후 재판을 연기한 뒤 오전 재판만 진행하고 부랴부랴 서울로 향했다. 점심때 출발했음에도 거리가 거리인지라 시간이 빠듯했지만 우여곡절 끝에 다행히 시상식 시간에 늦지 않게 당도할 수 있었다.

시상식은 당시 법원행정처장이셨던 차한성 대법관께서 직접 참석해 거행하였다. 그런데 식을 마치고 함께 이야기를 나누던 중 처장님께서 나에게 "천 부장, 뭐 도움이 필요한 일은 없나?" 하고 물으셨다.

사실 그 당시 나는 전출 문제로 한창 고민 중에 있었다. 전출지인 부산가정법원에서 소년재판을 계속하고 싶은데 그곳에 자리가 없어서 일반 민·형사 사건을 맡을지도 모르는 상황에 놓여 있었기 때문이다. 나는 소년재판을 계속 하고 싶다는 뜻을 말씀

드렸다. 그리고 시상식 참석을 계기로 2013년 2월 25일에 부산가정법원으로 올 수 있었다. 그러니 내가 소년보호사건을 계속 담당할 수 있게 된 것은 경진이의 공이기도 하였다. 어찌 생각하면 참 얄궂은 만남이라는 생각이 들기도 한다. 내가 소년원에 보낸 아이의 도움으로 소년부 일을 계속 할 수 있게 된 셈이니 말이다.

안양소년원에서 생활하고 있을 경진이를 떠올리면 여전히 안쓰러움과 미안함에 마음이 복잡해지곤 한다. 하지만 경진이가 보내온 편지 덕분에 내 마음도 차츰 평정을 되찾아가는 중이다. 경진이가 다시는 그런 아픔을 겪지 말기를, 지난 아픔일랑 훌훌 털어버리고 자신의 꿈을 향해 나아가기를, 그래서 자신이 편지에 적은 것처럼 '더 좋은 곳'에서 당당한 모습으로 만날 수 있기를 기대한다. 그와 더불어 내가 내린 처분에 대해 원망하지 않고 새로운 환경에 적응해 나가려 애쓰며, 새로운 내일을 꿈꾸는 모든 소년들에게 말하고 싶다.

"얘들아 고맙다. 그리고 사랑한다."

일본 아동자립지원시설 방문기

('슈토쿠학원'을 다녀온 뒤에 쓴 글)

갑작스런 견학

2014년 여름, 일본 오사카변호사회 아동권리위원회와 일본사법복지학회로부터 한국의 학교폭력 문제와 청소년비행 문제에 관하여 강연을 해달라는 요청을 받고, 7월 31일부터 8월 2일까지 2박 3일 간의 일정으로 오사카에 가게 되었다. 애초에는 여름휴가를 겸해서 가족들과 함께 가려고 항공권과 숙소까지 예약해두었으나 부득이한 사정이 생겨 7월 31일 오전에 혼자서 오사카로 향했다.

오사카에 도착한 날 저녁, 필자의 일본 강연을 기획해주신 고베학원대학의 사사키 미츠아키 교수와 최종식 교수에게 저녁 식사를 대접하였다. 그런데 식사를 하면서 다음 날 일정에 관해 의논을 하던 중 갑자기 오전 시간에 아무런 일정도 잡혀 있지 않다는 것을 깨달았다. 오사카변호사회의 강연은 오후 4시로 예정되어 있는데 그 전까지는 아무런 계획이 잡혀 있지 않았기 때문이다. 원래는 그 시간에 가족들과 함께 관광을 하려고 하였으나 가족들이 오지 못하는 바람에 일정에 공백이 생기게 된 것이다. 나의 사정을 들은 사사키 교수가 일본사법복지학회 회원 중에서 아동자립지원시설인 슈토쿠학원(修徳学院)에 근무하는 사람이 있는

슈토쿠학원 100주년 기념비(왼쪽)와 슈토쿠학원 내에 있는 수영장(오른쪽 위), 사쿠라자카초중학교의 모습(오른쪽 아래).

데 그곳을 한번 견학해보는 것이 좋겠다는 제안을 하였다. 슈토쿠학원이 어떤 곳인지 궁금했던 나는 흔쾌히 그 제안을 받아들였다. 문제는 시간이 너무 촉박하다는 것이었다. 전날 저녁에 부탁을 하여 다음 날 바로 견학하는 게 가능할지 걱정을 하자 사사키 교수는 일본의 관례상 그런 경우는 거의 있을 수가 없는 일이지만 어쨌든 부탁을 해보겠다고 하였다. 나는 밑져야 본전이니 꼭 견학이 성사될 수 있도록 해달라고 부탁하였다. 그러자 사사키 교수는 즉석에서 슈토쿠학원에 근무하는 분에게 전화를 하였다. 하지만 통화는 이루어지지 않았다. 식사를 마칠 때까지 계속 통화를 시도하였으나 연락이 닿지 않았다. 식사를 마치고 헤어지려고 하는데 최 교수가 집에서 이메일로라도 연락해볼 테니 일단 기다려보라고 하였다. 별다른 대안이 없었던 나는 그렇게 하겠다고 한 뒤 호텔로 돌아와 잠을 청하였다.

아침에 일찍 눈을 떠 샤워를 한 뒤 옷을 갈아입으며 연락을 기다렸으나 전화벨은 울리지 않았다. '역시 안 되는가.' 하고 생각에 잠겨 있는데 갑자기 호텔의 전화벨이 울리기에 받으니 최 교수였다. 최 교수는 상기된 목소리로 '조금 전에 연락이 되어 견학을 허락받았다. 일본에서 이런 경우는 있을 수 없는 일인데 극적으로 견학할 수 있게 되었다. 정말 잘 됐다.'라는 요지의 내용을 전하였다. 뜻이 있는 곳에 길이 있다는 말이 실감났다.

JR 난바역 매표소 앞에서 최 교수와 만나 함께 전철을 타고 슈토쿠학원으로 갔다. 전철을 타고 가는 동안 최 교수는 일본에서 이런 식으로 공공 기관을 견학하는 경우는 아주 드문 일이라며 좀처럼 입을 다물지 못했다. 오사카부 카시와라시의 한적한 구릉지에 자리 잡고 있는 슈토쿠학원에 도착한 시간은 오전 10시 50분경이었다. 슈토쿠학원의 직원으로, 사사키 교수가 상임 이사로 있는 일본사법복지학회의 회원인 사람은 업무 차 출장을 간 상태라 다른 직원이 우리를 맞아주었다. 안내를 받아 사무실로 가니 한 직원이 10여 분간 슈토쿠학원의 역사와 성격 등에 관해 설명을 해주었다. 개략적인 설명을 듣고 나서 사무실을 나와 12시경까지 직원의 안내로 슈토쿠학원을 둘러보았다. 짧다면 짧은 시간이었지만 직원들의 친절한 안내도 있었기에 시설을 돌아보기에 시간상 부족함은 없었다.

일본의 '아동자립지원시설'에 관하여

슈토쿠학원은 일본 아동복지법상의 '아동자립지원시설' 중의 하나이다. 아동자립시설의 전신은 '교호원(教護院)'이고, 교호원의 전신은 '감화원(感化院)'이다. 슈토쿠학원 홈페이지에는 교호원에서 아동자립지원시설로 명칭을 변경하게 된 배경을 아래와 같이 설명하고 있다.

"아동자립지원시설의 전신인 교호원에서 많이 보였던 고아 등 부모의 실질적 부재에 의한 아동 양호의 필요성은 점점 적어졌고, 부모의 이혼, 방임 등에 의해 부모가 존재하면서도 양호의 필요성이 발생하는 케이스가 증가하였다. 특히, 근래 가정이나 지

숙사 내부(왼쪽 위) 및 숙사 외부(오른쪽 위), 식당배식대(오른쪽 아래)와 아이들이 작업하는 모습(왼쪽 아래).

역에서의 양육 기능의 저하 등 아이들을 둘러싼 환경은 크게 변화하고, 아동학대의 증가, 학교 현장에서의 학교 붕괴, 이지메, 부등교(不登校), 은둔형 외톨이와 같은 사회 문제, 중대한 소년사건의 발생 등 아이들 문제가 한층 심각해지고 있고, 사회적 지원을 필요로 하는 아이들의 범위도 확대되고 나아가 복잡 다양화하는 경향에 있었다. 이러한 시대적 상황에 부응하기 위해 입소되는 아동의 건전한 육성이라는 목적을 달성하기 위해 아동자립지원시설로 명칭이 변경되었다."

결국 교호원의 명칭을 아동자립지원시설로 변경한 것은 시대적 상황에 따라 고아뿐만 아니라 양호가 필요한 결손가정의 아이들이나 비행소년들을 위탁받기 위함이라고 할 수 있다. 이는 일본 아동복지법에 명시된 아동자립지원시설의 목적에서도 알 수 있다.

"아동자립지원시설은 불량 행위를 하거나 할 염려가 있는 아동 및 가정환경, 기타 환경상의 이유에 의해 생활 지도 등을 요하는 아동을 입소시키거나 또는 보호자의 보호 아래 통원하게 하여 개개 아동의 상황에 따라 필요한 지도를 행하고, 그 자립을 지원하며 아울러 퇴소한 자에 대해 상담 기타 지원을 하는 것을 목적으로 하는 시설이다."

아동자립지원시설은 국가나 지방자치단체가 반드시 설치해야 하는 시설이다. 일본 아동복지법 제35조 제2항에는 "도도부현 지사는 정령(政令)의 정하는 바에 따라 아동복지시설을 설치하지 않으면 안 된다."라고 명시하고 있다. 이러한 규정에 따라 현재 일본에는 58개의 아동자립지원시설이 존재하는데 그중 국립이 2개(남자 1개, 여자 1개), 도도부현립이 50개, 시립이 4개이고 사립은 2개(홋카이도가정학교, 요코하마가정학원)뿐이다. 한편 오사카부에는 슈토쿠학원 외에도 아부야마학원(阿武山学院)이 있다.

슈토쿠학원 시설에 관하여

카시와라시에 위치한 슈토쿠학원은 앞에서 살펴본 바와 같이 일본 아동복지법상의 '아동자립지원시설'로서 오사카부가 1908년 4월에 창립한 시설이다.

슈토쿠학원의 부지 면적은 14만 1,310m^2(약 4만 3,000평, 오사카돔 4개분)이고, 설비로는 본관, 별관, 강당, '료(寮)'라고 부르는 숙사 12개(남자 8개, 여자 4개), 주방동, 목공실, 세탁동, 체육관, 수영장(25m 7코스), 운동장, 시계탑 등이 있다.

슈토쿠학원에 입소 가능한 아동의 정원은 100명이고, 이곳에서 근무하는 직원은 70명이다. 슈토쿠학원은 다양한 경로를 거쳐 아동들이 위탁되는데 가정재판소의 재판을 받은 비행소년들도 위탁될 수 있는 것이 특징이다.

슈토쿠학원 내에는 공립 초·중학교인 '사쿠라자카초중학교(桜坂小中学校)'가 설립되어 있다. 이 학교는 2013년에 설립되었는데 대안학교가 아니라 교육청의 인가를 받은 정규 공립학교로, 교육청 소속의 교사 20여 명이 수업을 담당하고 있었다. 여기에서 근무하는 교사들 중에는 자원해서 온 사람도 있는가 하면, 교육청의 인사 발령에 따라 온 사람도 있다. 또한 이 학교에 다닐 수 있는 아동들은 슈토쿠학원에 입소 중인 아동들에 한정되어 있으며, 교실은 본관 2, 3층에 있다.

슈토쿠학원 지도 형태인 '소사부부제'에 관하여

슈토쿠학원이 지향하는 '세가지 목표'는 '생활지도', '학습지도', '작업지도'이다. 여기에다 '가정환경의 조정'을 더하여 '네 가지 활동'이라는 이름 아래 그 활동 방향을 정해두고 있다.

슈토쿠학원이 이러한 네 가지 활동을 함에 있어 가장 중심이 되는 제도가 바로 '소사부부제(小舍夫婦制)'이다. 소사부부제가 지향하는 바는 "따뜻한 가정적인 분위기를 조성하고, 숙사장(寮長)과 숙사모(寮母)가 부모의 역할을 하며, 그들 외에도 안심할 수 있는 어른이 항상 존재하며, 숙사장과 숙사모의 자녀들도 숙사에서 함께 생활하는 것"이다. 일본 전국 아동자립지원시설 중 소사부부제로 운영되는 시설은 전체의 1/3 정도 되고, 위치적으로는 주로 긴키(近畿)지역에 존재한다.

슈토쿠학원은 오사카부가 설립자이고 운영자이기 때문에 숙사장과 숙사모는 모두 사회복지사 자격을 가진 공무원들이 담당한다. 숙사에는 숙사장, 숙사모를 비롯하여 그들의 자녀들과 위탁아동들이 함께 생활한다.

숙사장 가족들이 거주하는 공간과 위탁아동들이 거주하는 공간 사이에는 위탁아동들이 함부로 숙사장 가족들의 거주 공간으로 갈 수 없도록 차단 시설을 두고 있다. 위탁아동들이 숙사장 가족들이 거주하는 공간으로 가려면 숙사장 가족들의 허락을 받아야 한다. 숙사장 가족들의 거주 공간과 위탁아동들의 거주 공간이 따로 구별되어 있지 않은 아부야마학원과는 이 점에서 차이가 난다.

식사는 숙사에서 하되 음식은 주방동(급식센터)에서 일괄적으로 만들고 아이들이 끼니때마다 자신들의 숙사에 배당된 음식을 들고 와서 숙사장 가족들과 함께 먹는다. 숙사는 가정집 구조로 되어 있어 필요한 경우에는 취식도 할 수 있게 되어 있다. 숙사에서 생활하는 아동의 수는 최대 12명인데, 위탁아동들은 한 방에 2명 내지 3명이 함께 생활을 하며 개인별로 침대가 제공된다. 또한 여행이나 외부 활동은 12개 숙사가 함께하는 것이 아니라 각 숙사별로 따로 행해진다.

아픈 가슴을 안고

슈토쿠학원의 견학은 하룻밤 사이에 전격적으로 이루어진 것이었기 때문에 견학을 하게 된 것만으로도 충분하다고 생각했다. 하지만 슈토쿠학원의 견학을 끝내고 나서 그 규모와 운영 방식에 나는 큰 충격에 휩싸였다.

슈토쿠학원이 창립한 지 106년이나 되었고 설립 및 운영 주체가 개인이 아니라 지방자치단체라는 점, 축소 지향인 일본 일반 국민들의 가옥 규모와 달리 100명의 아이들을 위해 4만 3,000평의 부지와 수영장을 포함한 최고의 설비를 갖추고 있는 점(참고로 기독교 계통의 아동자립지원시설인 홋카이도가정학교는 슈토쿠학원의 면적보다 100배나 크다고 한다.), 시설 내에 위탁아동 전용의 학교까지 설립되어 있는 점, 시설에 근무하는 직원이 70명이나 되고 학교 교사 20명을 포함하면 90명가량의 공무원이 100명의 아이들을 위해 일하고 있는 점에 놀라움을 금치 못했다. 견학하는 내내 부러움의 탄성이 저절로 나왔다.

한 시간가량의 견학을 마치고 우리는 슈토쿠학원을 나와 전철을 타고 오사카변호사회관으로 갔다. 4시부터 시작하여 7시경 끝마친 강연에는 일본 소년재판의 얼굴이라 할 수 있는 이가키 야스히로 변호사도 참석하였다. 강연을 마치고 오사카변호사회 아동권리위원회 소속의 변호사 6명(그들 스스로 말하기를 아동권리위원회의 핵심 멤버들)과 통역을 맡아주신 최 교수와 함께 갯장어요리 전문식당으로 가서 뒤풀이를 하였다. 즐겁고 유익한 시간이었다. 아동자립지원시설 중의 하나인 아부야마학원에 관한 정보는 그들로부터 전해 들은 것이다.

뒤풀이를 마친 뒤 택시를 타고 11시쯤 호텔로 돌아왔다. 유쾌한 시간을 보낸 뒤였지만 슈토쿠학원의 소사부부제와 비슷한 형태의 사법형그룹홈인 청소년회복센터를 고안하고 운영을 주도해온 필자의 마음 한 켠에 내내 우울한 기분이 맴돌고 있었다. 왜 우리는 국가나 지방자치단체에서 이와 같은 시설을 운영하지 못하는가, 설립된 지 106년째가 되는데 슈토쿠학원이 왜 국내에 소개조차 되어 있지 않는가, 우리 사회가 아이들에 대한 배려를 제대로 하고 있는가 하는 생각에 잠을 제대로 이룰 수가 없었다.

우리나라가 현재의 인구 변화 추세를 유지한다면 2060년에는 인구 중 절반이 노인과 어린이가 되고, 2100년에는 인구 중 절반이 노인이 될 것이라는 통계가 발표되었다. 이 통계치를 가지고 상황을 극단적으로 단순화시켜 생각해보자. 가령, 인구 중 절반이 노인이 된다는 2100년이 되어 노인들이 모두 노동을 하지 않고 연금 등 공적인 부조를 받으며 생활하고, 나머지 절반의 인구 중 절반이 유아, 청소년, 대학생 등으로 근로에 종사하지 않는다고 해보자. 그렇게 가정하면 결국 2100년에는 전체 인구 중 1/4이 나머지 3/4에 대한 부양 책임을 져야 하는 사태가 초래될지도 모른다는 결론을 도출할 수 있다. 이를 전제로 한다면 그 전 단계인 2060년부터 당장 우리 사회는 수많은 문제들에 직면하게 된다. 그런데 2060년은 지금 아이들이 우리 사회의 주역이 되어 활동하는 시점이다. 예측된 통계치가 현실에서 그대로 실현된다면 미래의 우리 아이들의 삶은 생각 이상으로 힘들 것이다.

아이들은 우리 사회의 자원이자 우리들의 소중한 미래이다. 그러기에 아이들을 소중하게 다루지 않을 수가 없다. 국가의 정책을 펼침에 있어서도 아이들과 관련한 정책은 최우선 순위에 놓여 있어야 한다. 하지만 실상은 그렇지 못하다. 우리 사회의 아이들 관련 정책은 아직도 최후 순위에 방치되어 있다. 그 이유에 관해 많은 분들이 이구동성으로 아이들에게 선거권이 없기 때문이라고 한다. 미래의 주역인 아이들이 선거권이 없다는 이유로 제대로 대접을 받지 못한다고 생각하니 마음이 늘 편치 않다.

사정이 이렇다 보니 아이들 관련 정책의 개선은 더디기 짝이 없다. 그러는 사이 소중한 기회는 모래시계처럼 사라져가고 있다. 아이들은 눈 깜짝할 사이에 어른이 되기 때문이다. 그래서 나는 '사법형그룹홈'을 고안하고, 이를 아동복지법 등의 공식적인 제도로 만들기 위해 입법발의를 부탁하고, 법이 통과될 수 있도록 수십 명의 국회의원들에게 편지를 쓰는 한편(편지 전문은 이 글 뒤에 실어둔다), 아이들과 소통하는 등 이 일에 최선을 다해왔다. 어두운 비행세계로부터 한 명의 아이라도 더 건져내기 위해서다. 그런 노력이라도 하지 않고서는 '아비의 양심'이 나를 용서하지 않기 때문이다.

우리 아동복지법에 아동들을 위탁할 수 있는 제도로 아동복지법 제3조에 근거한 '위탁가정'과 아동복지법 제52조 제1항 제4호의 '공동생활가정(이른바 그룹홈)'이 있다. 사법형그룹홈인 청소년회복센터는 그 성격이 공동생활가정에 해당된다고 할 수 있겠으나 아동복지 관련 공무원들은 청소년회복센터에 위탁되는 아동이 법원에서 소년보호재판을 받은 아이들뿐이라는 이유로 청소년회복센터를 아동복지법상의 공동생활가정의 한 형태로 인정하기를 주저하고 있다. 그러다 보니 청소년회복센터는 사법부에서 교육비 명목으로 지급되는 금전 외에는 공식적으로 아무런 지원을 받지 못한 채 운영자들의 헌신과 희생을 바탕으로 운영되고 있다. 이는 시급히 시정되어야 한다. 현재로서는 가장 빠른 길이 청소년회복센터를 아동복지법상의 공동생활가정의 특수한 형태인 '비행청소년 전담 공동생활가정'으로 입법화하는 것이다. 비행소년들에 대한 국민들과 관계자들의 인식이 하루빨리 전환되어 청소년회복센터가 아동복지법상의 아동복지시설 중의 하나로 인정될 수 있기를, 그래서 내 마음이 조금이라도 평안을 얻기를 간절히 소망한다.

국회의장님께 드리는 호소문

(이 글은 사법형그룹홈의 아동복지시설 입법발의를 위해 2014년 10월 국회의원들에게 보낸 편지이다. 사법형그룹홈 지원방안이 담긴 '청소년 복지 지원법 개정안'은 2016년 9월 19일 국회에서 통과되었다.)

존경하는 국회의장님께
국정을 수행하시느라 여념이 없으신 의원님께 감사와 존경의 인사를 삼가 올립니다.

의원님께 서신을 불쑥 드리게 된 저는 부산가정법원에서 소년사건을 전담하고 있는 천종호 부장판사입니다. 저는 1997년 2월 부산지방법원에서 판사로 임관되어 올해로 18년째 소임을 다하고 있는 가운데 2010년 2월부터 현재까지 5년째 소년보호사건을 전담하고 있습니다.

소년범(보호소년)에게 내려지는 국가적 제재 절차는 크게 두 가지로 나눌 수가 있습니다.

첫째는, 형법에 근거한 형벌을 부과하는 형사재판절차이고, 두 번째는 소년법에 근거한 소년보호처분을 부과하는 소년보호재판절차입니다.

형사재판절차에서 소년범이 실형을 선고받은 경우에는 국내 유일의 김천소년교도소에서 격리 생활을 하게 되지만 집행유예형이나 벌금형 등을 받은 경우에는 사회로 복귀하게 됩니다.

소년보호재판절차에서는 소년범에 대해 첫째, 소년원에 보내거나, 둘째, 6호기관(소년법 제32조 제1항 제6호에 따른 처분을 받은 소년들을 위탁받는 기관)에 보내거나, 셋째, 보호자에게 보내는 처분을 합니다. 보호자에게 보내는 처분을 할 때에는 재비행을 막기 위한 장치로 보호관찰을 병과할 수 있도록 하고 있습니다.

한국의 소년원은 전국에 10곳밖에 없습니다. 하지만 일본에는 51곳이나 됩니다. 인구는 일본이 많지만 소년사건 발생 건수는 한국이 훨씬 많습니다. 작년에 발생한 부산소년원 집단 난동 사태는 과밀 수용이 중요한 원인의 하나였습니다. 이를 비롯하여 소년원의 태부족으로 인한 많은 문제가 발생하고 있습니다.

아동보호치료시설인 6호기관은 국가가 아닌 민간기관이 운영하는 곳으로 전국에 10여 곳밖에 되지 않아 해당 처분을 받아야 할 보호소년들을 모두 수용하기가 어려운 실정입니다. 게다가 6호기관이 서울과 대전 등에 편중 설치된 반면 부산과 울산, 경남지역은 한 곳도 없어서 이 지역 소년들은 대전에 위치한 6호기관인 효광원으로 가야만 하고 보호자들은 자식들을 만나러 먼 곳까지 가야 하는 어려움을 겪고 있습니다.

일본에는 비행성 초기의 소년범을 보호하기 위한 '아동자립지원시설'이 전국에 58곳이나 있습니다. 그중 2곳만 사립일 뿐 나머지 56곳은 국공립으로, 그 운영 경비는 모두 국가와 지방자치단체가 부담하고, 그 시설에서 생활하는 아동 한 명에게 1년간 지원되는 금액이 7,600만 원에 이른다고 합니다.

한국의 소년원과 6호기관을 일본에 비추어보면 한국 소년범들에 대한 처우는 매우 안타까운 실정이라고 하지 않을 수 없습니다.

존경하는 국회의장님!

한국에서 매년 발생하는 소년범 수는 11만 명 정도에 이릅니다. 그중 3만 명 정도의 소년들이 가정법원(가정법원이 없는 곳에서는 지방법원)에서 소년보호재판을 받으며, 그 대부분의 소년들은 보호자에게 보내어지는 1호처분을 받습니다. 문제는 여기에서 시작됩니다. 소년을 보호자에게 위탁하는 것은 보호자의 보호력을 전제로 한 것이지만 많은 소년들은 보호자의 보호를 제대로 받지 못하고 있는 실정입니다.

저는 2010년 2월부터 2013년 2월까지 3년간 창원지방법원에서 소년보호사건을 담당하였는데, 당시 재판을 받은 소년범 중 절반가량이 부모 이혼과 부재 등의 이유로 부모의 보호를 제대로 받지 못하는 결손가정의 아이들이었고 이들의 재범률은 67%나 됐습니다. 다시 말해 3명 중 2명이 처분을 받은 지 3년 안에 다시 범죄를 저지른다는 것입니다.

이러한 상황에서 비행성 초기의 소년들을 선처랍시고 아무런 보호 장치도 없이 사회로 돌려보내는 것은 그들로 하여금 재비행을 하라는 것과 마찬가지입니다. 이를 그대로 방치한다면 결손가정의 아이들이 성인범이 되는 것은 시간문제입니다. 2013년 김천소년교도소에 재감 중이던 소년범 가운데 70%가량이 결손가정 출신 아이들이라는 점은 이를 뒷받침하는 것입니다.

소년범도 범죄자입니다. 그래서 국민들은 그들을 혐오합니다. 하지만 사연을 살펴보면 가슴이 아픕니다. 소년범 가운데 배가 고프거나 아무도 보살펴줄 사람이 없어서 범죄를 저지른 경우가 상당히 많기 때문입니다. 그들의 범죄 배경에는 부모와 사회의 무관심이 자리를 잡고 있다고 할 수 있습니다.

이 아이들에게 잘못된 환경을 조정해주어 재비행을 저지르지 않게 하고, 나아가서는 건전한 사회의 구성원으로 자랄 수 있도록 하는 것은 사회정의를 실천하는 것이 아닐 수가 없습니다. 소년범들도 대한민국의 청소년들이고, 보호받아야 할 아동이기 때문입니다. 하지만 현실은 그렇지 못합니다. 제대로 된 보호를 받지 못한 비행청소년들이 재비행의 굴레에서 벗어나지 못하고 서서히 범죄자의 길로 빠져들고 있는 것이 우리 사회의 냉혹한 현실입니다.

이러한 현실을 지켜볼 수만은 없었던 저는 부모의 보호를 제대로 받지 못하는 소년범들을 회복시킬 수 있는 방안을 찾으려고 여러 곳을 뛰어다녔습니다. '대안가정'과 '대안부모'가 해결 방안이란 결론을 내린 이후에는 창원과 부산에 뜻있는 분들을 설득하여 2010년 10월에 첫 번째 '대안가정'인 '사법형그룹홈'(일명 '청소년회복센터')을 설립하게 한 것을 비롯하여 2014년 10월 현재까지 경남 6곳, 부산 6곳, 서울 1곳 등 총 13곳의 사법형그룹홈의 설립을 주도해왔습니다.

사법형그룹홈은 이렇게 시작되었지만 이를 통해 지금까지 수많은 소년범들이 치유를 받았고 부모와 사회와의 관계도 회복했으며 특히, 재범률은 30% 이하로 현격히 떨어졌습니다. 이는 사법형그룹홈 운영자들의 지극한 사랑과 따듯한 돌봄으로 결실 맺은 기적적인 수치라고 할 수 있을 것입니다.

현재 사법형그룹홈은 대안부모인 센터장들의 헌신과 희생으로 운영되고 있다고 해도 과언이 아닙니다. 법원이 소년범을 위탁하면서 그룹홈에 지급하는 비용은 소년 1인당 매월 교육비(지역에 따라 30~60만 원 지급) 외에는 공적인 지원이 전혀 없습니다. 센터장들은 사비를 털어 아이들과 함께 살 공간을 마련하고, 생활비를 마련하여 10여 명의 아이들을 먹이고, 재우고, 공부를 시키는 등 무한한 사랑을 쏟으며 부모 이상의 희생을 감내하고 있습니다. 하지만 일방적 희생이 5년차 지속되면서 센터장들은 운영난에 어려움을 겪고 있고, 사법형그룹홈 설립을 설득한 저는 센터장들 앞에서만큼은 판사가 아닌 죄인의 심정이 될 수밖에 없습니다. 그래서 소년범들을 주제로 쓴 졸저 『아니야, 우리가 미안하다』의 인세 전액을 사법형그룹홈 운영비로 기부했지만 센터장들은 여전히 운영난에 시달리고 있습니다.

저는 이 어려운 상황을 타개해보려고 부산광역시의원들을 설득하여 사법형그룹홈을 지원하는 조례(안)를 만들었습니다. 그런데 부산광역시가 사법형그룹홈은 아동복지법 등의 '공동생활가정'(그룹홈)에 해당되지 않는다고, 상위법의 근거가 없다는 이유로 조례(안)의 통과를 저지하면서 결국 그 조례(안)는 의회에 상정되지도 못한 채 폐기되고 말았습니다.

아동복지법상의 '공동생활가정'에 위탁되는 아동들은 비행소년들이건 그렇지 않은 소년들이건 구분하지 않아야 한다고 저는 생각합니다. 그런데 일선 공무원들은 비행소년들을 돌보는 사법형그룹홈이 교정시설에 가깝다며 이를 아동복지법상의 공동생활가정으로 받아들이기를 거부하고 있습니다. 법조인인 저로서는 담당 공무원들의 이러한 태도를 참으로 이해하기가 어려운 바입니다.

존경하는 국회의장님!

법과 원칙은 국가와 국민을 위한 것이어야 한다고 저는 생각합니다. 그러므로 '비행청소년 전담 공동생활가정'인 '청소년회복센터'가 아동복지시설로 인정되기를 간절히 소망합니다.

일부에선 청소년회복센터가 6호기관과 같지 않느냐고 합니다만, 결코 그렇지 않습니다. 6호기관은 대규모 시설이라 청소년회복센터에서처럼 소년들이 개별적으로 보살핌을 받기에는 역부족이고 또한, 이를 설립하려면 수십억 원의 예산이 필요한 데다 지방자치단체 예산이 지원되어야 하기에 설립이 결코 만만치 않습니다.

반면 '청소년회복센터'는 '가정공동체'를 지향합니다. UN에서 복지시설의 소규모화를 각국에 끊임없이 권고하고 있는 가운데 일본은 '아동자립지원시설'을 확대하면서 UN의 인간 존중과 사회 안정의 참뜻을 수용했습니다. 청소년회복센터는 복지시설의 소규모화에 크게 이바지할 뿐만 아니라 설립 또한 6호기관보다 쉬운 데다 보호소년들의 재비행 예방에 큰 효과가 나타난 대안시설입니다.

또 다른 분들은 일반 그룹홈에 소년범들을 맡기면 되지 않느냐고 합니다만, 비행청소년과 일반청소년을 함께 보살필 경우에는 비행 학습 등의 우려 때문에 그룹홈 운영자들은 비행청소년을 꺼릴 수밖에 없습니다. 뿐만 아니라 보호아동만을 보호하기에도 그룹홈이 태부족이어서 비행청소년까지 돌보기에는 힘든 실정입니다. 따라서 미국의 사례처럼 일반 소년 그룹홈과 비행청소년 그룹홈을 분리 운영하는 것이 재비행 예방을 위해서도 필요하다고 생각합니다.

결론적으로 사법형그룹홈을 아동복지법 내지 관련법상의 독자적인 제도로 편입시키는 것은 지난 5년간의 사법형그룹홈의 성과나 복지선진국 제도의 효과 측면에서 보더라도 필요성과 당위성이 크다고 하겠습니다. 사법형그룹홈이 법과 제도로 인정받는다면 운영자들은 예산의 지원 외에도 전기세, 수도세 등의 감면을 비롯한 복지시설로서 당연히 누려야 할 혜택을 누릴 수 있는가 하면 후원하고자 하는 분들도 안심하고 후원을 할 수가 있는 등 다양한 측면에서 도움을 받을 수가 있습니다. 이를 통해 사법형그룹홈이 소년범죄 예방의 모델로 정착하고, 확산된다면 사회적 비용의 감소와 사회 안정에 크게 기여하게 되리라 믿어 의심치 않습니다.

대규모 시설의 문제에 부딪친 바 있는 선진국에서는 이미 복지시설을 '사법형그룹홈'과 같은 소규모로 전환했습니다. 반면 우리나라는 국가와 사회가 무관심한 가운데 비행청소년의 비행과 재비행의 악순환이 확산되고 있습니다. 사법형그룹홈을 제도화하지 않는다면 운영난에 지쳐 문을 닫을 수도 있을 것입니다. 만일에 그렇게 된다면 범죄의 나락으로 빠져들어가는 소년범들은 점점 더 늘어갈 것입니다. 2004년부터 2009년까지의 성인범죄 증가율이 6%임에 비해 소년범죄 증가율은 11%에 달한다는 점은 이러한 우려를 방증하고 남음이 있습니다.

존경하는 국회의장님!

사법형그룹홈을 창안하고 설립과 운영을 주도해온 저는 책임을 통감하고 있습니다. 그래서 판사들이 기피하는 소년재판 전담판사를 5년째 고수하고 있습니다.

그래서 더욱 의원님의 도움이 절실하오니 사법형그룹홈이 '비행청소년 전담 공동생활가정'이라는 타이틀로 아동복지법(아니면 청소년복지법)상의 제도로 받아들여질 수 있도록 도와주십시오. 부디 사법형그룹홈을 외면하지 말아주십시오.

의원님의 선한 결정으로 소년범죄의 악순환은 차단되고, 소년범의 건강한 사회 복귀와 사회 안정을 도모하는 놀라운 효과가 역사에 기록되길 간절히 소망합니다.

의원님께 간절히 호소하다 보니 장문의 편지가 되고 말았습니다. 소년범의 아픔과 비행의 악순환을 목격한 법조인이자 어른으로서 조금이라도 책임지려는 판사의 열정으로 혜량해주시길 부탁드립니다.

가을 찬바람이 옷깃을 스치는 환절기입니다. 늘 건강하시고 평안과 축복이 넘치시기를 간절히 소망합니다.

2014년 10월 22일

부산가정법원 천종호 부장판사 올림

누구도 편들지 않고
아무도 돌보지 않는
소년범의 편이 된 사람
엄벌과 권위의 법정에서 내려와
용서와 관용으로 죄를 씻겨준 사람
낙태로 지워질 미혼모와 생명을
배냇저고리로 살린 생명의 사람
오갈 곳 없어 떠돌다 죄가 된 아이들
바람막이가 되고 집이 되어준 그 사람

가정에선 학대당하고
학교에선 소외당하고
세상에선 어둠이 된 아이들
그 죄는 아이들의 죄가 아니야
승자 독식에 부화뇌동한 우리들의 죄
벼랑에 내몰린 아이들을 떠민 우리들의 죄야
아이들아 미안해 우리가 미안해 우리를 용서해
판사의 권위를 내려놓고 속울음으로 사과한 그 사람

눈이 쌓이면 좋으련만
죄만 쌓이는 아픈 세상에서
봄이 와서 꽃 피면 향긋할 텐데
죄와 벌에 꽁꽁 언 겨울 거리에서

– 아이들을 용서해야 아픈 세상이 낫습니다.
– 아이들을 사랑해야 봄은 오고 꽃은 핍니다.
사랑과 관용의 법전을 들고 전도하는 소년 판사
순정의 눈망울로 봄을 부르는 萬事少年, 그 사람

「**萬事少年, 그 사람** – 천종호 부장판사에게 부침」, **조호진** 시인

비행청소년의 대부분은 가정환경이 불우하다. 가정의 위기가 그 청소년들을 거리로, 밖으로 나가게 만들었고 비행을 저지르게 만든 것이다. 대가족에서 핵가족으로 가족구조가 변하면서 아이들을 지켜줘야 할 어른들은 사라지고 아버지들의 위상마저 낮아졌다. 이 책에서 천종호 판사는 선친의 모습을 통해 옛날 아버지들의 모습과 지금 세대의 아버지인 자신을 돌아보며 가정의 중요성과 강한 아버지 역할에 대해 일갈하고 있다.

곽영호 국제금융고등학교 교감

이 책은 한없이 넉넉한 아버지의 심정으로 세상에서 상처 입은 비행청소년들을 바른 길로 인도하려고 애쓰는 천종호 판사님의 마음이 담긴 글이다. 따스한 가슴으로 소년들의 상처를 어루만져주면서도 꾸짖어야 할 때는 누구보다 준엄하며, 때로는 그들의 장래를 위해 속울음 삼켜가며 소년원에 보낼 수밖에 없는 아픔이 곳곳에서 묻어나온다. 내가 또 다른 아버지의 마음으로 판사님의 처분을 받은 아이들을 품을 수밖에 없는 이유기도 하다.

김도명 라파청소년회복센터장

“자녀는 부모의 고마움을 알 때 철이 들고, 부모는 자녀의 고마움을 알 때 비로소 부모가 된다.”라는 말이 있는데, 그 말의 의미를 새삼 되짚어

보게 하는 책이다. 이 책을 통해 자신의 모습을 숨김없이 다 드러낸 천종호 판사님은 이 땅의 아버지들에게 아버지 자리의 소중함을 일깨워주는 동시에 그들이 힘을 내어서 그 넓은 어깨로 자녀들과 가족을 보듬기를 바라고 있다.

김영덕 엘림청소년회복센터장

이 책을 읽으며 아버지의 사랑과 역할과 마음에 대해 비로소 알게 되었다. '아빠가 우시는데요'라는 이야기에서는 아버지의 묵직한 사랑이 지닌 힘을 알게 되었고, "아버지는 자식에게 삶의 지표를 제공해주는 사람인 셈이다."라는 구절에서는 아버지의 역할의 중요성을 다시 한 번 깨달았으며, 2부에서는 '아버지의 마음'으로 살아가는 저자의 마음을 읽을 수 있었다. 천종호 판사의 행보가 줄곧 이 아이들에게 아버지처럼 따듯하고 든든한 언덕이 되어주기를, 그래서 사회에 첫발을 내딛는 청소년들에게 지지와 응원을 보내며 축복해주시길 기대한다.

박용성 학업복귀지원센터 틴스토리 센터장

아버지에 대한 이야기를 담고 있어서인지 읽는 내내 가슴이 먹먹하였다. 아무쪼록 이 책을 읽는 아이들이 책에서 받은 감동을 놓치지 말고 훗날 제대로 된 아버지로 거듭나기를, 그래서 자신들의 꿈인 평범한 가정을 이루는 데 밑거름으로 삼을 수 있기를 기도해본다. 또한 이 책의 저자인 천종호 판사님께서 외치는 말을 깨닫는 그날이 하루빨리 오기를 기대한다. '얘들아, 너희들이 정말 잘 되어야 한다. 사랑해'라는 말 속에 담긴 의미를.

박현숙 소망청소년회복센터장

"평생 울컥, 화내는 취미밖에 없었던 아버지"와 사셨던 천종호 판사님처럼 나도 평범한 아버지 밑에서 청소년기를 보냈다. '전혀 특별할 게 없는 아버지'였으나 그런 아버지마저 없는 아이들에게 아버지 노릇을 조금이라도 대신하고자 몸부림치시는 천 판사님의 모습은 차라리 눈을 감고 봐야 더 잘 볼 수 있다. "마음속에 아름다운 추억이 하나라도 남아 있는 사람은 악에 빠지지 않을 수 있다."라는 본문의 말처럼 잃어버린 추억을 소급하여 만들어가게 돕는 일, 그 일이 이 책에 보석처럼 기록된 천 판사님의 일이자 청소년을 살리는 일이다. 그러나 이 일이 어디 천 판사님만의 일이겠는가? 이 일은 훌륭한 누군가만이 할 수 있는 일이 아니라 아버지 마음을 가진 모든 아버지들, 어머니 마음을 가진 모든 어머니들이 전부 다 해야 할 일이 아닌가! 이 책이 그런 일이 일어나게 하는 마중물이 되었으면 한다. 또한 아이들의 울음소리에 응답하려는 사람들을 일으키는 작은 불쏘시개가 되길 소망한다.

서상복 사단법인 해피가정사역연구소 소장

부족하기만 한 나에게 귀한 일 하도록 기회를 주신 천종호 판사님께 항상 감사드린다. 부디 건강하시고 아이들을 향한 소원이 주님 안에서 다 이루어지기를 기도한다.

손영길 새빛청소년회복센터장

책의 첫 페이지를 읽기 시작하면서부터 손에서 내려놓을 수 없었다. 눈물이 앞을 가려 딸아이가 볼까 신경을 쓰면서도, 눈물을 닦고 다시 읽어내려 갔다. 이 책의 주인공인 아이들에게는 아버지가 있으면서도 없다. 폭행으로 얼룩진 가정, 알코올의존증으로 있으면서도 없는 듯한 아버지, 가난과 못 배운 것 때문에 자식들에게 당당하지 못한 아버지……. 난 '좋은 아버지'일까를 고민하며 읽다 보니 어느새 끝까지 읽게 되었다. 이 책이 이 땅의 모든 아버지들의 마음을 움직일 수 있기를 소망한다. 그래서 자녀에게 더 가까이 다가갈 수 있기를, 아버지의 그 자리를 온전히 지킬 수 있기를 바란다.

양동헌 두드림청소년회복센터장

집을 지탱하는 요소들 중 어느 하나라도 부실하면 집은 무너질 수밖에 없다. 이와 마찬가지로 가정에서도 부모자식 간에 문제가 생기면 그 가족 전체가 무너질 수밖에 없다. 그중 부모의 역할, 특히 아버지의 역할은 집을 짓는 목수이자 집주인으로 가정(집)을 세우기도 하고 무너지게도 한다. 이 책에 있는 사례들을 통해 아버지 역할, 목수의 역할, 집주인의 역할이 무엇인지를 깨닫고, 아이들(가족)을 지킬 수 있는 안목을 키우기를 희망한다.

유수천 살롬청소년회복센터장

찻잔 속에 담긴 하늘처럼 하늘을 품고 사시는 천종호 판사님이 이 책에서 밝히시고자 하는 아버지 마음이 세상의 모든 아버지들에게 천 년을 지나도 꺼지지 않는 '불멸의 법등(法燈)'으로 켜져 있기를 소망한다.

윤다람 경남아동청소년상담교육센터 소장

돌아가신 아버지에 대한 기억과 함께 소년 비행의 현장에서 그들과 같이 고뇌하며 진심으로 그들의 인생을 걱정하는 저자의 마음이 진정성 있게 다가오는 책이다. 저자인 천종호 판사님은 이 책에서 자신의 어려웠던 유년기의 기억을 통해 이 땅의 흔들리는 아이들과 그들을 양육해야 하는 어른들에게 진정한 아버지상에 대해, 또 바람직한 부성애에 대해 말하고 있다. 이 땅의 모든 아버지들의 마음에 잔잔한 감동의 파문을 일으키는 책이다.

이경우 어울림청소년회복센터장

천종호 판사는 전작인 『아니야, 우리가 미안하다』라는 책에서 보호소년이 된 아이들이 범죄자로 전락하는 것을 막기 위해서는 아이들이 사랑을 느끼고 배려할 수 있는 가정환경이 필요하다며 그 실천 현장을 보여주었고, 사회에서는 그 성과에 찬사를 아끼지 않았다. 그러나 감동만 하고 찬사만 보낼 것이 아니라 이제는 우리도 같이 동참하여야 되지 않을까? 이 책에 나오는 송희 할머니가 판사님을 위하여 매일 기도하신다고 한 것처럼 나도 천 판사님이 하는 일을 응원하고 잘되기를 기도한다. 우리 아이들의 행복한 삶을 위하여! 우리들의 안전한 삶을 위하여!

이상민 부산광역시교육청 장학관

아버지의 자리는 어디가 적당할까? 없으면 답답하고, 계시면 참 좋은, 그러나 찾을 때는 없는……. 그 빈자리가 힘들고 고통스러워도 "아버지" 하고 불러보면 힘이 되는 아버지의 자리. 오늘도 이 책을 읽으면서 아버지의 자리를 둘러본다.

이상필 반디청소년회복센터장

지난 시절 나에게는 힘이 되었던 아버지라는 이름이 이 글 속의 아이들에게는 아픔으로, 또는 폭력과 상처로, 어떤 아이에게는 배신과 서운함으로 남아 있는 것을 보게 된다. 그래서인지 아버지의 존재 자체가 없거나, 있더라도 그 역할의 부재로 집 밖에서 방황하다가 결국 소년법정에 서게 된 아이들의 신음소리가 묻어나는 이 책이 묵직한 아픔으로 다가온다. 천종호 판사님은 그런 아이들에게 때론 호통치고 때론 야단을 치면서까지 한 명이라도 더 정신 차리게 하는 따듯하고 자상한 아버지가 되기를 기꺼이 자처한다. 이 글을 통해 천 판사님 혼자만의 외로운 걸음이 아닌 우리 모두가 함께 아버지가 필요한 아이들, 길거리에서 방황하는 아이들에게, 때론 안아주고 때론 야단치고 다독이며 함께 품어가는 넓은 가슴의 아버지가 되길 소망한다.

임윤택 둥지청소년회복센터장

남들이 돌아보지 않는 아이들 한 명 한 명을 앞에 두고 그들의 지금 모습이 아니라 미래를 생각하시며 판결하시는 천종호 판사님의 한결같은 마음에 존경을 표한다. 호박중탕을 들고 미혼모 시설을 찾으시는 판사님의 아버지 같은 모습을 보면서 눈물 흘렸던 시간도 벌써 1년이 지났다. 바쁜 와중에도 판결하신 아이들을 그냥 잊지 않고 찾아주고 돌아봐주심에 감사할 뿐이다. 아이들을 머리로 사랑하지 않고 판사님처럼 가슴으로 사랑하도록 하며 좁은 울타리로 가두지 않고 울타리를 더 넓게 두르고 한 번 더 인내하면서 하나님 아버지의 마음이 판사님을 통해서 아이들에게 흘러가듯이 청소년회복센터장들을 통해서도 흘러가기를 기도한다.

임춘옥 예람청소년회복센터장

우연한 기회에 〈학교의 눈물〉이라는 프로를 통해 천종호 판사님과의 만남이 시작되었다. 같은 시대를 살아온 사람으로, 또한 빈농의 아들로 태어난 공통분모가 존재했기에 처음 만남부터 마치 오랜만에 만난 벗 이상의 친근함을 느꼈다. 동시대를 살아가는 한 사람의 아버지로서 다시 한 번 무거운 책임감을 느끼며 천 판사님과 같은 마음으로 사명감을 가지고 사역을 하고자 다짐해본다.

장열환 민족사관학교청소년공동체청소년회복센터장

'비행청소년의 대부'라는 이름이 전혀 낯설지 않은 천종호 판사님의 진면목을 느끼게 해주는 책이다. 또한 아버지에 대한 그리움이 재판 과정 속에서 보호소년들에 대한 애정과 보호의 책임을 다하는 또 한 분의 아버지로 이어지는 것을 보았고, '아버지'라는 존재와 그 이름의 무게에 나 또한 가슴 깊이 묻어두었던 아버지의 사랑을 재발견하는 기회가 되었다. 이 책을 통해 따듯한 질서 속에 가족이 하나가 되고 가정이 회복되는 계기가 되길 기대해본다.

전귀선 부산아동청소년상담교육센터장

늘 책 속에서 등장하는 아이들과 함께 숨 쉬고 생활하고 있음에도 불구하고 첫 장을 읽어 내려가는 순간 먹먹해지는 가슴을 진정할 수가 없었다. 이 책에서 저자는 아버지의 부재는 권위의 무너짐이 아니라 질서의 무너짐이고, 가정의 구심점이 없어졌다는 것은 사회의 구심점을 잃는 것이라는 사실을 뼈아프게 꼬집고 있다. 어른과 세상에 대한 분노로 인해 비행에 빠져드는 아이들의 이야기를 통해 오늘날 청소년 문제가 우리 어른들의 부족함과 성숙하지 못한 부모의 책임이라는 것을 다시 한 번 깊이 느끼게 되었으며, 부모의 책임과 성숙한 어른으로서의 태도를 다시 한 번 되짚어보는 계기가 되었다.

조경숙 자운영청소년회복센터장

철의 장막보다 더 크고 두껍다는 종교의 벽을 깨고 나에게 청소년회복센터를 할 수 있도록 다리를 놓아주신 천종호 판사님께 감사드린다. 사람들이 손가락질하기에 바쁜 임신한 소녀에게 배냇저고리를 선물해주고, 용돈을 받아본 적이 없는 아이에게 용돈을 보내주는 판사님의 마음에 아이들은 평생 경험해보지 못한 아버지의 넉넉한 마음을 느낀다. 이 책을 통해 아버지들이 자기 자녀만이 아니라 소외된 처지에 놓인 모든 세상 아이들의 아버지가 되어주길 두 손 모아 기원한다.

지정 연지청소년회복센터장